Les magasins DeWilde
à travers l...

SAN FRANCISCO

DeWilde
Monte
Carlo

DeWilde
PARIS

DeWilde
SYDNEY

DeWilde
NEW YORK

DeWilde
LONDON

JANIS FLORES

Auteur de plus de trente romans, Janis Flores a abandonné une carrière de technicienne médicale pour se consacrer à l'écriture. Cette vocation remonte à ses six ans, quand elle a écrit un conte mettant en scène un renard et un lapin. L'écriture est un peu une obsession pour elle. Elle dit l'avoir « dans le sang ». Le grand Dickens, explique-t-elle, serait son cousin au vingtième degré, et plusieurs membres de sa famille travaillent dans la presse.

Les amours de sa vie sont son mari Ray, ses chevaux arabes, ses chiens, la nature et les animaux pour lesquels elle milite dans sa Californie natale. C'est d'ailleurs en Californie que se situe ce roman, ainsi que l'autre épisode qu'elle consacrera à la saga des DeWilde.

Cet ouvrage a été publié en langue anglaise
sous le titre :
THE RELUCTANT BRIDE

Traduction française de
JULIETTE MOREAUX

HARLEQUIN ®
est une marque déposée du Groupe Harlequin
et Amours d'Aujourd'hui ®
est une marque déposée d'Harlequin S.A.

Illustrations de couverture
© *Femme :* THE STOCK MARKET / THOMAS SCHWEIZER
© *Couple :* IMAGE BANK / LARRY DALE GORDON
© *Photo de bijou :* BRUNO BEDOC
© *Création de bijou :* BRÉCY JOAILLIER

Toute représentation ou reproduction, par quelque procédé que ce soit, constitue-
rait une contrefaçon sanctionnée par les articles 425 et suivants du Code pénal.
© 1996, Harlequin Books S.A. © 2001, Traduction française : Harlequin S.A.
83-85, boulevard Vincent-Auriol, 75013 Paris — Tél. : 01 42 16 63 63
Service Lectrices — Tél : 01 45 82 47 47
ISBN 2-280-07730-2 — ISSN 1264-0409

JANIS FLORES

Épouse ou maîtresse

AMOURS D'AUJOURD'HUI

Ma chère petite maman,

Pardonne-moi d'avoir mis si longtemps à te répondre. J'ai été tellement débordée avec l'hôpital et les consultations, que je n'ai tout simplement pas eu le temps...

Non, ce n'est pas ça. La véritable raison pour laquelle tu n'as pas eu de mes nouvelles, c'est que, comme tous ceux qui t'aiment, je suis encore en état de choc à propos de toi et papa. J'ai bien dû lire ta lettre mille fois, et je suis capable de comprendre qu'il arrive un moment où deux personnes doivent tout simplement... cesser d'être un couple.

Mais pas quand ces deux personnes sont mes parents !

Autant tout t'avouer. Puisque tu es à San Francisco maintenant, pour ainsi dire sur mon territoire, Gabe et Megan m'ont chargée d'essayer de te raisonner un peu. Je me doute bien que tu vas trouver cette idée très désagréable — moi aussi, d'ailleurs —, mais j'ai tout de même promis d'essayer, parce qu'ils sont aussi inquiets que moi. Donc... pouvons-nous déjeuner ensemble, un jour de la semaine prochaine?

Ces problèmes mis à part, tu me manques.

Ce sera fantastique de te revoir!

Je t'embrasse très fort.   *Kate*

1.

Elle allait être en retard! Rita Shannon se sentit paniquer. Elle n'était *jamais* en retard, surtout pour quelque chose d'aussi vital que ce rendez-vous avec Grace DeWilde! Trottant le long de ce couloir interminable, tout en haut du bel immeuble au cœur de San Francisco, elle entrevit son reflet dans un miroir ancien. Seigneur, quelle tête elle avait! Elle aurait dû mettre n'importe quoi, sauf ce petit ensemble vert insipide...

Il était un peu tard maintenant pour s'inquiéter de son apparence! Elle avait déjà changé cinq fois de tenue, allant d'un tailleur rouge trop voyant à un ensemble noir qui la faisait ressembler à un ordonnateur de pompes funèbres. Si elle avait choisi ce tailleur, c'était uniquement parce qu'elle n'avait plus le temps d'essayer autre chose. Il y avait eu des bouchons sur les grands boulevards, et voilà qu'elle arrivait, pâle et essoufflée, avec près de cinq minutes de retard. Qu'allait penser Grace DeWilde?

Elle risquait de penser que Rita avait un certain toupet de briguer un tel poste. Assistante d'une femme d'affaires de ce niveau, elle? Jamais de la vie... Un instant, la jeune femme se demanda si elle ne ferait pas mieux, tout simplement, de sortir son portable et de prévenir que, tout compte fait, elle ne se présenterait pas.

Puis, tout de suite, elle se secoua. Il fallait être folle pour envisager de renoncer à la chance de travailler étroitement avec celle qu'elle admirait depuis l'université. Pour son mémoire sur les femmes dans le monde de l'entreprise, elle avait pris Grace DeWilde comme sujet, et s'en était brillamment sortie. Plus important encore, elle s'était trouvé quelqu'un à admirer, une femme qui incarnait son idéal professionnel. Depuis, elle avait constamment cherché à lui ressembler.

Mais sa carrière ne s'était pas tout à fait déroulée comme elle l'espérait... Ce qui expliquait qu'elle se retrouvait aujourd'hui à galoper le long de ce couloir, en retard pour un rendez-vous qui serait probablement le plus important de toute son existence.

« Les choses s'arrangent toujours pour le mieux », répétait sa mère dans les moments difficiles. Cette phrase l'agaçait généralement, mais elle devait admettre que les événements se mettaient parfois en place avec un à-propos déconcertant. Par exemple, si elle n'avait pas perdu sa place chez Maxwell & Company, elle ne se trouverait pas ici en ce moment, toute prête à rencontrer la grande Grace DeWilde.

D'ailleurs, elle n'avait pas exactement perdu sa place, mais démissionné — deux secondes avant d'être mise à la porte. Le souvenir de l'expression de son supérieur hiérarchique, un imbécile pompeux du nom de Gerald Hastings, lui procurait encore une satisfaction intense.

Elle revoyait la scène, le dernier matin. Depuis une heure, elle lui présentait son grand projet : créer un rayon de robes de mariées et d'accessoires. Elle savait que ses idées étaient intéressantes, mais cet individu borné semblait s'être braqué d'emblée contre toute innovation.

— Je ne vois vraiment pas où est le problème, avait-elle objecté une nouvelle fois en essayant de contrôler la colère qui la gagnait. L'expérience nous a montré...

Gerald l'avait toisée d'un air désapprobateur. Il était le neveu du patron, et faisait en sorte que personne ne pût l'oublier.

— Je vous répète, avait-il décrété de ce petit air protecteur qui agaçait tant la jeune femme, que l'investissement est trop important, et la marge de bénéfices trop mince. Nous en avons déjà abondamment parlé.

Visiblement, il n'avait même pas lu le dossier préparé avec tant de soin.

— Si vous jetez un coup d'œil aux chiffres que j'ai rassemblés ici, vous verrez que...

— Je n'ai pas besoin de les lire. La réponse est non.

— Je ne crois pas que vous ayez réellement réfléchi aux possibilités, avait-elle rétorqué, les dents serrées. En fait, je vous demande simplement un peu d'espace : de quoi présenter quelques robes de mariée, quelques voiles, quelques paires de chaussures et, bien sûr, de la lingerie fine. Nous n'avons pas besoin de nous lancer dans le linge de maison, la vaisselle, ou même la bijouterie... Du moins pour l'instant. Je sais que ça marchera si nous essayons.

— Vous avez entendu ce que je viens de dire ?

Elle aurait tellement aimé pouvoir le saisir par le revers de sa veste et le secouer comme il le méritait ! L'ennui, c'est qu'un tel mouvement d'humeur flanquerait tout son projet par terre. Ce rayon « Mariées d'aujourd'hui » comptait vraiment pour elle, et elle n'y renoncerait pas sans livrer bataille.

— J'ai entendu, bien sûr. Mais je suis sûre que quand vous aurez constaté...

— Je vois que nous avons un réel problème de communication. Puisqu'il faut vous mettre les points sur les i : il est *hors de question* d'ouvrir un rayon nuptial chez Maxwell & Company. Nous n'en avons pas besoin, et je n'en veux pas.

Ils s'étaient affrontés du regard, et Rita avait compris qu'elle ne convaincrait pas ce petit homme borné. Une telle colère l'avait envahie à cette idée qu'elle n'avait plus mesuré ses propos.

— Très bien. Mais la décision ne dépend peut-être pas de vous, avait-elle rétorqué.

— Qu'est-ce que vous insinuez, au juste ? Vous n'iriez tout de même pas devant le conseil d'administration avec vos idioties ?

— Je n'insinue rien du tout.

— Je vous recommande de prendre un autre ton !

Manifestement, la situation s'envenimait. Plusieurs fois déjà, au cours de sa carrière, elle avait dit un peu trop vite ce qu'elle pensait. Mais c'était ainsi : elle refusait de plier l'échine, même s'il fallait ensuite en assumer les conséquences.

— Votre ton me plaît encore moins, avait-elle répondu. Pourquoi ne pas exposer le problème à M. Rossmore ?

Le visage du petit chef avait rougi furieusement.

— Je crois que vous avez oublié que vous n'êtes que mon assistante !

Jetant toute prudence par-dessus bord, elle avait alors laissé libre cours à sa colère.

— Je ne vois pas comment je pourrais l'oublier ! Vous ne perdez jamais une occasion de me le rappeler !

— Je n'aurai plus à me donner cette peine. Parce qu'à compter d'aujourd'hui...

— Un instant !

Il s'était tu, bouche bée. Plantée devant lui, elle le foudroyait du regard. Incroyable ! pensait-elle. Etait-il réellement en train de la *renvoyer*, après tout ce qu'elle avait fait pour ce magasin ? Jamais elle ne serait restée, après le rachat de l'entreprise, si la nouvelle direction ne lui avait pas fait certaines promesses — qu'elle n'avait d'ailleurs pas tenues. Quelle stupidité d'avoir cru sur parole des gens capables de démanteler un monument comme Glencannon's, cette perle des grands magasins, simplement pour se tailler une plus grosse part de marché ! Jamais elle n'aurait dû accorder une minute de son temps à Jason Maxwell et à sa bande de pirates, malgré toutes les perspectives qu'ils lui avaient fait miroiter.

En face d'elle, Gerald Hastings s'était rengorgé avec un demi-sourire satisfait. Il croyait qu'elle avait pris peur, et attendait manifestement des excuses.

— Vous ne pouvez pas me mettre à la porte, Gerald, avait-elle dit avec un calme glacial.

Ce calme n'était qu'apparent, car son cœur battait furieusement dans sa poitrine. Qu'était-elle en train de faire ? On ne quittait pas une place pareille sans en avoir une autre en perspective !

— Vous croyez ? avait-il demandé avec un sourire déplaisant.

— Non. Parce que je ne suis déjà plus sous vos ordres. Je démissionne.

Et elle était partie, tête haute... pour se retrouver bel et bien au chômage.

Mais voilà qu'elle venait d'arriver devant la porte de Grace DeWilde ! En toute hâte, elle se recomposa un visage et reprit son souffle. Elle avait un trac si intense qu'elle se souvenait à peine de son propre nom. Ne risquait-elle pas, à l'instant même où elle ouvrirait la bouche, de commettre quelque gaffe monumentale? Grace DeWilde verrait au premier coup d'œil qu'elle avait affaire à une écervelée...

Elle serra les poings, puis tapa du pied. Non! Elle était parfaitement qualifiée pour cette place. Si on lui donnait sa chance, elle ferait du bon travail. Il était stupide de se mettre dans un état pareil: elle se retirait une partie de ses moyens, réduisait elle-même ses chances de faire une bonne impression. Prenant une inspiration profonde, elle donna un bref coup de sonnette. La porte s'ouvrit, et elle se trouva face à face avec son idole.

Elle reconnut instantanément Grace DeWilde. C'était comme si les innombrables photos d'elle qui paraissaient dans les magazines venaient de s'animer. Ces cheveux blonds parfaitement coiffés, ces célèbres yeux bleus, cette petite silhouette mince dans un tailleur bleu canard... Terriblement impressionnée, Rita resta plantée là pendant quelques instants, à la contempler sans rien dire.

Puis elle s'aperçut que des yeux interrogateurs la dévisageaient. Se reprenant avec un effort, elle dit alors:

— Madame DeWilde? Je m'appelle Rita Shannon et je suis envoyée par l'agence Summit.

Le beau visage levé vers elle s'illumina d'un sourire chaleureux. Grace DeWilde lui tendit la main.

— Bonjour! Entrez, je vous en prie.

Un peu étourdie, Rita se retrouva dans la place, en train de suivre Grace vers le canapé d'un salon ensoleillé. Un service à thé en argent était disposé sur une table basse, et Grace lui fit signe de s'asseoir avant de s'installer elle-même près du plateau.

— J'allais juste prendre un peu de thé, dit-elle. En voulez-vous une tasse ? Si vous préférez, je peux faire du café.

Rita sourit à son tour.

— Une tasse de thé, ce sera parfait. Je vous remercie.

En fait, elle se demandait si elle serait capable d'avaler quoi que ce soit. Sa gorge était tellement serrée !

Le regard bleu intense la quitta, les mains longues et fines de son hôtesse s'affairèrent quelques instants, et Rita profita de ce répit pour rassembler toute sa concentration. L'épreuve avait déjà commencé : elle ne pouvait se permettre une attitude trop humble face à son idole. Pendant un instant, à la porte, elle s'était sentie complètement paralysée. Elle qui avait toujours son mot à dire dans n'importe quelle situation ! Elle devait absolument se secouer, sans quoi cette femme au caractère si affirmé la prendrait pour une sotte.

— Du sucre ? Du lait ou du citron ?

Malgré toutes ces années passées en Angleterre, Grace DeWilde n'avait qu'une trace infime d'accent britannique.

— Rien, merci.

Rita sucrait habituellement son thé, mais elle préférait ne pas se lancer dans des manœuvres risquées avec cuillère et sucrier. Acceptant la tasse qu'on lui tendait, elle prit une gorgée et réussit à la reposer sans renverser une seule goutte dans la soucoupe, appréciant au passage l'arôme délicieux d'un mélange inconnu.

Regardant Grace préparer sa propre tasse, elle constata que les photos de presse ne lui rendaient pas justice. Sur la page imprimée, elle semblait toujours austère et distante, même lorsqu'elle souriait. En réalité, elle était beaucoup plus chaleureuse et énergique. Absolument charmante, d'ailleurs !

Rita reprit courage et décida qu'il était temps de donner son C.V. Ouvrant posément la mallette posée à ses pieds, elle en sortit le dossier préparé avec tant de soin. La veille au soir, en le vérifiant pour la dernière fois, elle se sentait fière de son contenu. Mais à présent, son bagage professionnel lui semblait incroyablement mince. Il lui fallut beaucoup de courage pour le tendre à cette femme dont la réussite avait été si exceptionnelle.

— Je vous ai apporté mon C.V..., dit-elle.

Grace DeWilde ne fit pas un geste pour le prendre. Sirotant son thé parfumé, elle répondit poliment :

— Merci, mais je l'ai déjà étudié. L'agence m'a expédié les C.V. de toutes les candidates.

Toutes les candidates ? Elles étaient donc si nombreuses ? Rita eut fort à faire pour juguler une nouvelle montée de panique. Elle y parvint en se disant que cela ne changeait rien. Il y avait probablement des assistantes plus qualifiées qu'elle, mais personne, absolument personne, ne pouvait convoiter cette place avec plus d'ardeur. A elle, maintenant, de convaincre Grace DeWilde.

— Dans ce cas, déclara-t-elle, je suppose que vous avez peut-être des questions ? Si je peux ajouter quoi que ce soit aux éléments dont vous disposez...

Voyant le sourire de Grace, elle eut envie de se prendre la tête à deux mains. Elle était en train de se ridiculiser ! Elle en faisait trop, comme d'habitude. Elle essayait de prendre les rênes de l'entretien. Comme l'avait si délicatement dit l'un de ses frères,

14

quand elle voulait vraiment quelque chose, elle fonçait comme un cheval emballé. C'était tout elle, décidément, de vouloir forcer le cours des événements avec une professionnelle de l'élégance.

— Je voulais dire...

— Je comprends très bien, interrompit Grace avec un nouveau sourire, et j'apprécie votre désir de ne pas perdre de temps.

« Merci, mon Dieu... », pensa Rita.

— Je fonctionne exactement de la même façon, poursuivit son interlocutrice. C'est la seule façon d'avancer, à mes yeux.

Puis elle la contempla quelques instants, pensive.

— D'après votre C.V., vous êtes tout à fait qualifiée pour le poste. Plutôt surqualifiée, même. Vous étiez acheteur principal chez... Excusez-moi, je ne me souviens plus du magasin.

— Glencannon's, répondit Rita.

Le fait de prononcer ce nom la replongea instantanément dans l'ambiance affreuse de cette période, un an plus tôt, où elle avait à la fois perdu son poste et l'homme qu'elle pensait épouser. Un instant, elle revit son visage régulier, et balaya furieusement cette image. Ce n'était pas le moment de penser à Erik Mulholland ! Elle ne voulait plus *jamais* penser à lui.

— C'est cela ! s'exclama Grace. Glencannon's, le plus vénérable de nos grands magasins, qui a été racheté par la chaîne Maxwell & Company.

— Exactement, répondit Rita d'une voix dure. Glencannon's a été avalé par Maxwell & Company l'an dernier. C'était un véritable acte de piraterie, et nous avons été un certain nombre à en subir les conséquences.

Grace hocha la tête avec sympathie.

— C'est une expérience de plus en plus fréquente aujourd'hui. Je suis sûre que ça a été difficile pour vous.

Difficile? Rita trouvait le mot un peu faible. Toute sa carrière s'était jouée dans ce conflit. Ambitieuse, déterminée à faire un jour partie des décideurs, elle avait commencé chez Glencannon's à l'échelon le plus bas — vendeuse, avec un salaire minimum. A force d'acharnement, elle était devenue chef de rayon, pour entrer ensuite au service achats et grimper encore une fois jusqu'au haut de l'échelle. Elle serait allée plus loin si Erik Mulholland n'était passé par là. Avant que les employés du magasin ne mesurent la gravité de la situation, on décrochait la vieille enseigne de Glencannon's pour suspendre, en son lieu et place, celle de Maxwell & Company.

Jamais elle n'oublierait cette dernière journée. Harvey Glencannon, le propriétaire du magasin, un homme adorable, avait tenu à faire personnellement ses adieux à chacun de ses employés. Son tour venu, Rita s'était efforcée de retenir ses larmes en l'écoutant la remercier pour ses bons et loyaux services. Il semblait d'un seul coup si vieux, si pitoyable, que cela lui avait brisé le cœur... Et c'était la faute d'Erik Mulholland.

Oh, il avait été habile! Elle qui ne baissait pas facilement sa garde s'était pourtant laissé entraîner dans une liaison torride. Il l'avait séduite délibérément, sans l'aimer. Et pendant tout le temps qu'elle lui ouvrait son cœur, il ne voyait en elle qu'une source précieuse d'informations, destinée à faciliter la prise de contrôle de l'entreprise.

Elle avait chèrement payé sa naïveté. Malgré les efforts de M. Glencannon pour garantir les intérêts de

16

ses salariés, les mauvaises surprises s'étaient succédé : licenciements ne tenant aucun compte de l'ancienneté, manipulations pour pousser à la démission. Et pour quelques-uns, comme elle, rétrogradation à l'échelon inférieur.

Ses nouveaux chefs ne cessaient de lui assurer qu'elle avait toute leur confiance, qu'ils étaient sûrs qu'elle aurait bientôt l'expertise nécessaire pour devenir acheteur principal du nouveau magasin. Evidemment, Maxwell & Company était une entreprise plus complexe que Glencannon's. En attendant qu'elle pût se familiariser avec le fonctionnement d'une chaîne aussi importante, Gerald Hastings prendrait les rênes, et elle serait son assistante. C'était tout à fait temporaire, bien entendu.

Comme elle ne pouvait pas exprimer sa rancœur devant Grace DeWilde, elle se contenta de déclarer :

— Oui, c'était difficile, surtout quand j'ai dû redescendre d'un échelon sous la nouvelle direction. J'ai tenu le coup aussi longtemps que j'ai pu, mais j'ai eu un... désaccord avec mon supérieur immédiat, et je suis partie.

— Vous voulez bien m'en dire un peu plus à ce sujet ?

Cherchant à rester le plus neutre possible, Rita répondit :

— Il n'y a pas grand-chose à dire. Je voulais créer un rayon nuptial dans le magasin et il a... refusé.

— Et c'est pour cela que vous êtes partie ?

— C'était le prétexte, je suppose. Les choses ne se passaient pas très bien, et je n'aimais plus beaucoup l'évolution du magasin depuis le départ de M. Glencannon. Il était temps de changer d'air.

— Et maintenant, vous souhaitez être assistante ? C'est un changement de cap complet, pour vous.

— Pas l'assistante de n'importe qui, répondit franchement Rita. La vôtre.

Elle se pencha en avant. En face d'elle, Grace avait l'air à la fois surprise et amusée. Il appartenait à Rita, maintenant, de lui faire comprendre ce que cette collaboration représenterait pour elle. Elle eut l'impression, en cet instant, que son avenir tout entier dépendait de ce qu'elle s'apprêtait à dire.

— Voilà : cela fait des années que je vous admire et que je suis votre carrière dans la presse. J'ai même écrit un mémoire sur vous à l'université.

Grace eut un geste charmant, comme pour repousser cet hommage.

— Il est probablement ridicule de vous présenter les choses de cette façon, mais vous avez réellement été un modèle pour moi. Après ce qui s'est passé l'an dernier, j'admets que j'ai pris un certain retard dans ma carrière. Mais j'ai de l'ambition, et je n'imagine pas une meilleure façon d'apprendre, ou un meilleur professeur que vous.

Elle se carra contre le dossier de son siège et attendit, le cœur battant. Etait-elle allée trop loin ? Avait-elle eu l'air de flatter bassement son interlocutrice ? Grace DeWilde la considérait toujours de ce même regard pensif. Puis elle déclara :

— L'agence a sélectionné plusieurs candidates pour cette place, mais je crois que je n'aurai pas besoin de rencontrer les autres. Je leur ai précisé le montant du salaire...

— Oui, il est très généreux.

— Dans ce cas, si vous la désirez, la place est à vous.

« Si je la désire... » ? Rita ouvrait la bouche pour répondre, quand Grace leva la main.

— Avant que vous ne preniez une décision, je dois vous expliquer mes projets. Vous comprenez bien que, quel que soit votre choix par la suite, ce que vous aurez entendu ne doit pas quitter cette pièce ?

Rita se serait laissée brûler vive plutôt que de souffler un seul mot.

— Bien sûr, murmura-t-elle.

— Très bien. Puisque vous vous intéressez à mes faits et gestes, reprit Grace avec un sourire rapide, vous savez peut-être que je ne fais plus partie du groupe DeWilde. Mon mari et moi sommes... séparés.

Rita était effectivement au courant — au moins de ce qu'elle avait pu glaner dans la presse. Prudemment, elle hocha la tête.

— Pour laisser de côté les détails ennuyeux, je suis revenue à San Francisco afin d'ouvrir mon propre magasin.

C'était exactement ce que Rita espérait !

— Un nouveau DeWilde, souffla-t-elle.

— Dans un certain sens, oui. C'est un projet qui me tient à cœur depuis longtemps. Cependant, ce magasin serait assez différent, il serait plus... « San Francisco », si vous voyez ce que je veux dire.

Oui, Rita voyait très bien ! Luttant pour ne pas jubiler trop ouvertement, elle se souvint des idées qu'elle avait présentées à Gerald Hastings, et le remercia en silence de les avoir refusées. Elle s'était sentie si déprimée, après sa démission ! Mais à présent, un horizon immense s'ouvrait devant elle... grâce à lui !

« Les choses tournent toujours pour le mieux ! songea-t-elle. Maman, tu ne savais pas à quel point tu avais raison... »

Incapable de croire tout à fait à sa chance, elle demanda :

— Quand voulez-vous que je commence ?

— Demain, ça vous irait ?

— Pourquoi attendre si longtemps ? rétorqua-t-elle gaiement.

Ce n'était pas entièrement une boutade : elle aurait aimé commencer tout de suite, avant que Grace ne pût changer d'avis !

Sa nouvelle patronne éclata de rire.

— J'apprécie votre enthousiasme. En temps normal, j'aurais accepté votre proposition. Il y a tellement à faire ! Mais j'ai un certain nombre de coups de fil à passer aujourd'hui, dont un à une personne qui pourrait nous aider pour les aspects financiers et légaux du projet.

— Voulez-vous que je m'en occupe ? proposa tout de suite Rita.

— Merci, répondit Grace en riant encore. Il vaut mieux que je m'en charge moi-même.

— S'il y a quoi que ce soit que je puisse faire... ?

— Vous pouvez être ici à 9 heures précises, demain matin.

Rita était si heureuse qu'elle aurait aimé sauter sur place comme une gamine. Elle dut se contraindre à reprendre son sac et sa mallette d'un geste mesuré, à se lever et tendre la main.

— Merci de me donner ma chance, madame DeWilde.

Grace lui serra cordialement la main.

— Ne me remerciez pas encore. J'attends beaucoup de mes assistants.

Incapable de retenir plus longtemps son sourire radieux, Rita s'écria :

— Je ne vous décevrai pas, je vous le promets !

Elle souriait toujours en entrant dans l'ascenseur.

Les six autres personnes qu'il contenait détournèrent très vite les yeux, craignant probablement d'avoir affaire à une droguée ou une illuminée.

« Qu'ils pensent ce qu'ils veulent, se dit-elle, folle de joie. On n'a pas toujours besoin d'une secte ou d'une drogue pour se retrouver au septième ciel ! »

2.

Souriante, Caroline Madison contemplait Erik Mulholland, assis en face d'elle dans ce nouveau restaurant des quartiers chic. Elle avait posé une main délicate sur la sienne. Dans cette lumière tamisée, ses ongles luisaient, rose pâle, la nuance exacte de son tailleur, de son rouge à lèvres, de ses bas et de ses talons. Seuls émergeaient de ce nuage rose ses grands yeux bleus et ses cheveux blond platine.

Il y avait aussi la grosse améthyste de la bague à sa main gauche, pensa Erik en réprimant une grimace. Ce bijou qu'il ne lui avait pas offert semblait le fixer d'un air accusateur.

— J'étais tellement étonnée quand tu as téléphoné pour qu'on se retrouve, dit Caroline. Je sais combien tu es débordé, chéri, et puisque nous dînons ensemble ce soir, avec papa et maman...

A regret, Erik posa la carte des vins qu'il étudiait. Il ne pouvait pas se permettre de boire grand-chose : étant donné qu'il voyait des clients importants cet après-midi, il se devait d'avoir la tête claire et d'être au meilleur de sa forme. Il émit un soupir. Encore un groupe asiatique qui voulait bâtir un grand hôtel dans le centre de San Francisco. Ce genre de projet ne l'amusait guère, mais s'il réussissait à leur trouver le financement, sa commission serait assez importante pour le consoler d'avoir ajouté une incohérence au désordre pittoresque des vieux quartiers. Dans son for intérieur, il trouvait pourtant que San Francisco n'avait aucun besoin d'un hôtel supplémentaire...

— Je sais, dit-il. Mais je voulais te voir.

— Je serais flattée si tu n'avais pas l'air aussi grave. Tu es sûr que tout va bien ?

Non, il n'en était pas sûr. Au cours de ce déjeuner imprévu qui ne lui ressemblait guère, il était décidé à la demander enfin en mariage. Il fallait le faire très vite, et se garder de toute réflexion, sans quoi il changerait d'avis. Chose qui lui était déjà arrivée... Chaque fois, il s'avançait jusqu'au bord du précipice, sans jamais se résoudre à faire le grand saut.

La bague se trouvait dans sa poche. Caroline le regardait d'un air interrogateur. Le moment était parfait, mais il ne parvenait pas à prononcer les mots nécessaires. Et il ne savait réellement pas pourquoi : chaque fois qu'il la regardait, il se répétait qu'il avait une chance folle qu'une femme comme Caroline Madison fût amoureuse de lui.

Etait-il amoureux, lui ? Il lui semblait que oui... Il en était même certain ! Dans ce cas, pourquoi hésiter ? Tout pouvait être très simple. Ils échangeraient quelques mots — il savait très bien qu'elle accepterait tout de suite —, et il n'aurait plus qu'à l'embrasser, à commander du champagne...

Caroline le regardait toujours, les sourcils légèrement froncés, éblouissante de charme. Tout en elle était parfait : sa beauté blonde et rose, une ascendance qui remontait aux premiers pionniers d'Amérique, sa garde-robe élégante et discrète à la fois. Jamais il ne l'avait vue de mauvaise humeur, jamais il ne l'avait entendue élever la voix. Elle adorait les enfants et travaillait en bénévole, une fois par semaine, dans une crèche de Nob Hill qui mettait en pratique de nouvelles méthodes d'éveil des tout-petits. Elle incarnait tout, absolument tout ce qu'il était censé désirer, et pourtant...

— Tout va bien, dit-il.

La bague pesait comme du plomb au fond de sa poche. Il savait déjà qu'elle y resterait, aujourd'hui encore. Il prit la main de Caroline et déclara sincèrement :

— Excuse-moi, dit-il en repoussant le plat auquel il avait à peine touché. Je t'ai invitée à déjeuner, mais je ne suis pas une compagnie très joyeuse.

Elle lui offrit encore son sourire adorable, et il secoua la tête en lui souriant à son tour. Pourquoi ne sautait-il donc pas sur l'occasion de faire d'elle sa femme ?

— Tu es une excellente compagnie, répliqua-t-elle, mais je m'inquiète pour toi. Tu travailles trop, tu sais.

— Mais non, j'aime mon travail.

— Vraiment ? demanda-t-elle en scrutant son visage. Il y a des moments où je me le demande — ces derniers temps surtout. Tu n'es plus le même. Quelque chose t'inquiète ? Tu as des soucis ?

— Non, bien sûr que non. J'ai beaucoup de choses sur le feu, c'est tout.

Caroline hésita avant de demander :

— L'une de ces choses est la proposition de mon père ?

Le père de Caroline était le grand Niles Madison. A la retraite depuis quelques mois, il conservait tout de même son bureau dans le prestigieux cabinet d'investissements Morton, Madison & Shade, qui comptait plusieurs grands de ce monde parmi ses clients. Récemment, Niles lui avait fait miroiter un poste de vice-président. C'était pour Erik une opportunité stupéfiante, qui le placerait d'un seul coup au sommet de sa profession et assurerait sa position pour le restant de ses jours. Il savait bien qu'il aurait dû sauter sur l'occasion, mais ne pouvait se défendre d'un certain sentiment de malaise. En un sens, on était en train de l'acheter. Rien n'avait été dit ouvertement, bien sûr, rien n'avait même été suggéré, mais il connaissait la vie et comprenait fort bien que ce poste allait de pair avec la main de Caroline. Il avait donc répondu à Niles qu'il devait réfléchir. Depuis, il ne pensait à rien d'autre.

Il n'avait pas pour autant envie d'en parler.

— Caroline, tu sais très bien qu'on était d'accord pour...

— Je sais, soupira-t-elle. Il faut que tu prennes ta propre décision.

Devant tant de gentillesse, il se sentit réellement coupable.

— Je mesure à sa juste valeur ce qu'il me propose, je sais que c'est une occasion en or, mais il faut aussi que je pense à Rudy. Nous avons travaillé dur pour créer notre propre firme, et je ne peux pas le lâcher comme ça.

— Rudy est peut-être ton associé, mais c'est également un grand garçon, rétorqua-t-elle avec cette pointe acerbe qui se glissait parfois dans sa voix, quand elle ne se surveillait pas. Il est capable de se débrouiller tout seul.

Mieux valait plaisanter que de se lancer dans un grand débat. Erik se mit à rire en lançant :

26

— C'est vrai. Les avocats sont tous des requins.

Caroline ne rit pas. Les yeux baissés, elle prit son verre à eau en murmurant :

— J'espère que tu ne mettras pas trop de temps à te décider. Papa t'a fait une proposition généreuse, et je trouve que tu lui dois une réponse.

— Tu as raison. Je répondrai, le moment venu. Qu'est-ce qui te ferait plaisir, pour le dessert ?

— Rien, merci.

Jetant un coup d'œil à sa montre, elle ouvrit de grands yeux.

— Oh ! J'aurais dû être à mon essayage il y a dix minutes. Ça t'ennuie, si on demande l'addition tout de suite ?

Cela n'ennuyait absolument pas Erik, bien au contraire. Sur le trottoir, devant le restaurant, il l'embrassa légèrement avant de faire signe à un taxi. La voiture de tête s'avança lentement vers eux.

— Tu es en colère contre moi ? demanda-t-il doucement.

Elle réfléchit un instant, avant de répondre :

— Non. Mais tout est si difficile... Papa n'arrête pas de me demander si tu as pris ta décision. Il a de grands projets...

Elle leva ses yeux vers lui en murmurant :

— Et moi aussi.

Il ne trouva aucune réponse. La voiture s'immobilisa devant eux et il se détourna pour lui ouvrir la portière.

— A ce soir, alors, dit-il maladroitement.

— Oui. Nous aurons le temps de parler.

Le taxi se glissa dans la circulation, et il le suivit des yeux quelques instants avant de se détourner. Ses propres bureaux de Kearny Street étaient tout proches, et il prit leur direction en soupirant.

Le cabinet d'investissements Mulholland-Laughton avait ses locaux au vingtième étage de la tour Vale. Quand Erik arriva, sa secrétaire Eleanor n'était pas encore rentrée de déjeuner. Au bout du couloir, la porte de Rudy était grande ouverte, ce qui signifiait que son associé était également sorti. Cela valait mieux, pensa-t-il, car il n'avait envie de parler à personne pour l'instant. Préoccupé, il pénétra dans son propre bureau et alla se planter devant la baie vitrée.

Où était le problème ? Pourquoi ne pas sauter le pas et demander à Caroline de l'épouser ? Quelque chose le retenait, mais il ne savait réellement pas quoi. Il aurait bientôt quarante ans : n'était-il pas largement temps de s'installer et de fonder une famille ? S'il n'y prenait pas garde, il sacrifierait tout à son travail, même l'amour.

L'amour... Un visage passa avec la rapidité de l'éclair devant ses yeux. Un visage auquel il n'avait pas pensé depuis longtemps, un visage à l'ovale délicat, aux yeux bruns expressifs, à la bouche mobile et sensuelle. Ça alors ! Pourquoi Rita Shannon lui venait-elle à l'esprit, justement aujourd'hui ?

Au fond, il le savait très bien. Il pensait à tout ce qu'il avait sacrifié à son travail, et Rita avait été l'une des victimes. A un moment donné, il avait été si amoureux d'elle qu'il avait failli lui demander de l'épouser.

Heureusement qu'il n'avait rien dit ! Une fois leur aventure torride terminée, au moment d'analyser les choses, il avait compris que ce mariage n'aurait jamais eu la moindre chance de durer. Jamais Rita ne serait entrée dans son schéma d'existence. Trop affirmée, elle avait son idée sur toute chose et se montrait tellement... *vivante* ! Si quelque chose lui déplaisait, elle le disait sans mâcher ses mots. Elle donnait son avis, qu'on le lui eût demandé ou non. Elle n'avait tout simplement pas l'étoffe d'une épouse d'homme d'affaires, discrète et conventionnelle.

Ce qu'il voulait — du moins essayait-il de s'en convaincre —, c'était une épouse qui serait un atout pour lui et pour sa carrière. Sur ce point, il n'était sans doute rien de plus qu'un macho obtus, et il le regrettait. Mais il avait un travail extrêmement exigeant et une place à tenir dans la société. Il lui fallait donc une femme qui n'eût aucune ambition personnelle, quelqu'un qui comprendrait et accepterait tout : des horaires parfois insensés, des anniversaires oubliés, des sorties ou des vacances annulées à la dernière minute. En tâchant de visualiser mentalement cette épouse modèle, il eut une grimace fugitive, puis il se mit à rire. Il venait de voir Rita Shannon dans ce rôle...

Quelle catastrophe ce serait ! Aussi ambitieuse, aussi battante que lui, elle travaillait chez Glencannon's au moment de leur rencontre, et ne dissimulait pas son désir de réussite professionnelle. Et puis, comme cela arrivait souvent dans le monde des affaires, Glencannon's avait disparu, absorbé par Maxwell & Company. Beaucoup de gens s'étaient enrichis dans cette transaction, se souvint-il en serrant les dents, mais il n'en avait pas fait partie. Au cours de leur dernière dispute, Rita l'avait accusé d'avoir manigancé toute l'affaire. Elle se trompait, bien sûr... Mais il ne pouvait pas lui expliquer ce qui s'était réellement passé. Et puis, cela avait-il encore une quelconque importance ? Ils étaient si remontés l'un contre l'autre qu'une explication n'y aurait rien changé.

Perdu dans ses pensées, il contemplait toujours le panorama sans le voir, quand Eleanor entra dans la pièce.

— Erik?

— Quoi donc? demanda-t-il en tournant le dos au célèbre pont suspendu.

Il mit un instant à s'apercevoir que la jeune femme, généralement d'une sérénité à toute épreuve, avait l'air très excitée.

— Je suis désolée de vous déranger, dit-elle, mais j'ai Grace DeWilde en ligne. Elle voulait seulement prendre rendez-vous, mais j'ai pensé que vous voudriez lui parler.

Quelques secondes, il resta bouche bée. Grace DeWilde? Il savait de qui il s'agissait, bien sûr... Qui pouvait l'ignorer, d'ailleurs? Le mois dernier, son mari et elle avaient annoncé leur séparation. Depuis, le monde des finances ne cessait de se poser des questions sur les retombées de l'événement.

Car il y aurait inévitablement des retombées, positives ou négatives. Dans son métier, il importait de rester informé, et Erik avait suivi de près l'évolution de la situation. Le groupe DeWilde était toujours considéré comme une dynastie familiale, même s'il avait dû générer du capital, quelques années plus tôt, en lançant des actions sur le marché. Pour l'instant, la cote des actions DeWilde tenait bon. Mais si Grace décidait de vendre les 5 % qu'elle détenait, surtout en un seul bloc, leur valeur chuterait brutalement.

Par les circuits habituels, il avait appris que Grace DeWilde était de retour à San Francisco. Pourquoi l'appelait-elle, lui? Il lança un sourire à sa secrétaire et décrocha le téléphone.

— Bien joué, Eleanor.

Puis il pressa le bouton clignotant de la première ligne.

— Madame DeWilde? Ici Erik Mulholland. Que puis-je faire pour vous?

30

Une voix de femme, chaleureuse et assez grave, lui répondit.

— Bonjour, monsieur Mulholland. J'ai un projet, et j'aimerais en discuter avec vous.

Il jeta un coup d'œil à son agenda bourré de rendez-vous et le repoussa de côté. Mis à part son intérêt professionnel pour les projets de Grace DeWilde, il avait très envie de rencontrer cette femme dont il respectait les capacités. Son sens des affaires était légendaire même de ce côté de l'Atlantique, et dans les milieux d'affaires, on estimait qu'une bonne partie du succès des magasins DeWilde était due à son talent.

— Je suis à votre disposition, dit-il.

Puis il vit les signaux désespérés que lui adressait Eleanor et ajouta :

— A part cet après-midi ! J'ai malheureusement un rendez-vous que je ne peux annuler.

Elle eut un rire qui le charma encore plus.

— Je n'ai aucune intention de bouleverser votre emploi du temps ! Je connais trop bien les problèmes que cela crée par la suite. D'ailleurs, je comptais faire les choses selon les règles, et prendre rendez-vous auprès de votre secrétaire. Mais elle a préféré me mettre en contact avec vous...

— Elle a bien fait, dit-il en lançant un clin d'œil à Eleanor, qui sortit à regret en fermant la porte derrière elle. Ecoutez, dites-moi simplement quand vous pouvez me voir. Je passerai à votre bureau...

— Je n'ai pas réellement de bureau pour l'instant, je me sers du salon de mon appartement. Non, je crois qu'il serait plus simple que je vienne vous voir.

— Donnez-moi un jour et une heure.

— Je sais que je ne vous laisse guère le temps de vous retourner, mais... Est-ce que ce serait possible cette semaine ? Par exemple, mercredi vers 15 heures ?

Il jeta un nouveau coup d'œil à son agenda. Il n'avait pas un instant libre mercredi, mais il annonça tout de suite :

— Ce sera parfait. A mercredi, alors. Evidemment, tout ce que vous me direz restera absolument confidentiel.

— Je compte sur vous.

Puis elle ajouta, après un bref silence :

— J'envisage d'ouvrir un nouveau magasin. Ici même, à San Francisco.

Cette fois, il ne réussit pas à cacher sa surprise.

— Un nouveau DeWilde ?

— Plus ou moins. Celui-ci serait entièrement à moi.

— Je vois...

Et il voyait réellement. Son cerveau brassait déjà les implications du projet. Il comprenait maintenant ce qu'elle attendait de lui.

— Il s'agirait d'un magasin de taille conséquente ?

— Je n'ai pas encore décidé. C'est l'une des choses que nous devrons examiner ensemble. Oh, à propos, je prévoyais d'amener ma nouvelle assistante avec moi... Cela ne vous pose aucun problème ?

Fasciné par les possibilités de ce projet, il n'aurait pas protesté même si elle avait proposé de se faire accompagner par la fanfare municipale !

— Bien sûr que non ! s'exclama-t-il galamment.

— Très bien. A mercredi, alors.

— Ce sera un plaisir de vous rencontrer toutes deux.

Il raccrocha et resta plusieurs instants perdu dans ses pensées. Depuis un mois, le monde de la finance se demandait comment réagiraient les actions DeWilde si Grace décidait d'ouvrir un magasin concurrent. Eh bien, on ne tarderait plus à le savoir... Comme il avait hâte d'être à mercredi ! Cette affaire allait être passionnante.

Et pourtant, malgré l'excitation provoquée par ce coup de fil, il manqua de concentration pendant la réunion avec le groupe Ishitaki. Malgré lui, un visage, une voix hantaient son esprit. Exaspéré, il tenta de les écarter. Pourquoi Rita Shannon revenait-elle le harceler après tout ce temps ? La rupture ayant été orageuse, peut-être se sentait-il encore coupable ? Bien sûr, il aurait dû être plus franc avec elle... Mais que pouvait-il y changer, à présent ?

C'était fini, enterré. Même si la débâcle de Glencannon's ne les avait pas séparés, ils n'auraient eu aucun avenir ensemble. Il le savait pertinemment. Ils étaient trop différents. Rien ne les rapprochait, si ce n'est une phénoménale attirance physique. Oui, il avait aimé son sourire, admiré son énergie et son ambition, apprécié son sens de la répartie et ses plaisanteries absurdes... Et alors ? Cela ne suffisait pas à faire d'eux un véritable couple. La vie continuait, malgré la façon peu reluisante dont leur aventure s'était achevée. Rien de tout cela n'avait plus d'importance.

Et pourtant, il pensait encore à elle en se garant devant la belle demeure des Madison, au sommet de Russian Hill.

— Je crois bien que tu n'as pas entendu un mot de toute la soirée, se plaignit Caroline.

Erik aurait été incapable de dire ce qu'ils avaient mangé. Après le repas, ils s'étaient tous installés dans le salon et, à son grand soulagement, Niles et son épouse Pamela s'étaient éclipsés quelques instants plus tard à l'étage.

— Excuse-moi... La journée a été longue.

— Si tu me racontais ?

Erik tenait à la main un verre de cognac dont il n'avait aucune envie. Une sorte d'électricité désagréable courait dans ses veines. Il se sentait si tendu qu'il devait faire un effort pour rester poli.

— Il n'y a rien à raconter, prétendit-il. Seulement un problème avec un nouveau consortium asiatique.

Elle s'appuya contre lui et passa les doigts dans ses cheveux. Ce geste, qui l'attendrissait toujours, l'irrita profondément.

— Je crois que je ferais mieux de rentrer, dit-il.

— Oh, non, pas encore ! Il est tôt...

Son parfum délicat montait vers lui, et il ne ressentait rien d'autre qu'une envie furieuse de s'écarter. Il s'obligea à ne pas bouger, et même à répondre gentiment :

— Je sais, mais j'ai énormément de travail à abattre demain.

— Erik, il faut que nous parlions.

— De quoi ? demanda-t-il, instantanément sur la défensive.

— J'ai une idée. Si on s'éclipsait tous les deux pendant quelques jours ? On pourrait prendre la route des vins ou remonter la côte. Il y a des bed-and-breakfast fabuleux à Mendocino : on pourrait faire une vraie coupure, se retrouver... Qu'est-ce que tu en dis ?

Elle fit une pause savamment dosée, et ajouta à mi-voix :

— Rien que tous les deux...

Pourquoi, mais *pourquoi* l'idée le rebutait-elle autant ?

— C'est une idée merveilleuse, mais je ne peux absolument pas m'absenter en ce moment.

Elle se pressa contre lui.

— Je t'en prie, chéri, chuchota-t-elle. On n'a plus eu l'occasion d'être seuls depuis si longtemps !

Cette proposition, à la fois si tendre et si érotique, finit par le toucher, et il passa prudemment le bras autour de ses épaules. Elle n'aimait pas qu'on la « chiffonne », comme elle disait, et parfois ces gestes l'agaçaient. Il se penchait pour déposer un baiser sur sa tempe quand une nouvelle image lui revint : Rita, en jean sur le port de plaisance, en train de courir après un chien échappé à son maître. L'animal était passé devant eux comme un ouragan joyeux, sa laisse flottant derrière lui. Elle l'avait attrapée au vol et couru avec lui sur une bonne centaine de mètres, riant aux éclats, tandis que le chien ravi bondissait devant elle. Caroline se serait laissé tuer sur place plutôt que de se montrer en jean. Pour ce qui était d'approcher d'un animal, surtout un grand chien inconnu...

Etait-il donc en train de perdre la tête ? Il tenait Caroline dans ses bras et il osait penser à Rita Shannon !

— Ecoute, je vais voir ce que je peux faire, promit-il.

Elle leva vers lui ce regard d'adoration qui lui procurait toujours un pincement de plaisir secret — et en même temps un certain agacement.

— Vraiment ? demanda-t-elle.

Il se sentit affreusement coupable et l'embrassa presque avec distraction.

— Bien sûr que oui !

Il voulut se lever, mais elle noua les bras autour de lui.

— J'espère bien, dit-elle en plongeant son regard chaviré dans le sien. Parce que ce serait merveilleux de partir avec toi, même pour quelques jours.

Lorsqu'il voulut l'embrasser, l'un de ces maudits souvenirs s'interposa une fois de plus. Le jour où Rita et lui étaient partis en week-end à Aruba... Ils avaient décidé cela spontanément, en se levant un matin, et avec son sourire le plus provocant, elle lui avait montré comment elle faisait ses bagages : en vingt secondes chrono, en fourrant un maillot de bain string et une trousse de toilette dans un sac minuscule. Un maillot de bain qu'elle ne s'était d'ailleurs pas donné la peine d'enfiler pendant la plus grande partie de ce week-end de folie...

Il voulait embrasser Caroline, il voulait lui faire l'amour, mais il en était incapable, tant qu'une autre femme emplissait ses pensées ! Murmurant des excuses maladroites, il lui souhaita une bonne nuit et se hâta de rejoindre sa voiture.

3.

Le mercredi après-midi, Grace DeWilde et Rita arrivèrent à leur rendez-vous avec cinq minutes d'avance. Cette dernière marchait avec entrain au côté de sa nouvelle patronne, ravie d'engager les premières démarches qui allaient concrétiser leur projet. Au cours de cet après-midi, elles discuteraient de la façon de monter un dispositif de financement pour le nouveau magasin. Rita ne connaissait pas le nom du cabinet d'investissement, et n'avait pas lu, près de l'ascenseur, la plaque sur laquelle figuraient les locataires de la tour.

Au vingtième étage, les portes s'ouvrirent et elles s'avancèrent dans un espace très clair, ensoleillé, en direction d'un bureau peint en crème et bleu de Delft. Une secrétaire trônait derrière une console qui n'aurait pas déparé le tableau de bord d'une navette spatiale. Une plaque discrète indiquait son nom : Eleanor Whitley. Le crépitement furieux de son clavier s'interrompit instantanément, et elle leur sourit.

— Bonjour, madame DeWilde, dit-elle en ajoutant un signe de tête chaleureux à l'adresse de Rita. Je vais prévenir M. Mulholland de votre arrivée.

Rita se figea. *Mulholland* ? Impossible, elle avait dû

mal entendre ! Ceci dit, c'était un nom très courant, et il devait y avoir des douzaines de Mulholland à San Francisco. Ce serait vraiment une coïncidence invraisemblable si... Une porte à sa gauche s'ouvrit et, sans préparation aucune, Rita plongea dans le regard bleu sombre de l'homme qu'elle s'était juré de détester toute sa vie.

Un instant, ils restèrent tous deux parfaitement immobiles. Incapable de prononcer un mot, Rita sentit la panique l'envahir. Comment cela avait-il pu se produire ? Pourquoi Grace ne l'avait-elle pas prévenue, et pourquoi elle-même n'avait-elle pas demandé le nom de l'homme qu'elles allaient voir ?

Il y eut une sorte de déclic en elle, et le temps reprit son cours. Ce n'était pas la faute de Grace, bien sûr. Comment aurait-elle pu savoir... ? Rita elle-même aurait dû se renseigner au préalable. Mais dans l'activité frénétique de ces derniers jours, cela ne lui était même pas venu à l'idée. Grace l'avait prévenue qu'elles avaient rendez-vous mercredi avec les responsables d'un cabinet d'investissement, et elles n'étaient plus revenues sur la question.

Et maintenant, qu'allait-elle faire ?

Elle fit comme chaque fois qu'elle se sentait intimidée ou peu sûre d'elle : elle prit l'initiative. Assourdie par les battements de son propre cœur, elle tendit la main et dit tranquillement :

— Bonjour, Erik.

Il mit un instant avant de répondre. En un éclair, elle imagina une scène insensée, le vit tomber à genoux pour la supplier de lui pardonner... Mais il se contenta de lui serrer la main d'un petit air distant et de déclarer, de cette voix grave qu'elle n'avait pas oubliée :

— Bonjour, Rita. Ça fait un moment qu'on ne s'est pas vus.

Son attitude réveilla toute sa colère. Les yeux brûlant de rage, elle sourit poliment et décida qu'elle pouvait également jouer à ce petit jeu.

— Ah bon? demanda-t-elle d'un air faussement surpris. Je ne m'étais pas rendu compte. J'ai été tellement occupée...

Erik leva les yeux vers Grace et se fit tout de suite beaucoup plus chaleureux.

— Madame DeWilde, c'est un grand plaisir de vous rencontrer. Je vous en prie, entrez... Mon bureau est par ici. Voulez-vous un peu de thé? J'ai un mélange qui vous plaira, je crois.

Tout en bavardant aimablement, il pilota Grace vers son bureau, laissant Rita les suivre comme elle le pouvait. Elle entra dans la pièce à leur suite, et réussit à refermer la porte sans la claquer. Erik installait déjà Grace sur un canapé bleu fumée. En se retournant, il vit Rita et lui indiqua un fauteuil assorti, de l'autre côté d'une table basse ronde. A l'extrémité opposée de la pièce, un vaste bureau se dressait devant une baie donnant sur le Golden Gate.

Rita s'installa. Sur la cloison en face d'elle, un grand tableau abstrait, tout en fulgurances de couleurs et encadré de noir, semblait refléter très exactement ce qu'elle ressentait en ce moment. Puis elle remarqua la sculpture magnifique d'un aigle en plein vol, posée près de la baie vitrée. Elle ne connaissait aucune de ces œuvres. Depuis leur séparation, Erik avait changé d'adresse professionnelle et gravi plusieurs échelons dans sa profession. Malgré elle, elle fut obligée d'avouer que le résultat était spectaculaire... Elle s'aperçut alors qu'elle serrait violemment la poignée de sa mallette et la plaça près d'elle sur le tapis.

On frappa un coup léger à la porte. La secrétaire

entra, portant un plateau sur lequel reposait un service à thé encore plus impressionnant que celui de Grace. De la porcelaine de Spode, Rita l'aurait juré, avec un dessin exquis de feuilles de vigne. Il y avait aussi un plat de cookies délicats, et un autre de petits fours.

Erik s'arrangeait toujours pour se procurer ce qu'il y avait de meilleur, se rappela-t-elle avec rancune tout en regardant Eleanor poser son plateau sur la table basse. Il avait probablement envoyé la secrétaire acheter le service à thé le jour où Grace lui avait demandé rendez-vous. Il faisait toujours attention aux détails, ce qui était d'ailleurs l'une des clés de son succès.

— Vous avez pensé à tout, murmura Grace avec un sourire tandis qu'Eleanor quittait discrètement la pièce.

Erik écarta le compliment d'un geste, et lui offrit son sourire le plus dévastateur.

— Je tenais à vous accueillir dignement, madame DeWilde.

— Appelez-moi Grace, je vous en prie.

— Alors, vous devez m'appeler Erik. Vous voulez bien officier?

Grace se chargea du rituel avec son élégance habituelle. Rita accepta une tasse de thé mais ne voulut rien manger. Elle cherchait toujours à faire bonne figure, mais ne pouvait s'empêcher de fulminer intérieurement. C'était trop injuste : Erik semblait à peine conscient de sa présence, alors que chaque geste qu'il accomplissait, chaque parole qu'il proférait se répercutait en elle si douloureusement!

— Nous avons cette information, n'est-ce pas, Rita?

Grace et Erik la regardaient tous deux. Visiblement, elle avait manqué un maillon de la conversation, et on venait de lui poser une question. Les joues brûlantes, elle réussit à répondre tranquillement:

— J'ai apporté tous les éléments du projet.

Avec un aplomb parfait, elle posa la tasse de thé qu'elle n'avait pas touchée et ouvrit sa mallette. Terriblement consciente du regard d'Erik braqué sur elle, elle sortit la première chemise de la pile.

— Voici les grandes lignes du projet. Mais si vous préférez, je peux...

Erik tendit tout de suite la main en lançant :

— C'est parfait, voyons déjà cela.

Le dossier préparé par Grace décrivait les objectifs et les stratégies de marketing déjà élaborées, en y ajoutant une estimation du financement nécessaire. Il y avait également un précis des produits et services qu'elle comptait proposer, et des suggestions quant à la clientèle ciblée et aux principaux fournisseurs. Mis à plat de cette façon, tout semblait très simple, mais Rita savait quel labeur acharné elles avaient dû fournir pour réaliser cette présentation. Une fois lancée, Grace travaillait avec une ardeur incroyable, et elle l'avait suivie pas à pas, absolument fascinée. A son poste d'acheteur pour Glencannon's, et ensuite pour Maxwell & Company, elle réglait couramment des questions très diverses, mais jamais elle n'avait participé au développement d'un plan de fonctionnement global. Elle avait l'impression de découvrir un nouveau monde.

Elle posa le dossier dans la main tendue d'Erik, vit le bref regard qu'il lui lança et se demanda ce qu'il pouvait bien penser. Tâchant de se composer un visage neutre, elle se carra dans son siège et reprit sa tasse de thé, tandis qu'il se plongeait dans les pages qu'elle venait de lui donner. Comme il était désagréable de se sentir décontenancée par un homme qu'elle avait banni de ses pensées — et de sa vie — depuis tant de mois !

Le fait qu'Erik lui-même ne semblât pas du tout affecté la troublait encore plus. Sa présence ne lui faisait donc aucun effet?

Il parcourut le projet tout entier puis se redressa, le regard fixé sur Grace.

— Intéressant, dit-il.

Le commentaire heurta Rita. C'était tout ce qu'il trouvait à dire, après le mal qu'elles s'étaient donné?

— Je sais que le projet est solide, dit Grace sans se formaliser. Maintenant, je voudrais que vous me disiez s'il est réalisable.

— Le financement en lui-même ne poserait guère de problèmes, répondit Erik en haussant les épaules. Mais je crois deviner qu'il y aura... d'autres difficultés.

Quelles autres difficultés? se demanda Rita, outrée. Il était inconcevable que Grace eût oublié quoi que ce soit.

Celle-ci sembla parfaitement comprendre où il voulait en venir.

— Vous voulez dire le groupe DeWilde, dit-elle. Vous pensez qu'ils vont me mettre des bâtons dans les roues.

Erik contemplait la chemise posée sur ses genoux et semblait réfléchir. Puis il leva les yeux et demanda:

— Je peux parler franchement?

Ce serait bien la première fois, pensa Rita amèrement. Bien entendu, elle ne dit rien. Elle était ici pour observer et prendre des notes, pas pour déclarer la guerre ou tenter d'influencer la décision de Grace. Plus tard, elle pourrait la mettre en garde contre les risques qu'elle courait en accordant sa confiance à cet homme.

— C'est ce que je vous demande, répondit Grace calmement. C'est pour cela que je suis ici.

— Alors permettez-moi de vous poser quelques questions personnelles.

42

— Posez-les toujours, mais je ne vous promets pas de répondre.

— Ce n'est pas réellement indiscret, répondit Erik. Toute la presse a parlé de votre séparation, tout le monde sait que vous possédez en propre un bloc d'actions du groupe DeWilde. Vous savez certainement que beaucoup de gens s'intéressent à votre décision.

— Vous voulez dire qu'on est curieux de savoir si je vais vendre ou non ?

— C'est une curiosité légitime.

— Effectivement. Eh bien, je n'ai pas encore décidé.

— Je le supposais. Sans quoi, vous ne seriez pas venue me voir.

— Effectivement. Vous m'avez dit que vous parleriez franchement, Erik, et je vais faire la même chose. En fait, ma situation est encore assez floue, et je préférerais ne vendre mes actions qu'en dernier recours. Si je peux lancer ce magasin autrement...

— Je comprends. Mais le fait même d'ouvrir ce magasin peut poser problème. Le groupe DeWilde a tout intérêt à protéger son nom et ses parts de marché.

— DeWilde n'a pas le monopole des robes de mariées.

— DeWilde est autre chose qu'un marchand de robes blanches, repartit Erik avec un sourire.

Grace ne put s'empêcher de sourire à son tour.

— Vous avez raison. Je suis bien placée pour le savoir, puisque j'ai contribué à développer le concept.

— Vous êtes trop modeste. Il est bien connu que vous avez en grande partie créé le style DeWilde, et que vous étiez le moteur de sa stratégie de marketing.

— Vous me flattez !

— Je ne crois pas, non. Mais je pense que votre départ a dû causer quelques inquiétudes au siège du groupe.

— Vous semblez particulièrement bien renseigné sur la question.

— C'est mon travail. J'avoue tout de même qu'il n'a pas été facile d'obtenir des renseignements. Pour une famille qui possède et gère une société de cette ampleur, il y a eu très peu de publicité.

— La famille est très réservée, c'est vrai. Ils n'ont pas été heureux quand j'ai décidé de... passer à l'ouest.

Pour la première fois, Rita percevait de l'amertume dans sa voix. Sa nouvelle patronne ne lui avait rien révélé de sa vie personnelle, mais l'histoire lui paraissait bien triste. Jeffrey et Grace étaient restés unis si longtemps ! Rita ne connaissait Grace que depuis peu, mais elle aurait aimé pouvoir l'aider.

Erik avait également perçu l'émotion dans la voix de son interlocutrice.

— Je suis désolé de vous obliger à revenir sur un sujet aussi pénible, dit-il avec beaucoup de tact, mais je dois me faire une idée de la situation dans son ensemble. Au point où nous en sommes, il est probable que votre idée d'ouvrir un magasin, quel qu'il soit et quel que soit le nom que vous mettrez sur l'enseigne, sera contesté par les DeWilde.

— Vous avez sans doute raison, mais cela ne m'arrêtera pas.

— Très bien ! dit Erik avec un large sourire. Je vois que nous nous comprenons.

— Je le crois aussi.

Grace se leva.

— Nous avons assez pris de votre temps pour aujourd'hui. Je vous laisse le dossier ; nous en reparlerons d'ici quelques jours.

Erik se leva à son tour, imité par Rita.

— Avant que vous ne partiez, j'aimerais vous présenter mon associé, Rudy Laughton. Il s'occupe du côté juridique et traitera tous les aspects légaux du projet. Si vous avez encore un instant, Eleanor va vous montrer le chemin.

— Bonne idée, dit Grace en lui tendant la main. A bientôt !

— J'étais vraiment heureux de vous rencontrer.

Rita allait sortir sur les talons de Grace quand elle entendit la voix d'Erik derrière elle :

— Rita, est-ce que je pourrais te parler un instant ?

Saisie, la jeune femme se retourna avec raideur.

— Je ne crois pas que...

— Mais si, restez ! lança gaiement Grace du couloir. Je vous retrouverai après avoir vu M. Laughton.

Rita n'avait pas le choix, mais elle se sentait absurdement abandonnée en regardant Grace s'éloigner dans le sillage de la secrétaire. Elle ne voulait pas rester seule avec lui ! Vite, avant qu'il ne puisse dire quoi que ce soit, elle se retrancha derrière son masque professionnel. Ouvrant de nouveau sa mallette, elle lança :

— Nous avons d'autres éléments...

Avec des gestes nerveux, elle sortait dossier après dossier quand la main d'Erik se posa sur la sienne.

— Je les examinerai plus tard, dit-il d'une voix contenue. Pour l'instant, je voudrais surtout savoir... comment tu vas.

Il n'aurait pas dû la toucher, pensa-t-elle, le cœur serré.

Tout se serait bien passé s'il avait gardé ses distances, ou si Grace était restée dans la pièce avec eux. Ils étaient seuls, maintenant, et dès qu'elle sentit ses doigts sur les siens, son contrôle précaire vola en éclats.

— Comment je vais ? répéta-t-elle.

Elle faisait des efforts considérables pour rester calme mais, malgré elle, ses yeux lancèrent un éclair.

— Voilà une question intéressante, venant de toi !

Il accusa le coup, sans pour autant détourner les yeux.

— Je t'ai dit, à l'époque, que je regrettais.

— Tu l'as dit, oui. Tu te souviens peut-être que j'ai répondu que je trouvais ça trop facile. Je n'ai pas changé d'avis.

— Je t'ai fait des excuses. Qu'est-ce que je peux faire de plus ?

Elle le regarda, incrédule.

— Tu es vraiment incroyable ! Toujours aussi arrogant, en tout cas... Apparemment, ça ne compte pas, à tes yeux, d'avoir trompé tous les employés de Glencannon's en même temps que moi ? Et au nom de quoi ? Pour prouver que tu étais le plus malin, ou pour le plaisir de gagner plus d'argent ?

Pour la première fois, il eut l'air vraiment mal à l'aise.

— Ce n'est pas ainsi que les choses se sont passées.

— Ah bon ? Des vies entières ont été gâchées, Erik. Si tu avais vu M. Glencannon le dernier jour...

Elle décida de se taire avant de dire quelque chose qu'elle pourrait regretter. A grands pas, elle s'écarta de lui et se dirigea vers la fenêtre. Elle devait absolument se calmer, car Grace pouvait revenir d'un instant à l'autre.

— Je suis réellement désolé, Rita, dit la voix d'Erik derrière elle. J'aimerais me faire pardonner, si c'est possible.

— Pourquoi ? demanda-t-elle sans se retourner.

Puis, avant qu'il ne pût répondre, elle lança, exaspérée :

— Non, arrête, oublie tout ça ! Ça n'a plus d'importance...

— Si tu le penses vraiment, pourquoi es-tu toujours si bouleversée ?

— Je ne suis pas bouleversée !

— Je t'ai déjà vue plus calme.

Elle se retourna enfin, prête à lui adresser une remarque incendiaire — et le trouva planté à deux pas d'elle. Elle eut un violent mouvement de recul, et il tendit la main pour l'empêcher de tomber.

— Ne me touche pas ! cria-t-elle presque en sentant sa main se refermer sur son bras.

Il ne la lâcha pas. Elle fit un mouvement pour se dégager... et commit l'erreur de lever les yeux vers son visage. Pendant quelques instants interminables, ils restèrent plantés face à face, les yeux dans les yeux.

Rita avait beau lutter, elle se sentait entraînée vers lui par un mouvement irrésistible. Incrédule, elle sentit le désir s'embraser en elle — ce désir qu'Erik éveillait chaque fois qu'il s'approchait un peu trop. Pendant quelques secondes d'égarement, elle eut envie de nouer les bras autour de son cou et d'attirer sa bouche vers la sienne. Déjà ses lèvres s'entrouvraient, ses paupières s'alourdissaient... Oh, l'embrasser comme autrefois, sentir ses bras se refermer sur elle, son corps contre le sien ! Mais la raison lui revint, et elle recula.

— Lâche-moi, s'il te plaît, dit-elle froidement.

Cette fois, il obéit. Très consciente de son regard dans son dos, elle se dirigea vers la porte, non sans se raviser au moment de sortir de la pièce. La secrétaire était probablement à son poste, d'autres employés allaient et venaient peut-être, et elle ne se sentait pas capable d'affronter leurs regards. Quelle situation horriblement humiliante ! Elle aurait voulu dire à Erik qu'elle le détestait, mais les mots refusaient de sortir. Dans un silence tendu, ils attendirent le retour de Grace.

Celle-ci revint accompagnée de l'associé d'Erik, et il y eut de nouvelles présentations, suivies de quelques minutes de bavardages. Rita sourit, répondit quand on s'adressait à elle, et s'arrangea pour se tenir à bonne distance d'Erik. Enfin, Grace se dirigea vers l'ascenseur, et elle la suivit. Sur un dernier échange de sourires, les portes se refermèrent, et elles plongèrent dans les entrailles de la tour. Près d'elle, Grace semblait réfléchir et ne disait rien. Lorsqu'elles se retrouvèrent sur le trottoir, jamais de sa vie Rita n'avait savouré l'air libre avec tant de plaisir.

Dans le taxi qui les ramenait, Grace se tourna vers elle pour demander :

— Je ne savais pas que vous connaissiez Erik.

C'était sa chance, il fallait la saisir.

— Si j'avais su que c'était lui que nous allions voir, je vous aurais mise en garde.

Grace eut l'air interloquée.

— Contre quoi ? demanda-t-elle.

— Erik Mulholland n'est pas... quelqu'un de bien.

— Vous voulez dire, dans sa vie privée ?

— Dans tous les aspects de sa vie, répondit Rita d'une voix dure.

— Vous parlez de sa réputation de requin de la finance ?

— Sa réputation est tout à fait justifiée, croyez-moi. C'était lui, le responsable du naufrage de Glencannon's.

Grace se tut un instant, puis reprit d'une voix neutre :

— Il m'a été très chaleureusement recommandé.

— Oui. Il est très doué pour son travail.

Grace réfléchissait toujours en tapotant machinalement ses lèvres.

— Cela change un peu la situation, n'est-ce pas?

Rita hésita un instant, puis osa demander :

— Dans quel sens?

— J'avoue qu'il m'a fait une bonne impression. Mais si je décide de travailler avec lui, je devine que ce sera assez difficile pour vous.

Rita se mordit la lèvre. Elle avait donc été si transparente? Oui, bien sûr, comme toujours! Sa famille et ses amis la taquinaient souvent parce qu'elle était incapable de mentir.

— Vous avez décidé de travailler avec lui? demanda-t-elle prudemment.

A son grand soulagement, Grace répondit :

— Non, pas encore. Mais je dois avouer que je penche dans ce sens. Son associé m'a plu également, et je crois qu'ils forment une bonne équipe.

Sans avertissement, une image jaillit devant les yeux de Rita. Le corps mince et musclé d'Erik arc-bouté au-dessus d'elle, une pellicule de sueur luisant sur les muscles de ses bras. Elle crut presque sentir son poids sur sa poitrine, et ferma les yeux. A une certaine époque, eux aussi avaient formé... une bonne équipe.

Furieusement, elle repoussa cette pensée. Le présent était bien assez compliqué, sans revenir sur le passé! Heureusement pour elle, le taxi se garait devant l'immeuble de Grace et elle ne fut pas obligée de répondre.

Devant la porte, Grace se retourna vers elle avec un sourire.

— Vous en avez assez fait pour aujourd'hui, Rita. Rentrez chez vous, détendez-vous un peu. Nous pourrons parler d'Erik Mulholland demain matin.

Avec le soulagement d'une gamine qui vient d'échapper à une punition, Rita se dirigea vers sa voiture. Grâce à ce répit inespéré, elle aurait le temps de faire le tri des émotions contradictoires qui bouillonnaient en elle, et de décider rationnellement de la conduite à tenir. Le temps de réfléchir à ce qu'elle dirait à Grace, le temps aussi de se préparer à l'éventualité d'une nouvelle rencontre avec Erik.

Il y avait eu un accident sur la rocade, et Rita mit plus d'une heure pour rentrer chez elle. Une heure assise dans sa voiture, sans avoir rien d'autre à faire que penser à Erik. Tandis que les quatre voies avançaient de concert, pare-chocs contre pare-chocs, elle laissa se dérouler le film de ses souvenirs. Sans le moindre effort, elle retrouvait la sensation de ses lèvres sur les siennes, la façon dont le plus léger baiser la transportait dans une autre dimension. Elle sentait de nouveau la texture de ses cheveux, le parfum de sa peau, le regard qui semblait la transpercer jusqu'à l'âme...

Un coup de klaxon brutal retentit derrière elle, et elle sursauta violemment. Ses mains sur le volant se mirent à trembler. Si le seul souvenir de cet homme pouvait lui faire un tel effet, comment envisager de travailler avec lui? Non, c'était décidément impossible. Le lendemain matin, elle devrait signifier à Grace qu'elle avait réfléchi. Si celle-ci décidait de faire appel à lui, elle serait obligée de démissionner.

Démissionner? Et laisser un poste pareil lui filer entre les doigts? Non, elle perdait la tête, il n'en était pas question!

Le visage d'Erik reparut devant ses yeux, mais, cette fois, son expression était moqueuse. « Toi, une femme d'affaires? semblait-il dire. Tu penses à tes objectifs ou tu te noies dans les sentiments?» Il avait raison, dut-elle admettre, brusquement furieuse. Elle ne renoncerait pas, elle ne perdrait pas un deuxième emploi par sa faute. Cela faisait des années qu'elle rêvait d'une semblable opportunité, et elle ne lâcherait pas sa chance au moment où celle-ci se présentait.

Donc, le lendemain matin, elle dirait à Grace que s'il lui fallait travailler avec Erik, cela ne lui poserait aucun problème.

La circulation se faisant plus fluide, elle put franchir le pont et arriver à Sausalito, où elle habitait. Elle commençait déjà à retrouver son aplomb. Si elle avait perdu quelque peu son assurance au cours de la journée, c'était uniquement sous l'effet de la surprise. Erik et elle étaient des professionnels. Tant que les rapports entre eux resteraient sur ce plan — et cela, elle ferait tout son possible pour y veiller — il n'y aurait aucun problème.

Aucun!

4.

En tant qu'aînée des filles, Rita avait quelque peu joué un rôle maternel auprès de ses quatre sœurs et ses deux frères, ce qui expliquait qu'ils fussent restés très proches. Elle faisait son ménage du samedi après-midi lorsque Marie, sa cadette de deux ans et confidente de toujours, lui téléphona.

— Alors, comment ça marche, au boulot? demanda cette dernière à brûle-pourpoint.

Folle de joie lorsqu'elle avait obtenu son poste, Rita avait instantanément annoncé la nouvelle à toute sa famille. Posant le balai-brosse avec lequel elle frottait le carrelage de la cuisine, elle se laissa tomber sur une chaise.

— Ça marche, répondit-elle.

— Tu travailles avec une femme que tu admires depuis la fac, et tout ce que tu trouves à dire, c'est : « ça marche » ?

Rita se mit à rire.

— J'essayais de jouer les blasées, mais j'aurais dû savoir que ça ne prendrait pas avec toi. Bon, d'accord, c'est fantastique. Je n'y suis que depuis une semaine, mais j'apprends quelque chose tous les jours. Elle est incroyable, vraiment fascinante.

— Et le nouveau magasin, quand est-ce qu'il ouvre ?

— Pas avant des mois ! On en est encore à définir le concept, on n'a même pas commencé à chercher un site. J'ai contacté des agences immobilières, mais...

— J'ai tellement hâte de voir ça ! soupira Marie. J'ai toujours voulu entrer dans un DeWilde.

— Moi aussi. Mais attends, ce ne sera pas un DeWilde comme les autres.

— Ah bon ?

— Oui, on va créer quelque chose de plus... « San Francisco ». On a eu une idée... Au passage, tu n'en parles à personne, car rien n'est encore fait... On a pensé que ce serait une idée géniale, pour l'ouverture, de proposer une robe de mariée noire, avec les demoiselles d'honneur tout en blanc.

Marie eut un petit sifflement.

— C'est un peu osé, même pour cette ville de fous.

— Moi, je trouve ça fabuleux. Et ça fera parler de nous.

— Ça, incontestablement ! Et qu'est-ce que vous ferez, ensuite, pour surenchérir ?

— Je trouverai quelque chose, ne t'en fais pas.

— Toi au moins, tu as confiance en toi.

Le visage d'Erik passa alors devant les yeux de Rita, et elle fit la moue. A la demande de Grace, elle était retournée à son bureau, la veille, afin de lui apporter des documents complémentaires. Elle avait choisi de passer à l'heure du déjeuner pour être sûre de ne pas le voir. Manque de chance, il se trouvait encore là, si absorbé par ses dossiers qu'il avait perdu toute notion de l'heure. Il l'avait invitée à déjeuner avec lui. Trop surprise pour refuser, elle s'était retrouvée installée en face de lui dans un restaurant tout proche. A peine assise, elle s'était demandé s'il ne valait pas mieux s'enfuir à toutes jambes. Que faisait-elle ici ? Elle ne voulait pas déjeuner avec lui, et souhaitait le voir le moins possible... N'aurait-il pas été plus simple de dire non ?

Et pourtant, elle s'était retrouvée en train de commander une salade qui ne lui faisait aucune envie, et qu'elle n'arriverait jamais à avaler. Erik l'avait déconcertée davantage en se montrant absolument charmant — à moins que ce ne fût une illusion due à l'apéritif pris avant le repas. Lui aussi désirait savoir si son nouveau travail lui plaisait, et elle lui avait fait la même réponse qu'à Marie. Jusqu'à présent, elle adorait chaque minute passée au côté de Grace.

— Je comprends ça, avait-il répondu. C'est vraiment une femme remarquable.

Rita avait hoché la tête avec véhémence. Sur ce sujet, au moins, ils ne risquaient pas de se disputer.

— Je suis sûre que le nouveau magasin aura un succès fou, avait-elle repris. Si tu savais les idées merveilleuses qu'elle...

Voyant son expression, elle s'était interrompue pour demander :

— Il y a un problème ?

— Aucun, pour l'instant. Mais je crois que nous allons en avoir quelques-uns.

— Oui, je sais que Grace t'en a parlé : son mari est en train de lui faire des histoires. Mais elle ne semble pas particulièrement inquiète. Devrait-elle se faire du souci, à ton avis ?

— Rudy et moi pouvons régler le problème... tel qu'il se présente actuellement. Nous savions tous que le groupe n'allait pas apprécier que Grace marche sur ses plates-bandes.

— Ce ne sont pas leurs plates-bandes! protesta-t-elle. Grace a parfaitement le droit de monter une société de son côté, surtout à une telle distance de Londres!

— Sans doute, mais c'est une société dans un créneau bien précis. Elle n'aura peut-être pas le droit de se servir du nom de DeWilde.

— Elle s'en doute, et ça n'a pas une grande importance. De toute façon, elle pense plutôt l'appeler « Grace ».

— Joli nom. C'est simple et élégant, tout à fait comme elle.

Rita lui avait alors adressé un sourire.

— Oui, elle est élégante. Et j'aimerais posséder ne serait-ce que la moitié de son intelligence et de son raffinement.

— Tu as tes propres qualités, que je sache.

Quelque chose — le vin probablement — avait fait oublier toute prudence à Rita.

— Ah bon! Tu trouves?

Une tension subite s'était emparée d'eux. Rita avait vu le visage d'Erik changer, et il s'était penché vers elle, les yeux rivés sur les siens.

— Tu le sais bien, avait-il murmuré.

Elle n'avait absolument rien trouvé à répondre. Il y avait deux réactions possibles : elle pouvait rire, ou bien le rabrouer... Elle avait détourné les yeux, saisi son verre presque vide et avalé les quelques gouttes qui se trouvaient au fond. Heureusement, le serveur s'était approché avec leurs commandes. Sa présence avait fait passer ce moment difficile, et Rita s'était mise à bavarder avec beaucoup de détermination sur tous les sujets possibles et imaginables. Jusqu'à la fin du repas, Erik n'aurait pu placer un mot, même avec la meilleure volonté du monde.

Au moment de se séparer sur le trottoir devant le restaurant, il avait déclaré :

— C'était très agréable, Rita. Il faudra qu'on recommence.

Mieux valait faire semblant de ne pas comprendre !

— Oh, nous aurons beaucoup de réunions, maintenant que nous travaillons tous deux pour Grace, avait-elle répondu gaiement.

Sans lui laisser le temps de réagir, elle avait avisé un taxi, et était montée à bord en agitant la main.

— ... en tout cas, on en a parlé hier soir, Colleen et moi, annonça Marie. Tu as eu une sacrément bonne idée de quitter Maxwell. D'ailleurs tu aurais dû partir bien plus tôt. Rita, tu m'écoutes ?

Rita émergea soudain de ses pensées.

— Bien sûr, prétendit-elle. Qu'est-ce que tu disais ?

— Je disais, soupira Marie, que je n'ai jamais compris pourquoi tu t'es accrochée si longtemps chez Maxwell & Company. Toi et ta loyauté ! Tu aurais pu entrer n'importe où, et te retrouver acheteur principal en quelques mois.

— Sans doute, mais je n'aurais pas été en train de chercher un emploi au moment où Grace a eu besoin d'une assistante. En fait, le timing était parfait.

— C'est vrai, je l'admets. Ceci dit, tu devrais te mettre à penser à autre chose qu'au travail.

Rita frémit.

— Attends... Tu veux parler du mariage, des enfants ? Je t'ai déjà dit une bonne centaine de fois : je ne *veux pas* me marier !

— Tu changeras peut-être d'avis. Et si tu attends trop longtemps...

— Je t'en prie, pas d'horloge biologique! Je t'assure que ce n'est rien d'autre qu'une invention des hommes pour garder les femmes à leur botte. Quand je vois ce que vous subissez toutes, avec vos gosses, je ne vois vraiment pas pourquoi je devrais plonger aussi.

— Tu ne parles pas sérieusement!

— Si, répondit Rita avec fermeté. Mais on ne va pas se disputer pour autant. D'accord, le mariage et la maternité sont probablement deux des plus grandes joies de l'existence, mais tu oublies quelque chose...

— Quoi donc?

— Il faudrait que j'aie un candidat au rôle d'époux et de père. Du moins une possibilité à l'horizon...

— Tu en aurais peut-être depuis longtemps, si tu n'étais pas aussi exigeante.

— C'est une qualité, d'être exigeante!

— Tu vas vraiment trop loin.

— Si ça se trouve, il n'existe même pas.

— Comment est-ce que tu peux le savoir, si tu refuses de chercher?

— Je croyais qu'on n'allait pas se disputer?

— Ce n'est pas une dispute. D'ailleurs, ce n'est pas pour ça que je t'ai appelée, mais pour l'anniversaire de mariage de papa et maman. Tu as une idée?

Rita leva les yeux au ciel. Avec tous les problèmes qu'elle avait eus à régler, elle avait complètement oublié qu'on lui avait demandé de trouver un endroit pour la fête. Très ennuyée, elle répondit :

— Non... Pas encore, mais je m'en occupe tout de suite.

— Rita! Ce n'est pas tous les jours qu'on fête trente-cinq ans de mariage!

— Oui, je sais! Je te dis que je m'en occupe.

— J'espère bien!

Elles échangèrent encore quelques nouvelles avant de se quitter. Puis Rita se versa une tasse de café et sortit sur la terrasse qui surplombait la baie. Elle avait surtout choisi cette maison pour la vue mais, cette fois, le panorama magnifique ne réussit pas à l'apaiser.

Deux jours plus tôt, Grace avait reçu un panier en argent garni d'une bouteille de champagne et d'un sachet d'amandes italiennes... avec une carte annonçant que son fils Gabriel et sa fiancée, Lianne Beecham, s'étaient mariés dans le plus grand secret. En voyant le visage de Grace, Rita avait eu le cœur serré. Elle savait que celle-ci se faisait une telle joie à l'idée d'aider le jeune couple à organiser leur mariage ! Après tout, n'était-ce pas sa spécialité ? Mais ce fils, qui s'était déjà éloigné d'elle lors de son départ pour San Francisco, avait choisi de l'écarter au moment le plus mémorable de son existence. Jusqu'à la fin de la semaine, Grace s'était montrée très différente, comme vidée de son énergie légendaire, et Rita sentait que c'était en grande partie à cause du choc de cette nouvelle.

Ce qui affectait Grace l'affectait obligatoirement, car elle commençait à aimer beaucoup sa nouvelle patronne... Mais elle savait bien que sa propre émotion avait une autre source. C'était officiel, maintenant : Grace chargeait Erik de monter le financement nécessaire pour le nouveau magasin. Rita allait devoir travailler avec lui pendant des mois, peut-être des années.

Elle ne s'était pas trop ridiculisée lors des premières rencontres mais, pour établir de bonnes relations de travail dans la durée, elle allait devoir reprendre le contrôle de ses émotions. Cette perspective la hérissait d'avance. Pourquoi ces embûches en travers de sa route, pourquoi cet entrelacs de sentiments mal démêlables, alors que son avenir s'ouvrait devant elle? Non, tant qu'elle verrait les choses de cette façon, elle ne ferait que gaspiller de l'énergie. Elle sentait qu'elle allait faire du bon travail pour Grace, et rien ne devait l'empêcher d'exploiter au maximum la chance fabuleuse qui lui était offerte.

Le portable posé à ses pieds sonna et elle sursauta violemment. Sa sœur avait dû trouver un nouvel argument en faveur du mariage!

— Oui, Marie, quoi encore? lança-t-elle en saisissant l'appareil au vol.

— Désolé de te décevoir mais c'est...

Oh, elle savait bien qui c'était! En entendant cette voix, son traître de cœur s'était mis à battre plus fort.

— Oui, Erik, dit-elle en se redressant. Comment as-tu eu ce numéro?

— Grace me l'a donné quand je l'ai appelée ce matin. Je suis ennuyé de te déranger chez toi, surtout pendant le week-end, mais...

— Aucune importance, coupa-t-elle en se souvenant de ses bonnes résolutions. Que puis-je faire pour toi?

— Je voulais poser à Grace quelques questions sur les infos que tu m'as apportées hier, mais elle ne se sentait pas très bien, et elle m'a proposé de voir ça avec toi. Tu as un petit moment?

— Bien sûr! répondit-elle avec une assurance dont elle se sentit fière — surtout au moment où son cœur bondissait en tous sens. Je prends le dossier et je t'écoute.

Il hésita.

— Il serait peut-être plus facile de se voir. Ça ne prendrait pas beaucoup de temps...

Etait-il en train de proposer une nouvelle rencontre? Rita se raidit, cherchant un prétexte pour refuser.

— Une réunion sans Grace... ?

— Je te l'ai dit, elle n'est pas bien, et j'aimerais revoir certains éléments avec toi pour définir le plus exactement possible ses besoins.

— Je ne sais pas si je peux t'aider. C'est tout de même à Grace de...

— Elle dit que tu auras toutes les informations dont j'ai besoin. Je suis ennuyé d'insister, Rita, mais Grace a vraiment envie de faire décoller le projet au plus vite.

Sur ce point, Rita devait reconnaître qu'il avait raison. Et puis, que penserait Grace, si elle refusait de s'acquitter d'une tâche aussi simple ?

— Très bien, répondit-elle à contrecœur. Où veux-tu qu'on se retrouve, et quand ?

— Pas chez Grace, bien sûr. Mon bureau ?

Elle aurait préféré un terrain plus neutre. Il devenait décidément urgent de trouver des locaux pour la nouvelle entreprise !

— D'accord. Tu y es déjà ? Je serai là dans une petite heure.

Elle raccrocha et serra ses mains l'une contre l'autre pour les empêcher de trembler.

— Tu peux le faire, se dit-elle tout haut. Tu sais que tu peux le faire.

Une heure plus tard, vêtue d'un tailleur sévère, elle se présentait au bureau d'Erik. Elle avait espéré trouver la secrétaire sur place, mais le bureau d'Eleanor était vide, et les machines dormaient sous leurs housses. Erik parut immédiatement sur le seuil de son bureau.

— Merci d'être venue, dit-il avec un petit sourire.

Elle lui rendit son sourire, un peu crispée. Dans son pantalon de toile et sa chemise de golf, il avait l'air très décontracté et c'était elle, avec son ensemble austère, qui se sentait vaguement ridicule.

— Pas de problème. Je pouvais bien faire ça pour Grace.

Satisfaite d'avoir établi qu'elle n'était là que contrainte et forcée, elle passa devant lui pour entrer dans la pièce. Les dossiers n'étaient pas étalés sur le bureau, mais sur la table basse. Elle obliqua dans cette direction et choisit une chaise plutôt que le canapé.

— Bon, dit-elle vivement. Quel est le problème ?

Il la rejoignit et elle vit que son attitude l'amusait. Si jamais il s'avisait de se moquer d'elle... Mais lorsqu'il s'assit sur le canapé, en face d'elle, son visage se fit sérieux.

— Avant d'en arriver à des questions spécifiques, je voudrais que tu me donnes encore une fois une vue d'ensemble du projet.

— Tu as les chiffres, objecta-t-elle.

— Oui. Mais tu sais aussi bien que moi que le succès d'un magasin tient à peu de chose.

— Je comprendrais ton inquiétude si tu parlais d'un débutant, mais il s'agit de Grace DeWilde !

— Sans doute, mais il y a énormément de concurrence dans ce domaine, et le groupe DeWilde est prêt à dresser tous les obstacles possibles sur son chemin.

— C'est une discussion que tu devrais avoir avec Grace, pas avec moi.

— Je soulève simplement la question pour te dire qu'il ne faut jamais être trop sûr de la réussite.

Rita se hérissa.

— Tu ne penses tout de même pas que Grace va échouer !

— Non, je ne le pense pas, mais d'autres seront peut-être plus sceptiques. Tu dois tout de même admettre que le groupe DeWilde pèse son poids dans le monde de la distribution.

— C'est exactement pour cela que Grace est venue vous trouver, Rudy et toi. Elle veut mettre un maximum de distance entre elle et le groupe.

— Ce ne sera peut-être pas facile.

— Et pourquoi ?

— Parce qu'elle a été un élément clé de l'entreprise. Tout le monde sait qu'elle a énormément contribué au succès de DeWilde.

— Justement ! Son talent reste le même, et elle ne se servira pas de leur nom.

— C'est en effet ce que je compte dire aux investisseurs. Maintenant, parle-moi un peu de l'aspect concret du magasin.

— Tu veux dire les produits, le plan des rayons ?

— Tout ce dont tu pourras m'informer.

— Eh bien, tu sais que nous n'avons pas encore trouvé de site. Tant que nous ne savons pas comment le local se présentera... En tout cas, il faudra réserver de l'espace pour les stocks, un atelier, un accès pour les livraisons...

— Rita, dit soudain Erik.

— Qu'y a-t-il ?

— Tu ne veux pas me faciliter les choses ?

— Je ne comprends pas ce que tu veux dire.

Il se pencha en avant et, malgré la distance qui les séparait, elle eut un léger mouvement de recul.

— Ecoute, lança-t-elle, un peu affolée, je...

— Il faut qu'on en parle, Rita. Sans quoi, il y aura toujours ce mur entre nous, qui entravera à la fois notre travail pour Grace et les rapports entre nous.

— Quels... rapports entre nous ?

— Les rapports que nous devons établir pour travailler au service d'une femme que nous admirons tous les deux. Je veux faire mon maximum pour elle. Pas toi ?

— Bien sûr, tu le sais.

— Alors, pourquoi ne pas régler ça tout de suite ? Tout sortir au grand jour, nous étriper un bon coup s'il le faut, et passer à autre chose ?

Le souffle de Rita se bloqua dans sa poitrine. Elle ne voulait pas en parler... Surtout après l'effort qu'elle venait de fournir pour tâcher de tirer un trait sur le passé.

— Si tu parles de ce qui s'est passé l'an dernier, c'est déjà oublié.

C'était une réponse stupide, et elle le savait. Lui aussi, sans doute, car il la regarda en silence.

— Ecoute, reprit-elle en s'efforçant de retrouver son assurance, ça n'a plus d'importance... Comme tu me l'as dit avec tant de véhémence à l'époque, les affaires sont les affaires.

— Je ne te parle pas de ce qui s'est passé avec Glencannon's, mais de ce qui s'est passé entre nous.

— Au fond, je doute qu'il se soit *réellement* passé quelque chose entre nous. Je t'en prie, ne serait-il pas possible de revenir aux choses sérieuses ? J'ai l'impression que nous perdons du temps.

Il la contempla encore quelques instants, puis soupira.

— Tu as peut-être raison. On dirait que j'ai attaché à cette histoire plus d'importance qu'elle n'en avait vraiment... Où en étions-nous ?

Absolument nulle part, pensa Rita. Elle ne parvenait pas à comprendre pourquoi elle se sentait si agitée, si frustrée, alors qu'elle avait obtenu exactement ce qu'elle voulait. Tout en se contraignant à parler marketing, produits et inventaires, à aligner les chiffres dont elle avait connaissance, elle se répétait qu'il aurait été préférable de dire tout ce qu'elle avait sur le cœur.

Erik était dans le vrai : s'ils mettaient réellement ce qu'ils ressentaient sur le tapis, l'abcès se viderait peut-être une fois pour toutes. En tout cas, cela allégerait l'atmosphère, et elle se sentirait beaucoup mieux — à moins qu'ils ne se fâchent au point de ne plus jamais pouvoir s'adresser la parole !

En tout cas, elle avait raté sa chance. En affirmant que leur passion n'avait été qu'un feu de paille sans importance, elle s'était coupée de toute possibilité de faire machine arrière.

Elle réussit à aller jusqu'au bout de la réunion et, quand tout fut dit, elle s'affaira à ranger ses papiers pour ne pas avoir à regarder Erik en face.

— Je vais rédiger un rapport sur ce que nous nous sommes dit aujourd'hui. Grace le verra lundi, et elle aura certainement des questions et des idées supplémentaires. Je pense qu'elle voudra probablement te revoir bientôt.

Il l'accompagna jusqu'à la porte.

— Dis-lui que je suis à sa disposition quand elle voudra, sauf lundi. J'ai des clients qui arrivent de Belgique, et il faut que je les voie le jour même.

— Parfait, je transmettrai.

Au moment où elle croyait s'échapper, il l'arrêta en posant la main sur son bras.

— Attends...

Même à travers sa manche, elle sentait la chaleur de sa paume. Ses mains avaient autrefois éveillé en elle tant de sensations ! Elle ferma les yeux un bref instant avant de se retourner vers lui.

— Oui ?

Il baissait les yeux vers elle, ces yeux bleus si intenses et apparemment si sincères. Avec douceur, il déclara :

— Je sais que tu ne me croiras pas, mais je regrette réellement ce qui s'est passé, Rita. Puisque nous allons travailler ensemble, j'aimerais que nous soyons amis.

Amis? Après avoir été amants? Invraisemblable! décida-t-elle. Elle s'écarta un peu, et fit mine d'ajuster la courroie de son sac.

— Bonne idée. Je te l'ai dit : tout cela est oublié.

— Dans ce cas, répliqua-t-il sans la quitter des yeux, ça te dirait de dîner avec moi, ce soir?

D'abord un déjeuner, et maintenant un dîner? Rita savait bien que la raison commandait de refuser, mais elle ne trouvait aucune excuse valable.

— Erik, je...

— On prendra le ferry de Larkspur et on dînera là-bas. On avait toujours dit qu'on le ferait, tu te souviens?

Elle ne voulait pas se souvenir, elle ne voulait pas penser aux projets qu'ils avaient faits ensemble et qui ne s'étaient jamais réalisés. En revanche, on était au mois de juin, à l'époque des couchers de soleil les plus spectaculaires, et elle n'était encore jamais allée à Larkspur...

Ils prirent donc le ferry et trouvèrent sur la falaise un restaurant minuscule, absolument délicieux. Pendant tout le repas, ils ne parlèrent que de choses anodines, sans la moindre allusion à leur ancienne passion. Rita sentait pourtant les yeux bleu sombre d'Erik sur elle. Chaque fois qu'elle levait son regard, elle croisait le sien.

Elle-même ne cessait de contempler ses mains et de se remémorer le brasier qu'elles éveillaient au tréfonds de son corps. Un désir presque douloureux la tourmentait et, pourtant, il valait mieux éviter de parler du passé, et feindre de n'être ensemble que pour des raisons professionnelles... Bien avant la fin du repas, Rita avait compris quelle erreur elle avait faite en acceptant l'invitation d'Erik.

Il faisait nuit quand ils reprirent le ferry pour rentrer en ville. Une de ces nuits magiques qui tombent parfois sur San Francisco, quand le vent de terre retient le brouillard assez loin de la côte pour que l'on puisse admirer les étoiles. L'eau brillait, paisible, il soufflait une brise très douce, et le Golden Gate suspendu dans l'espace brillait comme une toile d'araignée féerique.

Ensemble, ils sortirent sur le pont et contemplèrent la scène côte à côte. A le sentir si près d'elle, Rita eut l'impression que ses jambes ne la portaient plus. Elle chercha désespérément un mot qui romprait ce redoutable enchantement, et finit par dire :

— C'était une bonne soirée, Erik. Je suis contente.

Il se retourna alors vers elle. Dans la lumière qui tombait de la cabine, ses yeux semblaient presque noirs.

— Moi aussi, dit-il à voix basse.

D'un geste dont il semblait à peine avoir conscience, il passa le bout de ses doigts sur sa joue, en une caresse tendre qui balaya ses dernières résistances. D'elle-même, sa main se leva et vint se poser sur celle d'Erik.

Le ferry accosta avec un choc sourd, et ils se trouvèrent d'un seul coup entourés de groupes joyeux qui se dirigeaient vers la passerelle. Le sortilège qui les retenait prisonniers s'envola, et ils suivirent le mouvement sans rien dire. Le lien était rompu : ils redevenaient deux individus séparés, de quasi-étrangers. Et ils se dirent au revoir avec une cordialité qui n'avait plus rien d'intime.

Très tard dans la nuit, alors qu'elle essayait sans succès de s'endormir, Rita se répétait encore que c'était une bonne chose. Qu'auraient-ils dit ou fait s'ils n'avaient été interrompus à cet instant précis ?

Elle savait déjà qu'elle mettrait longtemps à oublier la façon dont Erik l'avait touchée. C'était un geste si simple, à la fois tendre et érotique... Jamais, même au plus passionné de leur aventure, il ne l'avait caressée de cette façon.

Qu'est-ce que cela signifiait ? Elle l'ignorait mais, si jamais il recommençait, elle ne répondrait plus de rien.

5.

Pendant les quinze jours qui suivirent, Rita et Grace arpentèrent San Francisco à la recherche du site idéal pour leur magasin. Elles choisirent leur secteur, qu'elles se mirent à quadriller minutieusement mais, au bout de deux semaines, le découragement commença à les gagner. Il semblait ne rester aucun emplacement convenable. En revenant à l'appartement de Grace, à la fin d'un nouvel après-midi de visites infructueuses, celle-ci se laissa tomber sur le canapé avec un soupir d'épuisement.

— On croirait qu'une ville de cette taille contient une foule d'opportunités, mais nous n'avons rien vu d'envisageable. Ne parlons même pas d'un coup de foudre !

Rita se sentait épuisée, elle aussi. Les agences ne semblaient réellement pas saisir ce qu'elles cherchaient. Les deux femmes n'avaient vu que des locaux trop petits, trop sombres, trop lugubres, trop anciens ou, dans le cas d'un ancien entrepôt converti en club de gymnastique, trop grand et plein de courants d'air. Voyant l'expression de Grace, Rita chercha pourtant à se montrer optimiste :

— Nous finirons bien par trouver. Nous sommes loin d'avoir épuisé toutes les possibilités.

— Oui, bien sûr, tôt ou tard. J'étais stupide de penser que le local serait facile à trouver... Après tout, nous nous battons sur plusieurs fronts.

— Vous avez voulu tout faire trop vite, lui fit remarquer Rita avec affection. Le montage du projet, les visites, et puis tout le temps passé à organiser cette réception pour votre fils et sa femme...

— Oui, mais cela, je tenais *vraiment* à le faire.

Grace soupira encore une fois.

— Je me sens tellement coupable d'être partie sans prévenir la pauvre Lianne ! Elle s'est présentée à son nouvel emploi, et personne n'était au courant ! Sur le moment, j'étais si pressée de partir que je ne pensais à rien d'autre.

— Ça se comprend très bien !

— Peut-être, mais maintenant que je voudrais faire quelque chose pour elle et pour Gabriel, Jeffrey et moi n'arrivons pas à nous mettre d'accord sur le moindre détail. Pas même sur la date de la réception. Nous sommes déjà à la mi-juillet ! Par moments, je me dis que je devrais tout simplement renoncer.

— Oh, non, sûrement pas ! Vous vous faisiez un tel plaisir d'organiser ça pour eux.

— C'est vrai. J'ai manqué le mariage proprement dit, et je voulais faire quelque chose de spécial. Mais notre... « manque de communication » prend des proportions invraisemblables.

Pour la première fois, Rita vit cette femme exquise faire un geste un peu théâtral, levant les mains au ciel et s'exclamant :

— Je suis trop loin, je ne peux rien faire ! Si j'étais en Angleterre, ce serait peut-être différent...

— Et si vous demandiez à Michael Forrest de vous aider ? s'écria Rita. D'après ce que vous pensez de lui, il a un vrai talent pour ce genre de choses. Vous n'aviez pas dit qu'il partait pour Londres, ces jours-ci ? Il pourrait peut-être assurer la liaison entre vous, faire l'intermédiaire...

Grace sourit brusquement.

— Michael... ? dit-elle, pensive.

Rita, qui commençait à bien la connaître, vit qu'elle réfléchissait intensément. Dans l'enchevêtrement de l'arbre généalogique des Powell, la famille maternelle de Grace, la mère de ce Michael était sa cousine germaine. Quand le jeune homme avait hérité de la chaîne hôtelière Carlisle Forrest, il avait bouleversé le clan tout entier en cherchant à transformer ces établissements austères et élégants en palais hollywoodiens. Tout le monde avait été horrifié, à l'exception de Grace, qui avait trouvé la chose plutôt drôle. Le cinéma et ses prestiges les plus clinquants avaient toujours fait vibrer Michael mais, cette faiblesse mise à part, il était intelligent, énergique et plein d'idées. Le temps montrerait si ses idées tenaient la route...

Michael avait téléphoné récemment pour manifester son soutien à Grace après la séparation, et pour lui proposer l'aide dont elle pourrait avoir besoin. Grace avait l'intention de le prendre au mot, et de faire appel à lui quand elles commenceraient à préparer le gala d'inauguration du magasin.

— Voilà une excellente idée ! s'exclama-t-elle. Rita, vous êtes un ange. Michael, le globe-trotter invétéré... Personne ne sait organiser une fête comme lui. Ce serait parfait ! Quelle chance qu'il soit justement de passage à San Francisco ! Il voyage tellement qu'on ne sait jamais comment mettre la main sur lui.

Elle sourit encore, toute ragaillardie.

— Si on fait appel à lui, il faudra essayer de le calmer un peu. Michael ne sait jamais s'arrêter une fois qu'il est lancé. Tiens, si je demandais à ma nièce Mallory de s'occuper du buffet ?

— Votre nièce ?

— Oui, la fille de mon frère Leland. Vous ne connaissez pas Mallory's, près de Union Square ?

— C'est votre... ! Eh bien oui, dans ce cas, je crois que le buffet serait assez fantastique.

— Je me sens beaucoup mieux, soudain. Allez, restons-en là pour ce soir, nous avons bien travaillé.

Rita jeta un coup d'œil à la ronde. Ce salon qui leur servait de bureau n'était jamais réellement en ordre.

— Je range un peu et je rentre chez moi.

Habituellement, Grace protestait lorsque Rita prenait sur son propre temps pour effectuer ce genre de tâche, mais cette fois, trop fatiguée et souffrant d'un début de rhume, elle se contenta de dire :

— Faites le minimum et promettez-moi de rentrer chez vous tout de suite. Vous allez finir par me prendre pour une esclavagiste.

— Aucun danger, assura Rita en riant. Je suis comme un poisson dans l'eau, et vous auriez beaucoup de mal à me chasser.

En se levant, Grace sentit tout le poids de sa fatigue, et sa bonne humeur s'évapora un peu.

— Les choses ne se passent pas du tout comme je l'escomptais, soupira-t-elle.

— Vous ne vous sentez pas très bien, ce soir. Demain, vous serez prête à tenir tête au monde entier.

— Je l'espère. Eh bien, bonne nuit, même s'il est encore tôt.

Elle disparut dans sa chambre. Rita fit un tour rapide de la pièce pour la ranger, et s'attela à la mise à jour de leurs dossiers. Elle avait bouclé sa tâche et se préparait enfin à partir quand le téléphone sonna. Redoutant que la sonnerie ne dérangeât Grace, elle bondit sur l'appareil et répondit à voix basse.

— Rita ? demanda une voix familière.

— Oh, Erik !

— Ce n'est pas un bon moment ? demanda-t-il, un peu interdit.

— Pas vraiment, non, dit-elle sans élever la voix. Grace ne se sent pas très bien, elle se repose. Je peux prendre un message ?

— Dis-moi, vous avez trouvé un local pour le magasin ?

— Non, pas encore.

— Je viens d'entendre parler d'un site à l'instant, et j'ai l'impression qu'il conviendrait peut-être. L'agent immobilier est une amie : je lui ai demandé de garder ça pour elle, juste le temps d'en parler à Grace. La situation est idéale, et tu sais à quelle vitesse les choses partent, une fois qu'elles sont sur le marché.

Après deux semaines de chasse au local, Rita ne le savait que trop bien ! Elle jeta un coup d'œil en direction de la chambre et répondit à contrecœur :

— Ça m'ennuie de la déranger, mais s'il y a urgence...

— Ecoute, tu sais exactement ce qu'elle veut, n'est-ce pas ? Ne lui dis rien, viens jeter un coup d'œil et fais-lui ton rapport.

— Je ne peux pas prendre une décision pareille sans elle.

— Tu ne signeras rien, voyons, insista-t-il. Il suffira de me dire si Grace risque ou non d'être intéressée.

Rita réfléchit un instant. Elle ne voulait pas sortir Grace de son lit et la traîner Dieu sait où, au risque d'une nouvelle déception. Dans ce cas, à quoi bon avoir une assistante ? Erik avait raison : ils ne feraient que jeter un coup d'œil, et la décision finale appartiendrait à Grace.

— Très bien, dit-elle. J'arrive tout de suite.

Quand Erik passa la prendre devant l'immeuble, quelques minutes plus tard, il dut donner un bref coup de klaxon pour se faire reconnaître. Le soir de leur dîner à Larkspur, ils avaient pris le trolley, puis le ferry. Aujourd'hui, il conduisait une somptueuse Jaguar noire. La voiture s'arrêta en souplesse devant elle, et un concert d'avertisseurs éclata instantanément. Rita mit une seconde à reconnaître le chauffeur, puis se glissa près de lui en toute hâte.

— Jolie voiture, lança-t-elle en élevant la voix pour se faire entendre. Depuis quand as-tu un bijou pareil ?

— L'année dernière, répondit-il en se glissant adroitement dans la circulation. C'est plus commode pour promener les clients. Ils avaient du mal à entrer dans l'ancienne.

L'ancienne voiture avait été une Porsche dorée, basse et longue comme une torpille. Le changement de vitesse se mettait toujours en travers de leurs élans passionnés, ce qui n'avait pas manqué de provoquer de mémorables fous rires...

— Oui, c'est tout de même plus commode, se hâta-t-elle de dire.

Puis elle jeta un coup d'œil par la vitre et demanda :

74

— Alors, où est-ce que nous allons ?

— Près de l'angle des rues Kearny et Post.

Elle ouvrit de grands yeux stupéfaits. Ce carrefour se trouvait au cœur du quartier des magasins chic !

— Mais nous avons passé tout le secteur au microscope, et nous n'y avons rien trouvé !

Il quitta la rue des yeux, le temps d'un sourire rapide.

— Je te dis que ça vient juste d'être mis sur le marché. Je ne l'aurais pas su non plus si je n'avais pas cette amie dans la profession. Grace m'a parlé de vos difficultés, et j'ai fait savoir que je cherchais un local.

— Je vois.

— Tu n'as pas l'air contente.

— Si, bien sûr, protesta-t-elle.

Elle se sentait tout de même un peu jalouse. Cela faisait deux semaines qu'elle remuait ciel et terre pour trouver le site idéal, et Erik n'avait eu qu'à passer quelques coups de fil...

— C'est seulement que nous cherchons jour et nuit sans rien trouver. Grace commence même à se décourager, c'est dire !

Erik se gara le long du trottoir.

— Espérons que cette fois sera la bonne. Nous y voilà.

Tandis qu'il faisait le tour de la voiture pour ouvrir sa portière, elle étudia la façade du bâtiment. Une façade de pierre assez lépreuse, avec des fenêtres aux joints de plomb. Malgré cette apparence piteuse, elle ressentit un pincement d'excitation. Erik avait raison, pensa-t-elle. Cette fois pourrait être la bonne !

Grace et elle étaient à l'affût d'un lieu différent,

qui garderait quelque trace de la vieille Europe. En contemplant ce bâtiment, Rita voyait déjà l'allure qu'il aurait, une fois que la façade serait décapée au sable et les fenêtres changées. Elle imaginait même l'enseigne discrète portant le mot unique : « Grace. »

Elle se reprit néanmoins. Il était trop tôt pour se laisser aveugler par l'enthousiasme. Descendant de voiture, elle attendit avec impatience tandis qu'Erik se débattait avec la serrure vétuste.

Enfin, il réussit à ouvrir la porte, et lui fit galamment signe de passer devant lui. Elle entra, écoutant avec une certaine émotion l'écho de ses pas dans ce grand espace vide. Les fenêtres donnant sur la rue étaient si sales qu'elles ne laissaient guère filtrer de lumière. Une épaisse couche de poussière recouvrait toutes les surfaces. Les locataires précédents avaient dû partir très vite, car une lourde et laide vitrine était abandonnée près de la porte, posée sur la tranche, et un amas de cartons barrait le passage. Erik actionna un interrupteur, sans résultat.

— Je n'avais pas pensé à ça, dit-il. Nous aurions dû emporter des lampes de poche.

— Ou des casques de mineur...

Leurs voix résonnaient étrangement. Rita s'avança encore de quelques pas vers les ténèbres, au fond de la grande salle.

— On ne pourra rien voir, reprit Erik. Autant laisser tomber et revenir demain... Attends, où est-ce que tu vas ?

Rita s'était mise en route d'un pas décidé. C'était l'endroit le plus prometteur qu'elle eût vu jusqu'ici, et elle ne partirait pas sans l'avoir exploré tout entier. Déjà, les idées se pressaient dans sa tête : elle voyait très clairement cet espace refait à neuf, peint en couleurs discrètes, avec une moquette moelleuse au sol. Le rez-de-chaussée serait le magasin proprement dit. Des mannequins seraient posés ici et là, et dans ce coin...

— Attention!

Trop absorbée par ses projets, elle ne regardait plus où elle allait. L'exclamation d'Erik l'arrêta au moment où elle montait sur une sorte de plate-forme. Il bondit près d'elle, lui saisit le coude, et elle se retourna vers lui, interloquée.

— Attention, voyons! Regarde où tu mets les pieds.

Elle baissa les yeux pour voir ce qu'il lui montrait et comprit qu'il venait effectivement de lui éviter une mauvaise chute. Ce qu'elle avait pris pour une sorte d'estrade était, en fait, un amas de poutres à demi effondré. La pile bougeait sournoisement sous ses pieds, et Erik la soutint pendant qu'elle descendait très prudemment.

— Merci, souffla-t-elle.

— De rien, renvoya-t-il ironiquement. On peut y aller, maintenant?

— Pas question! Tu plaisantes? Je veux tout voir!

— Mais on ne voit rien du tout!

— J'en vois assez pour faire mon rapport à Grace.

— Nous ferions mieux de revenir.

— Non, rétorqua-t-elle avec obstination. Pars si tu veux. Moi, je fais le tour du bâtiment. Regarde, un escalier! Il y a un étage, ce sera parfait pour l'atelier et les bureaux.

Elle se dirigea de ce côté, Erik sur ses talons.

— Du calme! protesta-t-il. Si tu veux absolument y aller, laisse-moi au moins passer le premier.

Sans ralentir le pas, elle lui jeta un regard indigné par-dessus son épaule.

— Je suis parfaitement capable de monter un escalier toute seule. Je n'ai pas besoin d'un homme pour faire les gros bras. Viens si tu veux, moi, je vais voir là-haut.

Elle s'engagea au trot dans l'escalier et émergea dans un immense grenier, couronné par l'éventail de la charpente. Ici, on y voyait un peu plus clair grâce aux fenêtres des pignons. Elle cherchait encore à s'orienter quand Erik la rejoignit en éternuant.

— Cette poussière... Alors, c'est prometteur ? demanda-t-il.

— C'est vraiment prometteur, oui. Il y a beaucoup de place pour les stocks, et puis, regarde : là-bas, on peut monter des cloisons et créer des bureaux très spacieux.

Elle se tourna vers lui, lèvres entrouvertes, yeux brillants.

— Oh, Erik, je crois que Grace va vraiment...

Elle ne put achever sa phrase. En face d'elle, le visage d'Erik changea. Machinalement, elle se retourna pour voir ce qu'il regardait. Là où un instant plus tôt ne régnaient que les ténèbres, une silhouette massive se ruait droit sur eux ! Horrifiée, elle se figea — et sentit Erik la pousser brutalement de côté.

Il n'eut pas le temps de faire plus. Elle s'écarta de plusieurs pas en trébuchant, et l'homme s'abattit de tout son poids sur son compagnon. Large et lourd, l'inconnu était vêtu d'une vieille veste élimée et d'un pantalon de l'armée. Rita ne distinguait pas son visage. Terrifiée, elle vit les deux hommes lutter un instant puis basculer violemment sur le sol.

— Sauve-toi ! lui cria Erik.

Affolée, elle tournait sur elle-même, cherchant quelque chose qui pût lui servir d'arme. Le grenier était vide, mais elle tenait encore son grand sac à main. Ses amis la taquinaient toujours parce qu'elle le bourrait de quantités d'objets inutiles mais, cette fois, elle regrettait de ne pas l'avoir chargé encore plus — d'un fer à repasser, par exemple ! Arrachant ce poids mort de son épaule, elle se précipita vers Erik et son agresseur.

Les deux hommes roulaient sur le plancher, chacun essayant d'immobiliser l'autre. Il était très difficile de démêler ce qui se passait dans ce tourbillon de bras et de jambes, de grognements et de jurons. Rita trépigna quelques instants autour d'eux en serrant la courroie de son sac, puis elle saisit sa chance. L'homme avait momentanément réussi à avoir le dessus. Elle leva son sac très haut et, de toutes ses forces, l'abattit sur sa tête. Pris par surprise, il vacilla avec un grognement.

— Fichez le camp ! hurla-t-elle en lui assenant un nouveau coup.

Cette fois, il croisa les bras sur sa tête pour se protéger et Erik réussit à le déloger. Il s'étala par terre et, incapable de s'arrêter, Rita le frappa encore. Le troisième coup fut le dernier. Hoquetant pour retrouver son souffle, l'homme s'écarta à quatre pattes, sauta sur ses pieds et plongea dans l'escalier à une vitesse stupéfiante, jetant des exclamations incohérentes. En bas, la porte d'entrée claqua.

Rita s'aperçut qu'elle tremblait. Erik, toujours à terre, se redressait avec effort, et elle se jeta à genoux près de lui.

— Tu vas bien ? demanda-t-elle, effrayée.

Elle vit du sang sur sa lèvre fendue et cria presque :

— Il t'a fait mal ?

— Ce n'est pas grand-chose.

Le souffle court, il sortit un mouchoir et s'essuya la bouche.

— Donne-moi ça, ordonna-t-elle. Tu y vas beaucoup trop fort, tu vas te blesser encore plus.

Lui prenant le mouchoir des mains, elle épongea doucement le sang. Il faisait trop sombre pour qu'elle pût bien voir ce qu'elle faisait, mais elle avait eu deux frères turbulents et s'y connaissait en écorchures. Celle-ci n'était guère profonde.

Quel soulagement ! Maintenant que tout était fini, un vertige s'emparait d'elle. Il n'y avait pas d'endroit où s'asseoir, à part le plancher brut, mais elle n'eut pas une seule pensée pour son tailleur. Le cœur battant, elle se laissa tomber à côté d'Erik. A demi redressé, il tâtait prudemment sa lèvre enflée.

— Eh bien, quelle histoire ! dit-elle d'une voix un peu tremblante.

Puis elle sursauta et regarda derrière elle, effrayée.

— Tu ne crois pas qu'il avait des copains quelque part dans l'immeuble ?

— Non, ils se seraient déjà manifestés. C'était sûrement un S.D.F. qui avait trouvé une entrée. Tu vois les affaires, là-bas ? C'est sans doute à lui...

Rita jeta un bref coup d'œil au tas informe, sous la fenêtre. Frissonnant, elle se recroquevilla un peu.

— Le pauvre type...

— Le pauvre ? Il t'a attaquée !

Rita sursauta de nouveau et leva vers lui des yeux ronds de saisissement.

— Tu m'as sauvé la vie !

— N'exagérons rien !

Il se mit à rire, puis fit la grimace quand sa lèvre fendue protesta.

— Pourquoi est-ce que tu n'es pas partie quand je te l'ai dit ?

— Je n'allais pas te laisser tout seul ! protesta-t-elle, outrée.

— Il aurait pu te faire du mal.

— Du coup, c'est toi qui as écopé de tout.

Elle prit une longue respiration tremblante et murmura :

— C'était courageux, ce que tu as fait...

— Pas du tout. Je n'avais pas le choix.

Il lui saisit la main, et elle sentit qu'il tremblait également.

— Je suis bien content que tu ne sois pas montée toute seule, dit-il en tâchant de reprendre son souffle.

La chaleur de la main d'Erik était réconfortante, et elle s'y accrocha.

— Moi aussi. Je ne sais pas comment te remercier.

— J'aurais bien une idée..., dit-il doucement.

La reconnaissance était une chose, mais ce qu'il semblait suggérer...

— Ah ? demanda-t-elle d'une voix faussement détachée.

Il eut un léger sourire.

— Je ne pensais pas du tout à ça.

Ils étaient toujours assis face à face sur le plancher sale, et il tenait l'une de ses mains. Il leva l'autre, effleura ses cheveux et, d'un seul coup, le grenier se fit étouffant. Une tension nouvelle se leva entre eux, la même que Rita avait sentie l'autre soir, sur le ferry. Elle savait qu'il avait envie de l'embrasser... et elle aussi le désirait, de toutes ses forces.

C'était sûrement l'adrénaline, pensa-t-elle sans conviction.

Leur agresseur était loin, mais le sang battait toujours à ses oreilles, et tous ses sens demeuraient en alerte... Le meilleur moyen de se calmer n'était certainement pas d'embrasser Erik : cela ne ferait que compliquer une situation déjà assez difficile. Comment ferait-elle, ensuite, pour conserver ses distances avec un homme qui s'était précipité pour la défendre ? Oui, il avait eu l'air amusé en entendant sa phrase un peu mélodramatique : « Tu m'as sauvé la vie. » Mais au moment de la pousser de côté pour recevoir lui-même le choc, il n'avait pas su si l'homme était armé ou non. En la protégeant, il courait un risque réel. Cette pensée la fit frémir.

— Ça ne va pas ? demanda-t-il avec inquiétude.

— Non, je n'ai rien, je suis seulement...

Il se remit sur pied, et lui prit les mains pour l'aider à se relever.

— On ferait mieux d'y aller.

Elle s'agrippa à son bras.

— Tu ne crois pas qu'il va revenir ?

— Et risquer de se retrouver nez à nez avec la folle au sac à main en plomb ? Sûrement pas !

— Arrête !

Voyant qu'il l'avait réellement effrayée, il cessa de rire et passa son bras autour de ses épaules.

— Non, je ne crois pas qu'il reviendra. Pas tout de suite, en tout cas. Mais on ne sait jamais, et on devrait aller signaler sa présence.

— Ça m'ennuie de faire ça, murmura-t-elle. C'est peut-être son seul abri.

Erik secoua la tête, agacé.

— Les femmes ! Il t'aurait tabassée s'il l'avait pu,

il aurait peut-être fait pire, et tu te fais du souci pour lui ?

— Je n'y peux rien. Il avait l'air... désespéré.

Erik fit une grimace comique.

— Alors, garde un peu de pitié pour moi, parce que, pendant un petit moment, je me suis senti assez désespéré aussi.

— Tu n'as pas besoin de pitié, dit-elle en essayant de cacher son propre sourire. Seulement de pommade cicatrisante pour ta lèvre.

— D'accord, si c'est toi mon infirmière. Après ce que je viens de voir, je préfère t'avoir avec moi que contre moi.

— Erik, dit-elle abruptement, tu avais demandé si on ne pouvait pas tout reprendre de zéro.

Le changement de sujet ne sembla pas le déconcerter.

— Oui, en effet.

— Alors...

Elle hésita, puis enchaîna très vite, sans se laisser le temps de changer d'avis :

— Je ne sais pas s'il est vraiment possible de revenir en arrière, surtout avec notre... « relation » passée. Mais puisque nous allons travailler ensemble, j'aimerais bien...

Elle s'interrompit encore une fois.

— Quoi donc ? demanda-t-il gentiment.

— Je ne sais pas au juste ! s'exclama-t-elle. J'aimerais partir de ce moment et continuer, voilà. Si tu penses que c'est possible...

Comme s'il craignait de voir cette trêve précaire lui échapper, il demanda très vite :

— Et toi, tu crois que c'est possible ?

— Nous ne pouvons pas oublier le passé...

— Non.

— Mais nous ne sommes pas obligés de le laisser peser sur notre travail commun.

— J'aimerais quelque chose de mieux que ça, Rita. J'aimerais que nous soyons amis.

Amis ? Oui, ce serait peut-être possible si elle réussissait à oublier ce qu'elle venait de ressentir. Erik ayant pris un risque pour elle, elle devait au moins faire une tentative en ce sens.

— Moi aussi, répondit-elle dans un souffle.

Il se tut un long instant, puis murmura :

— Merci, Rita.

La tension remontait, et elle préféra se mettre à rire.

— Ce serait plutôt à moi de te remercier ! Si je savais faire la cuisine, je t'inviterais à dîner pour te montrer ma reconnaissance.

— Ne te donne surtout pas cette peine ! s'écria-t-il en jouant la frayeur. On peut sortir dîner comme l'autre fois.

A vrai dire, Rita préférait ne pas mettre les pieds dans cet engrenage !

— Ce ne serait pas pareil, protesta-t-elle.

Puis elle crut trouver un compromis astucieux et sans risque.

— Je sais ! Mes parents vont fêter leur trente-cinquième anniversaire de mariage avec un pique-nique en famille. Tu veux venir ?

Elle s'attendait à un refus. A sa place, elle n'aurait pas hésité. Quel plaisir pourrait-il bien trouver à cette fête où il ne connaîtrait personne, avec une foule d'enfants qui galoperaient partout en hurlant à longueur de temps ?

Puis elle se souvint d'une conversation, un certain

soir de l'année dernière. Erik, qui était fils unique, lui avait dit à quel point il aurait aimé faire partie d'une grande famille. Elle s'était mise à rire, s'écriant qu'en tant qu'aînée de sept enfants, elle pouvait lui garantir qu'il ne connaissait pas son bonheur ! Mais il avait protesté, répétant qu'il avait toujours regretté de ne pas avoir de frères ou de sœurs, qu'il mourait d'envie d'être l'oncle d'une ribambelle de petits... Peut-être, après tout, apprécierait-il vraiment une fête de famille ?

— Ce serait parfait, dit-il avec un sourire. Où et quand ?

Un peu tard, elle pensa à la réaction de ses sœurs quand elle arriverait à la fête avec un homme — et surtout un homme comme Erik. Eh bien, elle les affronterait la tête haute ! Et puis, pourquoi s'inquiéter ? Si quelqu'un la questionnait — et ils ne s'en priveraient sans doute pas ! —, elle prétendrait tout simplement qu'Erik était un ami.

6.

La fête célébrant les trente-cinq ans de mariage de John et Eileen Shannon se tint dans un parc à la sortie de San Francisco, par un samedi tiède et ensoleillé. Rita et Erik arrivèrent parmi les derniers, et quand la jeune femme vit la foule déjà rassemblée, elle fut heureuse d'avoir proposé cet endroit. Ici, au moins, on pouvait se mettre à l'aise ! Ses deux frères Terry et Jim avaient organisé un match de base-ball pour les enfants les plus grands, et ses quatre sœurs étaient en train de disposer des monceaux de nourriture sur les tables couvertes de nappes blanches. Toutes sortes de mets délicieux sortaient des paniers et des glacières.

Dans la famille, tout le monde s'accordait à dire que Rita était incapable de faire chauffer une casserole d'eau. Elle avait donc commandé un énorme gâteau dans une pâtisserie. Erik et elle cherchaient à sortir la gigantesque boîte rose de la voiture, quand les enfants les plus jeunes les repérèrent. Une horde piaillante se rua alors vers eux.

— Prépare-toi au choc, glissa Rita en voyant le troupeau arriver au galop.

Elle jeta un coup d'œil rapide à Erik, s'attendant à le voir un peu effrayé par cet accueil exubérant. Au contraire, il riait, manifestement ravi. Quand les enfants les entourèrent, il fit mine d'être déséquilibré et d'avoir le plus grand mal à maintenir le grand gâteau d'aplomb. Enchantés, les petits sautèrent autour de lui en criant de plus belle.

Rita avait toujours eu les faveurs de ses jeunes neveux et nièces. Entre leur jeu avec ce nouveau venu et les efforts qu'ils faisaient pour attirer l'attention de leur tante préférée, le jeune couple ne pouvait pas faire un pas.

— Du calme! cria Rita en agitant les bras. Vous allez faire fuir M. Mulholland avant même qu'on soit arrivés!

Le taux de décibels ne baissa pas pour autant.

— Tantine, on veut...

— Tantine, tu pourrais...

Betsy, l'aînée de Marie, se fraya un chemin à travers le groupe. Elle avait des taches de rousseur sur le nez et de longs cheveux roux flamboyants retenus par deux barrettes. Rivant ses grands yeux bleus sur Erik, elle demanda :

— Vous jouez au base-ball?

— Ça m'est déjà arrivé, répondit-il gravement.

— Alors, vous voudriez bien m'apprendre à lancer une balle vraiment vicieuse? Je n'arrête pas de demander, mais les garçons ne veulent pas me montrer.

Erik lança un regard amusé en direction de Rita avant de se pencher, mains aux genoux, vers la petite.

— C'est d'accord. Ta tante Rita ne pouvait pas t'apprendre?

Betsy eut un large sourire.

— Oh, elle sait lancer, mais elle n'a pas ce qu'il faut pour les manœuvres vraiment sournoises.

— Je vois, fit Erik en retenant à grand-peine un

éclat de rire. Si tu veux, on lui apprendra aussi, quand on en aura fini avec toi.

Rita préféra feindre de n'avoir rien entendu. Calmement, elle demanda à Erik :

— Je porte le gâteau toute seule, ou tu comptes m'aider ?

Erik lança un clin d'œil à Betsy et se redressa. Il savait que Rita avait apporté des jeux pour les enfants, en plus des cadeaux destinés à ses parents. Tout se trouvait encore dans le coffre de la voiture. Devinant qu'elle préférerait les offrir elle-même, il lui tendit les clés et lui prit le gâteau des bras.

— Votre tantine a quelques petites choses pour vous, dit-il aux petits qui bondissaient autour de lui. Vous pourriez l'aider un peu ?

Personne n'attendit une deuxième invitation. Tandis que Rita distribuait des gants et des battes de base-ball, un jeu de badminton et une panoplie de croquet, il partit rejoindre les adultes. Par-dessus la tête des enfants ravis, Rita le suivit des yeux, curieuse de voir la suite. Ses quatre sœurs entourèrent aussitôt Erik, et Stella, la timide jeune femme de Jim, s'approcha à son tour. Erik dit quelque chose et elles se mirent toutes à rire. Puis les frères et les beaux-frères se dirigèrent de ce côté. Le temps pour Rita de rejoindre le groupe, les hommes étaient déjà retournés ensemble au match de base-ball, et Erik faisait le coach de la deuxième base.

— Eh bien ! s'exclama Marie en la voyant approcher. Où est-ce que tu le cachais ?

— Je me posais la même question, renchérit Colleen avec un regard en coin vers le match.

Erik était vêtu comme tous les autres, mais sa haute silhouette attirait irrésistiblement le regard.

— Il est spectaculaire, ajouta Martha avec un sourire appréciateur. Comment est-ce que tu as bien pu le ferrer ?

— Lâchez-la un peu ! intervint Louise, la plus jeune.

Un instant, Rita crut qu'une de ses sœurs au moins allait prendre sa défense. Elle déchanta vite quand la petite peste de la famille précisa :

— Vous savez comme elle a du mal à garder un homme...

— Merci beaucoup ! s'exclama Rita en éclatant de rire. Merci à toutes. Je me souviendrai de ça la prochaine fois que vous me demanderez de faire du baby-sitting.

Satisfaite de sa vengeance, elle alla embrasser ses parents.

— Joyeux anniversaire de mariage à vous deux !

Eileen Shannon venait d'avoir soixante ans. Cinq de ses enfants, quatre filles et un fils, avaient hérité des cheveux roux et des yeux bleu vif de son côté de la famille. Avec leurs cheveux et leurs yeux sombres, Rita et son frère Terry ressemblaient plutôt à John, leur père. Des sept enfants, Rita était la seule à ne s'être pas encore mariée, et sa mère ne lui permettait jamais de l'oublier. Eileen se laissa embrasser presque distraitement, le regard tourné vers le match de base-ball.

— Ce gentil garçon qui est venu se présenter à l'instant, dit-elle, ça fait longtemps que tu le connais ?

Question plus compliquée qu'il n'y paraissait : Rita avait l'impression de le connaître depuis toujours, et en même temps de le découvrir ! Sachant par expérience où la conversation risquait de l'entraîner, elle répondit d'un ton neutre :

— Ce n'est qu'une connaissance, maman. Un type que j'ai rencontré par mon travail.

Voulant la tirer d'affaire, Marie choisit un sujet sûr. La famille tout entière était très fière du nouveau poste de Rita. Les femmes, en particulier, attendaient des détails.

— A propos de travail, comment est-ce que ça se passe ? Je t'ai téléphoné je ne sais pas combien de fois cette semaine, mais tu n'étais jamais chez toi. Ta nouvelle patronne doit te faire travailler trente heures sur vingt-quatre !

— Pas du tout ! s'exclama Rita sans chercher à dissimuler son enthousiasme. C'est qu'il y a tellement à faire ! Vous n'imaginez pas tous les problèmes qu'il faut régler avant d'ouvrir un nouveau magasin.

— Vous avez trouvé un lieu ?

— Oui, ça y est ! Et je peux vous dire que ça nous retire une grosse épine du pied !

Malgré elle, le regard de Rita se posa sur Erik. Au sein de ce décor champêtre, avec tous les siens autour d'elle, l'accrochage avec le vagabond n'était plus qu'un mauvais rêve, mais elle n'avait pas encore oublié sa frayeur. Elle n'oublierait sans doute jamais le geste qu'avait fait Erik pour la protéger.

— Alors, ce sera où ? Même si je sais bien que ça sera tout à fait hors de prix ! soupira Martha avec une grimace.

— Et puis, on proposera surtout des accessoires pour les mariées, dit Rita en souriant au gros ventre qui pointait sous la salopette de sa petite sœur. Après cinq ans de mariage et trois enfants et demi, tu crois que Harvey voudra te ré-épouser ?

A ce rappel de son état, Martha se laissa tomber sur un banc, une main pressée au niveau des reins.

— Il voudra plutôt recommencer sa vie tout seul, gémit-elle. Mais si tu nous parlais plutôt du magasin ?

Sans se faire prier, Rita se lança dans les détails :

— C'est près du carrefour de Kearny et Post, en plein dans le mille pour ce qui est du quartier. Grace vient juste de louer l'immeuble. On a déjà trouvé un architecte et un maître d'œuvre, et la première chose sera de décaper la façade au sable. Il y a des fenêtres anciennes à joints de plomb, très belles mais assez abîmées ; Grace n'a pas encore décidé si on les gardera. En tout cas, on va démolir tout l'intérieur et tout reprendre de zéro.

— Ça va coûter une fortune !

Rita jeta un nouveau coup d'œil vers Erik. Maintenant, il apprenait à l'un des petits garçons à maîtriser sa batte, lui montrant comment se planter bien solidement sur ses jambes. Elle le regarda un instant, émue par sa patience... Une pensée parfaitement incongrue lui traversa l'esprit : il ferait un père fantastique.

— Oui, dit-elle en toute hâte, ça reviendra assez cher, mais c'est à ça que sert Erik. C'est lui qui s'occupe du financement.

— D'après ce que tu nous as dit d'elle, dit Colleen, j'aurais cru que ta Grace DeWilde aurait les fonds pour lancer ça toute seule.

Rita ne pouvait discuter de la situation financière de Grace avec qui que ce fût, même avec sa propre famille. Elle se contenta donc de répondre :

— Ce n'est pas ainsi qu'on fait les choses. Et puis, ce magasin ne fera pas partie de la chaîne DeWilde. D'ailleurs, pour éviter les conflits d'intérêt, il va tout simplement s'appeler... « Grace ».

— Oh, c'est très bien ! s'écria Marie. Mais ça ne serait pas plus facile, justement, de se servir du nom de DeWilde ? Ce serait le succès assuré !

Encore une fois, Rita ne tenait pas à évoquer la vie

privée de la femme avec qui elle travaillait. La semaine passée avait été ponctuée de coups de fil transatlantiques entre Grace et son mari. Grace ne lui disait pas grand-chose — et, bien entendu, elle ne posait aucune question —, mais ces conversations la laissaient toujours nerveuse et chagrinée. Visiblement, Jeffrey — ou tout au moins quelqu'un dans le groupe DeWilde — lui menait la vie dure. Une seule fois, la voyant franchement bouleversée, Rita avait osé demander :

— Ils ne peuvent tout de même pas vous empêcher de faire ce que vous voulez ?

— Non, ils ne le peuvent pas, avait répondu Grace. Du moins je ne le pense pas, mais ce sera à Erik et Rudy de s'en assurer. Ils peuvent en revanche me rendre la tâche plus difficile et m'interdire toute référence au nom de DeWilde.

— Mais c'est aussi votre nom !

— Seulement par mon mariage, avait répondu Grace d'une voix lasse. Jeffrey et moi n'avons pas encore entamé de procédure de divorce, et les choses se compliquent de jour en jour. J'en suis à me demander si je tiens vraiment à vendre des accessoires pour les mariées.

Voyant l'expression de Rita, elle s'était hâtée de protester :

— Je ne parle pas sérieusement !

— Non, rétorqua Rita à l'adresse de Marie. Grace n'y tient pas. Et elle veut faire autre chose.

— Alors, demanda sa sœur, fascinée, il n'y aura pas que des robes de mariée ? Vous proposerez aussi d'autres choses ?

— Jusqu'ici, nous ciblons surtout le jour du mariage. Nous aurons les robes et les voiles, les diadèmes et les accessoires, et aussi le trousseau de la mariée... Pas dans le sens ancien, avec draps et linge de maison, même si Grace compte créer ces rayons un peu plus tard. Non, nous avons voulu penser en termes de tenues de voyage. Je crois que nous commencerons en petit, le temps de prendre nos marques. Mais l'idée est de fonctionner par thème : garde-robes de croisière ou pour séjour à la neige.

— Tout, de A à Z, de la cérémonie au retour de lune de miel ! s'écria Colleen, ravie.

— Tout... sauf le mari, répondit Rita en riant.

— Ça a l'air merveilleux, soupira Martha. Mais ça ne va pas vous ruiner, de fournir tout ça sans savoir ce qui se vendra ?

— Je me suis documentée auprès des agences de voyages. Les lunes de miel les plus recherchées sont les croisières ou les séjours à la neige.

Elle eut un sourire coquin et soupira de bonheur.

— Grace est vraiment quelqu'un de merveilleux. J'aimerais vous la faire connaître...

Une ovation éclata sur le terrain de base-ball. Betsy venait de frapper une balle assez longue pour un tour complet des bases, le fameux « home-run » tant convoité. Les mamans se mirent aussi à l'acclamer. Folle de joie, Betsy compléta son circuit et se précipita vers elles, le visage rouge vif, les cheveux en bataille, surexcitée par sa victoire.

— Vous avez vu ? hurla-t-elle. J'ai gagné le match !

— C'est très bien, ma chérie, répondit placidement Marie. Qu'est-ce que tu as fait de tes barrettes ?

— Oh, Marie, on s'en fiche ! s'exclama Rita, outrée.

Saisissant les mains de Betsy, elle la fit tournoyer autour d'elle.

— Je savais que tu y arriverais ! Je ne t'avais pas dit

que les filles pouvaient jouer aussi bien que les garçons?

Maintenant que le match était terminé, les joueurs affamés se rassemblèrent autour des tables. Trop occupée à installer la jeune génération, Rita n'eut pas le temps de se préoccuper d'Erik. Elle leva une fois les yeux pour s'assurer qu'il ne se retrouvait pas seul, et le vit en grande conversation avec son père et Hal, le mari de Marie. Un instant, elle se demanda de quoi ils pouvaient parler, avant que les cris des jumeaux de Colleen ne la ramènent à sa tâche. Les deux petits se disputaient avec un cousin pour savoir où chacun devait s'asseoir.

— Et alors? demanda-t-elle. Il n'y a pas de place pour tout le monde, peut-être? Vous deux, vous n'avez qu'à vous mettre ici, et Tommy ira là.

Bien entendu, ils se mirent à protester tous les trois.

— Très bien, proposa-t-elle. Si vous ne voulez pas vous asseoir, vous n'avez qu'à nous aider à servir.

Ils se ruèrent tous trois à leurs postes et elle sourit, satisfaite. Soudain, elle s'aperçut qu'Erik se tenait tout près d'elle.

— Tu t'y prends vraiment bien avec les enfants, observa-t-il.

— Merci. J'ai pas mal d'heures de vol, d'abord avec mes propres frères et sœurs, maintenant avec leur progéniture.

— Tu seras fin prête, quand tu en auras à toi.

Elle était presque sincère quand elle s'exclama :

— Moi? Surtout pas!

— Qu'est-ce que tu racontes?

— Je ne veux pas d'enfants.

Elle fit un grand geste vers les tables autour desquelles ses neveux et nièces se bousculaient, se volaient mutuellement les bons morceaux, renversaient leur limonade et faisaient un vacarme infernal.

— Ceux-là me suffisent.

— Mais ces gamins t'adorent!

— Je les adore aussi. Mais le plus merveilleux, c'est que je peux les rendre à leurs parents à la fin de la journée.

Elle pencha la tête sur le côté pour l'étudier un instant.

— Et toi, d'ailleurs? Tu t'y prends très bien aussi, avec les enfants. Tu n'en as pas non plus, que je sache...

— Pas encore.

Un instant, elle dressa l'oreille, en se demandant s'il n'y avait pas un sous-entendu dans sa petite phrase. Puis elle décida qu'elle préférait ne pas le savoir.

— Oui, bon, c'est différent pour toi..., conclut-elle vaguement. Tu es un homme.

— Ce qui veut dire?

— Ça veut dire...

Elle regarda autour d'elle et finit par repérer les hommes de la famille. Son père, ses frères et les maris de ses sœurs s'étaient tous rassemblés autour du barbecue, aussi loin que possible des femmes et des enfants. C'était un élément typique de ce genre de réunion, et elle fit un geste vers Marie, Louise et Colleen qui s'approchaient du groupe en portant d'énormes assiettes de nourriture.

— Tu vois ça? lança-t-elle d'un ton accusateur.

Erik se retourna pour suivre son regard, l'air perplexe.

— C'est toujours la même chose, dans ces réunions de famille, expliqua-t-elle. Les hommes viennent, bien sûr — ils savent ce qui leur arriverait s'ils ne venaient pas ! —, mais ils ne font rien d'autre que rester plantés là à bavarder.

— Attends, tu exagères, protesta-t-il. Tes frères ont organisé le match, non ?

Rita leva les yeux au ciel.

— Ça, c'était un jeu, c'était amusant ! Mais où est-ce qu'ils étaient, ce matin, pendant que mes sœurs préparaient tout le pique-nique ? Et tu remarqueras qu'ils ne sont même pas là pour servir, surtout pas les enfants. Ils ne sont même pas capables d'aller jusqu'aux tables pour remplir leurs propres assiettes : il faut que leurs femmes les leur apportent.

— Mais c'est...

Elle plissa les yeux.

— Si tu sors une phrase comme : « C'est le travail des femmes », je frappe sans autre avertissement.

Il eut un large sourire.

— Après ce que j'ai vu l'autre jour, je ne vais pas prendre un risque pareil. J'allais seulement dire que tous les hommes ne sont pas comme ça.

— Tu crois ? Tous ceux que j'ai rencontrés étaient exactement comme ça !

— Alors tu n'as pas rencontré ceux qu'il fallait.

— Nous parlons bien de la même planète ?

Il se mit à rire.

— Tu ne t'es jamais demandé s'ils ne cherchaient pas, tout simplement, à ne pas être dans vos jambes ?

— Je t'en prie ! Si c'est ça leur scrupule, je t'assure que nous serions toutes prêtes à faire un pas de côté pour les laisser s'occuper de tout.

— C'est ce que tu dis ! J'ai souvent constaté que même si elles se plaignent, les femmes n'ont pas vraiment envie que les hommes se mêlent de certaines choses.

— Et d'où vient ce mythe passionnant?

— Ce n'est pas un mythe. Je vais te donner un exemple.

— Je t'en prie.

— Supposons que les hommes aient été responsables de l'organisation du pique-nique, aujourd'hui. Ce serait donc à nous de choisir la nourriture, les boissons, tout le reste.

Elle croisa les bras, et attendit la suite en hochant la tête.

— Eh bien, poursuivit-il, puisque le but de cette réunion est de s'amuser...

Il s'interrompit et lui adressa un sourire innocent.

— C'est bien ça l'idée, n'est-ce pas?

Elle le regarda avec méfiance.

— Admettons...

— Bon! Comme il n'est pas amusant de se lever à l'aube pour passer des heures dans la cuisine, et comme il faut tout de même manger quelque chose à un pique-nique, l'un de nous serait passé prendre une cargaison de hamburgers, de frites et de Coca-Cola, un autre aurait pris des gâteaux au supermarché, un autre des assiettes en papier et des rouleaux essuie-tout... Une fois arrivés ici, on aurait tout flanqué sur une table et, entre deux jeux, chacun aurait pris ce dont il avait envie, au moment où il en avait envie. Ensuite, on aurait fourré tous les emballages dans un sac poubelle géant. Voilà comment les hommes organisent les pique-niques.

Rita éclata de rire.

— C'est complètement ridicule!

— Pourquoi? Ça me semble parfait.

— C'est exactement pour ça que ce n'est pas vous qui organisez les fêtes.

Il eut un sourire railleur.

— Je crois que tu viens de me donner raison.

Elle allait protester énergiquement quand un de ses frères appela Erik.

— Il faut que j'y aille, glissa-t-il. Les autres incompétents de service m'appellent.

— Va les rejoindre! renvoya-t-elle, persifleuse.

Lorsqu'il s'éloigna, elle lança:

— Tu te crois malin, mais c'est *toi* qui viens de me donner raison!

Pas le moins du monde déconcerté, il partit au petit trot. Elle le suivait encore des yeux quand Marie vint la rejoindre.

— Vous aviez l'air très préoccupés tous les deux, lui dit-elle. Oserai-je demander de quoi vous parliez?

— De la différence entre les hommes et les femmes, grogna Rita.

— Oh, non! Tu n'es pas remontée sur ton estrade?

— Certainement pas, déclara Rita. J'ai simplement fait remarquer que les femmes travaillent toujours beaucoup plus pendant ces fêtes que les hommes. D'ailleurs...

— J'ai déjà entendu ce qui va suivre, se hâta de protester sa sœur. Oh, Rita, pourquoi cst-ce que tu fais toujours ça?

Rita lui fit face, les mains sur les hanches.

— Pourquoi je fais toujours *quoi*?

— Ne joue pas l'innocente: tu sais exactement ce que je veux dire. Tu essaies délibérément de faire fuir celui-ci aussi?

— Comme j'ai fait fuir tous les autres, c'est ça?

— Ne te fâche pas...

— Je ne suis pas en colère. Je ne comprends tout simplement pas pourquoi vous tenez tous à me caser avec un type quelconque.

Marie jeta un coup d'œil en direction d'Erik.

— Celui-ci n'est pas un type quelconque.

— Ah bon? Je vois qu'il a réussi à mettre toute la famille dans sa poche.

— Tu dis ça comme s'il cherchait à nous embobiner. Il m'a fait une très bonne impression, c'est tout.

— Tu ne le connais pas comme je le connais. C'est son métier de convaincre les gens qu'il est honnête et sincère. Si j'étais toi, je ne m'y fierais pas.

— Tu peux dire ce que tu veux, Colleen et Martha et Louise pensent comme moi. Stella et maman aussi.

— J'aurais dû me douter que vous tomberiez dans le panneau. Tu devrais sortir un peu plus souvent.

Marie eut l'air vexée, et Rita regretta instantanément ses paroles.

— Je te demande pardon, Marie... Mais tu sais comme ça m'agace quand tu te mets à me parler d'hommes. Je t'ai dit qu'Erik n'est qu'une relation de travail. Pourquoi est-ce que tu ne veux pas me croire?

— Parce que j'ai vu la façon dont tu le regardes quand il ne te voit pas!

— Quoi? Tu déraisonnes!

— Et aussi, poursuivit Marie sans l'écouter, la façon dont il te regarde quand tu ne le vois pas. Maintenant, essaie de me dire le contraire.

Rita ouvrit la bouche, et la referma. Erik la regardait donc? Tout de suite, elle repoussa cette idée trop dangereuse. Marie était une incurable romantique, et voyait partout de grandes amours prêtes à éclore. Erik et elle étaient amis, sans plus. Ne s'étaient-ils pas mis d'accord sur ce point? Elle, en tout cas, ne désirait rien de plus.

Pourtant, elle fut plutôt silencieuse dans la voiture d'Erik, lors du trajet de retour. Tellement silencieuse qu'il finit par demander :

— Tu es fatiguée, ou ce que j'ai dit tout à l'heure t'agace encore ?

Elle ne pensait plus du tout à leur discussion. Mais comme elle ne tenait pas à lui dire à quoi elle pensait réellement, elle lança :

— Tu as le droit d'avoir ton opinion, et moi aussi !

— Bon. Tu es encore agacée.

— Non, je t'assure que non.

Elle ne voulait plus parler, elle se sentait trop... agitée. Que voulait donc dire Marie, tout à l'heure, et qu'avait-elle vu ou cru voir ? Erik la regardait d'une façon particulière quand elle ne le voyait pas ?

— Tu sais, dit Erik tranquillement, j'ai passé une journée formidable. J'étais content de rencontrer ta famille, et ces gosses sont fantastiques.

Automatiquement, elle eut envie de le contredire.

— Tu ne les as pas vus enfermés entre quatre murs, objecta-t-elle. Ils se déchaînent comme... les dix plaies d'Egypte.

Il éclata de rire.

— A t'entendre, on jurerait que tu n'aimes pas du tout les enfants.

— Je n'ai rien contre eux. Je t'ai expliqué : je n'en veux pas à moi. Pas pour l'instant, en tout cas. Il y a trop de choses que je veux faire avant.

— Les enfants ne te laisseraient pas les coudées franches ?

Elle lui jeta un regard indigné.

— Ce n'est pas une question de coudées ! Je sais bien, moi, le temps et l'énergie qu'il faut pour s'occuper de gamins. Si j'ai des enfants un jour, je veux en être arrivée au point où je pourrai les faire passer en premier.

Elle se tut un instant, puis lâcha :

— Les hommes, eux, n'ont pas besoin de penser à ces choses.

Il ne répondit pas tout de suite.

— Je n'y avais pas songé dans ces termes, mais tu as raison. Même si un homme a vraiment envie de participer, même s'il a les meilleures intentions du monde, c'est toujours la mère qui finit par faire le plus gros du travail. Du moins les premiers temps. Je comprends que tu veuilles préparer le terrain pour un engagement pareil.

— Tu comprends ?

— N'aie pas l'air si surprise, je ne suis pas tout à fait un homme des cavernes. J'ai fini par comprendre quelques petites choses.

La voiture venait de s'engager dans sa rue. Stupéfaite, elle s'entendit demander :

— Tu entres prendre un café ?

— J'aimerais bien, mais j'ai encore beaucoup de travail à boucler à la maison. Je ferais mieux de rentrer. En revanche, un autre jour, si tu me fais la même proposition...

Rita ne sut pas si elle se sentait déçue ou soulagée de son refus. Que Marie aille au diable ! pensa-t-elle. Sans son petit discours sur la façon dont ils se regardaient tous les deux, elle n'aurait accordé aucune importance particulière à cette journée.

— Quand tu veux, dit-elle en rassemblant ses affaires.

Le voyant ouvrir sa portière, elle l'arrêta :

— Non, ne descends pas. Je me débrouille.

Au moment où elle ouvrait sa propre portière, il posa la main sur son bras.

— J'ai vraiment passé une bonne journée, reprit-il. Merci de m'avoir invité.

La lumière qu'elle vit dans ses yeux fit bondir son cœur. Il était si séduisant derrière le volant, avec ses cheveux rabattus en arrière par le vent, son visage hâlé par le soleil. Elle se sentait si terriblement attirée, et n'avait qu'un mouvement à faire. Si elle se penchait vers lui...

Très vite, elle ouvrit sa portière et descendit. Bien en sécurité sur le trottoir, elle put s'accouder à la vitre ouverte pour lui dire :

— Je suis contente que tu sois venu. Vraiment. C'était très sympa.

S'il regrettait qu'elle eût délibérément court-circuité ce qui aurait pu être un moment de tendresse, il n'en montra rien.

— Il faudra recommencer, Rita.

— Bonne idée, répondit-elle en se demandant pourquoi elle avait tant de mal à soutenir son regard. Ça me ferait plaisir.

Elle vit ses yeux changer, et crut un instant y lire l'expression dont avait parlé Marie.

— Oh, à moi aussi..., murmura-t-il.

Cette fois, elle en était certaine.

Elle se redressa brusquement, et fit un pas en arrière en levant la main dans un geste d'adieu. La voiture se mit en route, fila vers le bas de la rue et, instinctivement, elle porta la main à ses lèvres. Elle aurait dû l'embrasser. Si elle l'avait fait, elle ne serait plus en proie à cette... anticipation insupportable. Tout l'après-midi, elle s'était demandé si elle ressentait toujours quelque chose pour lui ou si son imagination la trompait — pour finir par décider qu'il n'y avait qu'un seul moyen d'en être sûre. Mais quand le moment était venu, elle s'était sentie incapable de passer à l'acte.

Elle préférait peut-être ne pas savoir, pensa-t-elle en

fourrant sa clé dans la porte d'entrée. Cela vaudrait sans doute mieux. Pourquoi ne pas laisser les choses comme elles étaient? Erik et elle seraient amis, sans plus.

Mais était-ce ce qu'elle souhaitait réellement?

7.

Le lendemain, un lundi, Erik arriva au bureau avant 7 heures du matin, déterminé à faire un sort à la montagne de dossiers en instance qui s'empilaient dans ses tiroirs. Quand il entendit Eleanor s'affairer dans l'autre pièce, il constata qu'il était déjà 9 heures, et qu'il n'avait rien fait ! Poussant de côté sa pile de paperasses intacte, il alla se planter devant la baie vitrée.

Il n'aurait pas dû accompagner Rita à la fête de ses parents. Ayant réussi à se convaincre que ce n'était qu'une réunion de famille, et donc pas un authentique rendez-vous, il avait pourtant pris ce risque. Et maintenant, il ne cessait plus de penser à elle.

Il ne l'avait jamais vue dans ce contexte, même au cours de leur liaison. A l'époque, ils se préoccupaient exclusivement l'un de l'autre. En la contemplant au milieu de ses frères et sœurs, ses parents, ses neveux et nièces, il l'avait découverte sous un jour entièrement neuf.

Elle l'avait étonné dès le moment où il était passé la prendre chez elle, à Sausalito. L'année précédente, elle vivait encore dans un appartement du centre-ville, austère et dépouillé. Sa nouvelle maison ressemblait à une carte postale, entourée comme elle l'était d'une barrière peinte en blanc envahie par les roses. Sa première réaction avait été de penser que cela ne lui ressemblait pas du tout. Mais après la fête, il s'était dit, au contraire, que rien n'aurait pu lui convenir aussi bien.

Tout en elle, ce jour-là, l'avait surpris. A des années-lumière de la jeune femme en tailleur chic et talons hauts, elle lui avait ouvert la porte en caleçon à fleurs, et T-shirt blanc serré aux hanches par une large ceinture. Il était encore sous le choc quand il avait remarqué ses cheveux. Au lieu de son carré branché, un nuage de boucles la transformait en lutin. Il la trouvait absolument adorable.

Bien sûr, il n'avait rien dit. Ils s'étaient mis d'accord : tout devait rester simple entre eux.

Mais ce matin, il s'était posé la question carrément : que ressentait-il au juste pour Rita Shannon ? Et pourquoi cela avait-il une telle importance ? Leur ancienne relation terminée, ils étaient tous deux passés à autre chose. Rita ne semblait sortir avec personne d'autre, pour le moment, mais lui, il allait probablement épouser Caroline ! Alors, où était le problème ?

Il n'y avait pas de problème, il se laissait simplement influencer par cette journée si chaleureuse, passée avec cette grande famille accueillante. Les Shannon et leurs pièces rapportées semblaient tous si proches les uns des autres ! Ils possédaient ce qui avait toujours manqué à sa propre vie.

En fait, la vraie question se trouvait ailleurs : Caroline pourrait-elle lui offrir tout cela ? Pour la première fois peut-être, il essaya d'envisager concrètement leur vie commune. Caroline avait beaucoup de qualités mais, avec elle, il n'y aurait sans doute jamais de pique-niques en famille dans un parc public. Elle ne porterait pas de caleçons à fleurs, elle ne ferait jamais ce que

Rita avait fait après le déjeuner — organiser un jeu de ballon complètement déchaîné, garçons contre filles. Il revoyait encore la jeune femme au moment de la victoire de son équipe, renversée dans l'herbe par l'assaut de ses petites nièces hilares, leur rendant baiser pour baiser. Puis, époussetant machinalement l'herbe de ses vêtements, se dirigeant vers le groupe des adultes. Jamais elle ne lui avait semblé aussi belle qu'à cet instant, avec de la terre sur la joue et le front.

Mais que faisait-il donc, à comparer ainsi Caroline et Rita ? Elles étaient totalement différentes. Rita, à la fois énergique et conciliante, avec son grand cœur et son franc-parler. Caroline et son aura élégante et feutrée. Il n'y avait jamais eu de pique-niques dans le parc pour elle, mais des brunchs et des thés dans les meilleurs salons.

Il ne parvenait même pas à imaginer Caroline enfant dans la grande demeure de Russian Hill. Les pièces remplies de meubles précieux n'étaient pas faites pour les petites mains collantes, le silence bien élevé ne pouvait être brisé par des cris d'enfant.

Deux femmes différentes, deux univers à part... Ces deux mondes-là ne se rencontreraient jamais.

Il revenait vers son bureau quand son associé frappa à la porte et passa la tête à l'intérieur.

— Tu as un moment ?

— Bien sûr, entre !

Rudy avait le même âge que lui, mais il semblait plus âgé, avec sa calvitie naissante et ses quinze kilos superflus. Ils s'assirent tous deux de part et d'autre du bureau, et Erik demanda :

— Quoi de neuf ?

— J'ai planché un peu sur la situation de Grace DeWilde, dit Rudy. Je crois que nous avons quelques remous en perspective.

— Allons bon ! Qu'est-ce qui se passe encore ?

— J'espérais que le groupe se contenterait de protester pour la forme, mais je viens de recevoir un fax qui indique qu'ils seraient décidés à lui mettre de sérieux bâtons dans les roues.

— De quelle façon ?

— Ils envisagent de lui intenter un procès.

— Pour quel motif ? Ils ne peuvent pas l'empêcher d'ouvrir son propre magasin, que je sache.

— Non, mais ils peuvent bloquer l'ouverture en attendant la décision de la justice. Elle a déjà choisi de ne pas se servir de leur nom, mais il y a la question de l'exclusivité des produits, sans parler de la notion de concurrence déloyale. On pourrait contrer tous leurs arguments, bien sûr, et on gagnerait probablement. Mais ça prendrait du temps et de l'argent.

— Combien de temps ?

— Comment le savoir, de nos jours ? Des semaines, des mois, des années s'ils décident d'aller jusqu'au bout. Le mari a peut-être simplement envie de lui compliquer la vie, mais si le groupe décide qu'elle représente une menace, ils ont toute une équipe d'avocats pour nous faire des histoires.

— Qu'ils essaient. On peut aussi leur compliquer la vie.

— C'est vrai. Mais à moins que je ne me trompe, Grace n'a pas les ressources nécessaires pour leur tenir tête bien longtemps.

Erik réfléchit quelques instants.

— Elle a toujours ses actions.

— Mais elle n'est pas encore prête à les vendre. Tiens, d'ailleurs, voilà une idée ! Elle ne veut pas vendre, mais ils ne le savent pas... On pourrait s'en servir pour faire pression.

— Excellent !

Erik se carra dans son siège, prêt à livrer bataille.

— Alors, qu'est-ce qu'on fait ? demanda Rudy. On attend qu'ils bougent, ou on leur vole l'initiative ?

— J'ai quelques idées que je n'ai pas encore essayées. En tout cas, je vais recommander à Grace de se tenir sur ses gardes. S'ils décident de foncer, ils peuvent mettre en place tellement de barrages que les investisseurs nous glisseront entre les doigts pendant qu'on déblaiera tout.

— Laisse-moi m'occuper des investisseurs.

Rudy hocha la tête et se remit sur pied.

— Pour parler de choses plus plaisantes : comment était ton week-end ?

Erik retint un soupir. Il n'aurait pas dû parler à son ami de la fête dans le parc avec Rita et sa famille. Rudy était au courant de leur aventure de l'année précédente ; il savait que cela s'était mal terminé, et combien Erik s'était senti responsable.

— Très bien, répondit-il d'une voix neutre.

— Très bien ? Sans plus ?

— Ecoute, ce n'était pas un vrai rendez-vous.

— Oui, bien sûr. C'était une réunion profession-nelle dans un parc. Un peu comme un pique-nique d'entreprise, mais sans l'entreprise.

— Tu cherches à faire de l'esprit ?

— Tu cherches à éviter la question ?

— Je n'évite rien du tout, je t'ai répondu. C'était très bien — si on aime les côtelettes au barbecue et les hurlements de gosses.

— Très peu pour moi, fit Rudy en mimant un fris-son.

Divorcé deux fois, sans enfants, il était maintenant déterminé à demeurer célibataire le restant de ses jours.

— Tu vois bien ! On n'a rien fait d'autre que jouer au base-ball et...

— Epargne-moi tout ce qui touche à la puériculture. Je veux savoir comment les choses se sont passées entre toi et Rita. L'an dernier, vous ne vous êtes pas séparés dans les meilleurs...

— C'est du passé, tout ça. Je suis avec Caroline, maintenant.

— Je faisais de mon mieux pour l'oublier, soupira Rudy.

— Tu... quoi ?

Rudy vit l'expression effarée de son ami et leva la main d'un geste apaisant.

— Laisse tomber. Je n'aurais pas dû dire ça.

— Mais tu l'as dit, et tu ferais aussi bien de continuer ! Où est-ce que tu veux en venir ?

Rudy hésita avant de se lancer :

— On est amis depuis longtemps...

— Et tu comptes dire quelque chose qui va mettre en péril notre ancienne amitié ?

— J'espère que non. C'est seulement que... Ecoute, je ne comprends pas ce que tu trouves à Caroline. Excuse-moi, mais elle ne me semble pas du tout être la femme qu'il te faut.

— Qu'est-ce que tu racontes ? C'est *exactement* la femme dont j'ai besoin !

— Allons, Erik, je t'en prie ! Elle est... ennuyeuse à tomber raide mort.

— Depuis quand es-tu expert en la matière ? demanda froidement Erik.

— Tu n'as pas tort de poser la question. J'ai eu deux femmes. Ni l'une ni l'autre ne m'adoraient comme Caroline t'adore.

— Ce n'est pas une bonne chose ?

110

— C'est très bien... quand on est roi du Siam. Moi, je n'arrive pas à croire que tu t'intéresses vraiment à une femme qui se pâme chaque fois que tu ouvres la bouche. Tu n'as pas envie d'un peu plus d'imprévu, dans ta vie ?

— Tu m'analyses, maintenant ?

— Je n'ai pas besoin d'être psy pour constater que Caroline ne t'apporte rien. Depuis que tu l'as rencontrée, tu ne fais que te laisser vivre. En revanche, du jour où tu as recommencé à voir Rita...

— Je ne *vois* pas Rita !

— Tu peux appeler ça comme tu voudras. La vérité, c'est que tu n'as pas eu autant de bonnes idées et d'énergie depuis longtemps...

Rudy sembla prendre son temps avant d'assener son coup de grâce :

— Disons : depuis l'époque où tu sortais avec elle.

— Tu ne sais pas de quoi tu parles.

— Non ? Pose-toi une seule question, alors. Si Caroline est vraiment la femme qu'il te faut, pourquoi est-ce que tu repousses toujours le grand jour ? Ça fait des semaines que tu traînes cette bague dans ta poche. Tu l'as demandée en mariage ?

Malgré tous ses efforts, Erik fut incapable de soutenir le regard de son ami.

— Je... n'ai pas encore trouvé le bon moment.

— La bonne blague ! Tu ne l'as pas fait parce qu'au fond de toi, tu sais très bien que ce n'est pas la femme de tes rêves. S'il s'agissait de Rita...

— Tu vas en finir, avec Rita ? Je te l'ai dit, Rudy, cette histoire-là est du passé, et elle le restera !

Rudy ne se laissa pas démonter.

— Je n'en suis pas si sûr, reprit-il tranquillement. D'ailleurs, tu sais ce que je pense ?

— Non, et je ne veux pas le savoir.

— Je crois que tu étais déjà amoureux de Rita quand l'affaire Glencannon a dérapé, poursuivit Rudy sans l'écouter. Moi, il me semble que...

— Je connais déjà tes idées sur la question et je préfère ne pas revenir là-dessus. De toutes façons, tu te trompes, Rudy. Sur toute la ligne.

— Je ne pense pas. Tout aurait tourné très différemment si tu avais expliqué à Rita ce qui s'est vraiment passé.

Erik leva brusquement la tête. Trois personnes seulement connaissaient la véritable histoire du rachat de Glencannon's, et deux d'entre elles se trouvaient dans cette pièce.

— Je te l'ai dit, martela-t-il. Je refuse de parler de ça.

Rudy haussa les épaules.

— Très bien, répondit-il. Mais tant que tu n'en parleras pas, ce sera toujours là en filigrane, à gâcher vos chances de réconciliation.

— Rita et moi n'allons pas nous « réconcilier ». Pour la dernière fois, c'est Caroline qui m'intéresse, désormais.

Son associé leva les mains au ciel.

— Très bien, très bien, je renonce ! Mais je pense toujours que tu fais une grosse erreur.

— D'accord, trancha Erik. C'est *mon* erreur et je l'assume.

Rudy soupira et se dirigea vers la porte. Là, il se retourna encore une fois.

— J'avais presque oublié. Tu as entendu la dernière sur Phil Soames ?

Les yeux d'Erik lancèrent un éclair. Phil et lui se connaissaient depuis toujours. Autrefois, ils avaient été

112

de vrais amis. Il revit en pensée le visage de Phil, le beau blond aux yeux bleus qui charmait ses victimes pour mieux les dépouiller, et il serra les dents. Phil était maintenant à la tête de Soames & Associates, un cabinet d'investissement basé à Los Angeles. Un an auparavant, il avait fait un séjour à San Francisco — à l'époque du rachat de Glencannon's.

— Qu'est-ce qu'il a encore fait? demanda-t-il froidement.

— Les rumeurs disent qu'il est en train de manœuvrer pour se faire octroyer le projet international de Sutcliff.

Erik lui rit presque au nez.

— Sa firme ne fait pas le poids, pour décrocher un projet pareil!

— Peut-être que si. J'ai entendu dire, l'autre jour, qu'il était l'un des favoris de la course.

— Dans ses rêves, peut-être. Il a toujours été une légende à ses propres yeux.

— Jolie formule. Et je comprends que tu le prennes de haut. Mais il y a tout de même une chance pour qu'il gagne le gros lot.

— Jamais de la vie! Ce projet-là devra être solide pour décoller, et Phil a la manie de faire des économies là où il ne faut pas.

— Il a peut-être retenu la leçon.

— C'est ça! Et moi, je peux aller à Monaco en marchant sur les eaux.

— Il a déjà réussi des coups fumants, que je sache.

Erik dut se retenir pour ne pas détourner les yeux.

— Je suis bien placé pour le savoir. Mais Sutcliff, c'est tout de même autre chose.

— Si tu le dis... J'espère que tu as raison.

— J'ai raison.

Pourtant, lorsque Rudy le quitta pour retourner dans son bureau, il ne se sentait plus aussi assuré. Il connaissait les grandes lignes du projet Sutcliff, comme tout le monde dans la profession. Il s'agissait de bâtir une chaîne hôtelière avec des établissements disséminés dans le monde entier, en les construisant chaque fois dans le style de la région, et en utilisant à la fois des matériaux de construction locaux et de la main-d'œuvre indigène. L'idée était d'encourager le tourisme, mais aussi de fournir du travail aux populations locales, avant, pendant et après la construction. Un projet immense, nécessitant un capital quasi illimité et une ampleur de vision équivalente. Le financement, en lui-même, serait un véritable cauchemar et mobiliserait toutes les énergies de celui qui aurait la chance de décrocher le contrat.

Erik avait été intéressé, la première fois qu'il en avait entendu parler, mais Rudy et lui avaient décidé de ne pas entrer en lice. Ils jonglaient déjà avec beaucoup de clients, beaucoup d'affaires simultanées, et il n'était guère raisonnable de se charger d'un surcroît de travail. Et pourtant... Maintenant qu'il savait que Phil se trouvait en bonne place, Erik se demanda s'ils ne devraient pas réexaminer la question.

Non, c'était ridicule... Il en voulait à Phil Soames — ou plutôt il le *haïssait*, autant se l'avouer tout de suite — mais ce n'était pas une raison pour s'aventurer dans un projet trop risqué. Mulholland-Laughton croulait déjà sous le travail. Le fait que Phil eût une chance de décrocher ce projet mirifique ne l'obligeait pas, lui, à se disperser.

— Laisse tomber..., marmonna-t-il.

S'il se mettait à ressasser les coups bas de Phil, il n'accomplirait rien de sa journée. Il tira le téléphone à lui. Eleanor lui avait apporté une pile de messages pressants, et sa boîte vocale était pleine. Il ferait mieux de se mettre sans tarder au travail.

Le premier message était un appel urgent de Chuck Yakimoto, l'un des hommes d'affaires asiatiques venus récemment à son bureau. Il appuya sur les premiers chiffres... et raccrocha brusquement, pour composer très vite un autre numéro.

— Bureau de Grace DeWilde.

— Bonjour, Rita. C'est Erik.

La voix, au bout du fil, se fit plus chaleureuse.

— Bonjour ! Je suis désolée, Grace n'est pas là.

— C'est à toi que je voulais parler. Je voulais te remercier encore une fois de m'avoir invité à l'anniversaire. J'ai vraiment passé un bon moment.

— J'en suis contente... Oh, je voulais te dire : tu n'aurais pas dû leur offrir cette magnifique statuette. Quand je t'ai invité, je ne m'attendais pas à ce que tu apportes un cadeau !

— Ce n'est pas tous les jours qu'on fête trente-cinq ans de bonheur... J'avais envie de marquer le coup. Et puis, ce n'était pas grand-chose.

— Bien sûr que si ! Maman l'adore, et même mon père, qui fait rarement des compliments, a beaucoup apprécié. C'était très gentil de ta part.

— Je suis heureux que ça leur ait plu.

Il allait dire autre chose quand une image apparut dans son esprit. La fête s'était terminée tard dans l'après-midi. Le temps qu'ils prennent tous le chemin du retour, le soir tombait et le paysage entier baignait dans une lumière dorée. Près de lui, dans la voiture, Rita somnolait, la tête abandonnée contre son appuie-tête, les yeux fermés. Son visage brillait dans la lueur magique du couchant, et il avait eu une envie terrible de l'embrasser.

A la seule évocation de cette scène, une bouffée de chaleur lui monta à la tête. Sans l'avoir décidé, il s'entendit déclarer :

— Maintenant, c'est à moi de t'inviter, si tu veux bien. On joue *Le Fantôme de l'Opéra* au Curran, et l'un de mes clients a une loge dont il ne se servira pas ce week-end. Tu aimerais y aller ?

— Oh, Erik, je...

Il comprit qu'elle cherchait un prétexte pour refuser sans lui faire de peine. Il ne pouvait pas lui en vouloir. Un pique-nique en famille était une chose, mais une invitation au théâtre, c'était un véritable rendez-vous.

Il se hâta de faire machine arrière.

— Non, mauvaise idée. Tu as sûrement vu le spectacle une bonne dizaine de fois.

— Non, en fait je ne l'ai jamais vu, dit-elle d'une voix indécise.

Elle hésita, puis reprit très vite :

— Je serais très contente d'y aller. Il y a juste un problème...

Cherchant toujours à lui ménager une porte de sortie, il protesta :

— Tu n'as pas à me donner de raisons, c'était juste une idée. J'aurais dû me douter que tu avais déjà prévu autre chose.

— Non, ce n'est pas ça. C'est seulement que, ce week-end, j'ai accepté de m'occuper de Betsy.

— La petite à la batte plus rapide que son ombre ?

— Oui, dit Rita en riant, celle à qui tu as appris les lancers « vicieux ». Elle me soutiendrait mordicus qu'à l'âge mûr de dix ans, elle est parfaitement capable de passer une soirée toute seule, mais je ne peux pas la laisser.

— Tu crois que le spectacle lui plairait ?

116

— Si ça lui plairait ? Elle est tellement cabotine qu'elle essaierait probablement de monter sur scène pour chanter le premier rôle.

— Alors on n'a qu'à l'emmener ! On a une loge, il y a assez de place pour elle.

— Oh... C'est très gentil à toi, mais quand j'ai dit ça, ce n'était pas pour que tu l'invites.

— Je l'ai invité tout seul, sans qu'on me force la main. On va bien s'amuser, non ?

— S'amuser..., répéta-t-elle d'une voix faible. Je ne crois pas que tu mesures tout à fait à quoi tu t'engages. Betsy peut être assez difficile à tenir.

— C'est un trait de famille.

Puis, redoutant qu'elle le prît mal, il se hâta de conclure :

— En tout cas, je me sens prêt à tout affronter. A ce week-end, alors.

Il raccrocha sans se rendre compte immédiatement qu'il souriait jusqu'aux oreilles. Eleanor, qui entrait justement, lui lança :

— Vous avez l'air content, vous, au moins ! Votre coup de fil a été un succès ?

— Vous pouvez le dire ! Je viens d'apprendre que j'accompagne deux jolies femmes au théâtre, samedi soir.

— Deux ? Caroline et sa mère, alors ?

Erik secoua la tête en riant, sans la contredire. Lorsqu'elle fut sortie, il se retroussa mentalement les manches et s'attaqua enfin à la montagne de travail qui l'attendait. Les heures passant, il réussit à maintenir sa concentration et à rattraper une bonne partie de son retard. Quand il s'étira avec un bâillement sonore et se mit à tout ranger en prévision du lendemain, il était très tard. Dans cet état un peu rêveur où les pensées courent à leur guise, il s'aperçut brusquement qu'il ne pensait ni à Caroline Madison, la femme qu'il aimait, ni même à Phil Soames. Non : il repassait dans son esprit ses souvenirs du pique-nique avec le clan Shannon. La façon dont il avait montré à Betsy comment lancer une balle que les garçons auraient du mal à frapper. Le maniement de la batte qu'il avait appris au petit Todd. Il en avait éprouvé un réel plaisir et, une fois de plus, il se demanda quel effet cela lui ferait d'avoir des enfants.

Il aurait aimé avoir un fils, bien sûr... Tous les hommes ne rêvent-ils pas d'avoir un garçon ? Mais plus encore, il aurait adoré être le papa d'une petite fille. Une gamine avec un sourire coquin, un minois irrésistible. Il pouvait presque la voir, avec ses boucles brunes et ses yeux sombres qui ressemblaient tant à ceux de sa mère.

Il se trouvait dans la voiture, à mi-chemin de chez lui, lorsqu'il mesura ce que cette vision avait d'insolite. Caroline avait les cheveux blonds et les yeux bleus.

Et sa petite fille imaginaire était tout le portrait de Rita Shannon.

8.

— Grace, je te sens à la fois nerveuse et absente, fit remarquer Howard Hunnicut avec gentillesse. Pardonne-moi, mais... Est-ce que j'ai dit ou fait quelque chose qui t'ennuie?

— Non, bien sûr que non, protesta Grace.

Elle posa la main sur le bras de son vieil ami et secoua la tête avec un sourire:

— C'est à moi de te demander de me pardonner. Je suis tellement contente de te revoir, après toutes ces années. J'ai... quelques soucis en ce moment, mais ils ne doivent pas venir gâcher nos retrouvailles.

Ils déjeunaient à Mallory's, le restaurant de la nièce de Grace, près de Union Square. L'été était maintenant bien installé, et la canicule écrasait la ville. Mais la climatisation de la salle fonctionnait à plein, et Grace referma frileusement sa veste légère.

— Moi aussi, je suis content de te revoir, dit Hunnicut avec un sourire affectueux. Tu es toujours aussi ravissante, malgré...

Il s'interrompit en rougissant un peu.

— Excuse-moi. Je suis idiot.

— Tu es idiot, oui, de me faire des compliments de ce genre! dit Grace en se mettant à rire. Tu sais, je

119

trouve cela très pénible, d'éviter le sujet avec des ruses de Sioux. C'est là que je me sens gênée. Après tout, ma séparation d'avec Jeffrey n'est pas un grand secret. La presse, en tout cas, s'en est donné à cœur joie.

— Je n'ai aucune peine à imaginer combien cela a dû être difficile. Je garde un souvenir épouvantable de la période de mon divorce... Et nous n'avions pas à supporter le regard du public !

— C'est tout de même insensé, ce que certains journaux sont prêts à imprimer ! s'exclama Grace avec une grimace. En Angleterre, il y a les journaux à sensation et la presse sérieuse, mais ici, j'ai l'impression qu'ils sont tous à mettre dans le même sac. D'ailleurs, je t'ai trouvé très courageux d'oser m'inviter à déjeuner. A la façon dont on me décrit dans certains articles, je dois être une sorcière des temps modernes !

Howard éclata de rire. C'était un homme de taille moyenne, aux cheveux bruns, aux yeux bleus pleins de tact et de gentillesse. Ils se connaissaient depuis le lycée et, lorsqu'il avait téléphoné à Grace pour lui proposer de déjeuner ensemble, elle avait tout de suite accepté. Il était tellement agréable de passer quelques instants en compagnie d'un homme avec qui tout était simple ! Elle avait pris un plaisir immense à écouter ses compliments un peu maladroits — jusqu'au moment où elle s'était souvenue que Kate devait venir lui parler, un peu plus tard. Sa benjamine était en effet chargée par les deux aînés de discuter avec elle de la situation, et de leur faire son rapport.

Howard posa pudiquement sa main sur la sienne en déclarant :

— En tout cas, si je peux faire quoi que ce soit, il faut absolument me le dire.

— J'aimerais qu'il y ait quelque chose, répondit

Grace avec gratitude. Tout semble tellement plus compliqué qu'au moment où je suis arrivée ! Ce projet que j'essaie de mettre sur pied prend beaucoup plus de temps que je ne l'avais pensé.

Heureuse de passer à un sujet moins intime, elle se mit à lui raconter ses déboires avec le nouveau magasin :

— Je n'ai toujours aucune idée du moment où nous pourrons ouvrir nos portes. Mais les travaux avancent, et bientôt, nous aurons de véritables bureaux, Dieu merci ! J'aime beaucoup mon appartement, mais je préfère réellement garder une certaine distance entre les affaires et ma vie privée.

— Ça doit être invivable, de travailler chez soi !

— Assez, oui, répondit Grace en riant. J'avoue que j'apprécie beaucoup ma nouvelle assistante, mais nous commençons à en avoir assez, toutes les deux, de nous croiser dans mon salon.

— Tu as eu une chance folle de trouver un immeuble dans un quartier aussi coté. Le succès est presque garanti, maintenant.

— Pour cela, je peux remercier Erik Mulholland. C'est lui qui a entendu parler de l'immeuble avant même qu'il ne soit sur le marché.

— Erik Mulholland, répéta Howard en fronçant les sourcils. Il me semble avoir déjà entendu ce nom-là.

— Par moi, sans doute. Ou alors tu as lu le nom de son cabinet dans les pages financières. En ce moment, il travaille avec ce groupe asiatique, Ishitaki. Ils veulent construire un hôtel.

— Encore un ! gémit Howard.

— C'est aussi ce que dit Erik. Cet hôtel n'est que l'un de ses projets. Récemment, il a acheté et revendu plusieurs sociétés informatiques de Silicon Valley.

— J'espère qu'il prend bien soin de toi.

— Tout à fait. Je ne sais pas comment je me serais débrouillée sans lui et Rudy Laughton, son associé. Ils ont tout fait pour me faciliter les choses, surtout quand Jeffrey s'est mis à... faire des siennes.

— Autrement dit, Jeffrey ne veut pas que tu lui fasses de concurrence?

— Exactement, répondit Grace en levant les yeux au ciel. Même si je ne vois pas en quoi je lui ferais concurrence, vu que le seul magasin DeWilde des deux Amériques se trouve à New York. Je rêvais déjà d'ouvrir un magasin à San Francisco quand je faisais encore partie du groupe, mais nous n'avons jamais pris le temps d'accomplir les premières démarches. Maintenant, je tiens ma chance, et ni Jeffrey ni personne ne pourra me retenir.

— Tu n'as pas changé, Grace! s'exclama Howard avec admiration. Toujours la même petite incendiaire!

— Je prends ça comme un compliment! lança-t-elle en lui rendant son sourire. Pour être juste, je dois dire que j'ai eu beaucoup de chance. Même dans les entreprises contrôlées par une famille, les femmes ont rarement la possibilité de s'exprimer comme je l'ai fait. Tout le monde, chez DeWilde, m'a toujours accordé son soutien, et m'a laissée faire exactement ce que je voulais.

Howard secoua la tête.

— On ne t'a fait aucune faveur, crois-moi. J'ai l'impression que tu sous-estimes ton talent pour les affaires, et aussi ce que tu as apporté à DeWilde.

Elle eut une petite grimace comique.

— C'était tout de même plus facile avec tout le poids du groupe derrière moi. Il y a des moments où il me semble que ce magasin ne verra jamais le jour. Il n'y a eu que des problèmes.

— Tu les régleras tous, et tu ouvriras tes portes sous les ovations générales.

Grace éclata de rire.

— Au point où j'en suis, je me contenterais de ne pas connaître un échec cinglant !

— Ça ne risque pas !

Elle jeta un coup d'œil machinal à sa montre et sursauta.

— Oh ! Howard, je suis désolée, mais je n'avais pas vu l'heure. Je vais être obligée de te planter là.

— Déjà ? Nous avons eu à peine le temps d'échanger quelques nouvelles.

— Je sais, mais il faut vraiment que je rentre. Ecoute, si nous dînions ensemble, un de ces jours ?

Un peu déçu, il fit signe à la serveuse de leur apporter l'addition.

— Je te prends au mot. J'appellerai bientôt pour fixer un jour.

Ils sortirent du restaurant et Howard lui trouva un taxi, dont il ouvrit galamment la portière. Touchée par ces petites attentions qui ne faisaient plus guère partie de sa vie actuelle, Grace lui dit au revoir avec une affection sincère.

Cette rencontre lui avait réchauffé le cœur, et elle souriait en déverrouillant la porte de l'appartement.

— Rita ? lança-t-elle. Je suis de retour. J'ai eu un déjeuner très agréable...

Elle se tut en découvrant sa fille, assise dans l'un des canapés du salon. Celle-ci sauta sur ses pieds en s'écriant :

— Enfin, te voilà ! Où étais-tu ?

Grace referma la porte.

— Je suis sortie déjeuner avec un vieil ami appelé Howard Hunnicut.

Kate et elle s'étaient à peine vues depuis qu'elle vivait à San Francisco, où la jeune femme terminait ses études de médecine. Interne, elle semblait travailler jour et nuit, et passait ses rares heures de liberté à dormir. Grace l'embrassa tendrement, se retenant de dire à quel point elle la trouvait pâle et fatiguée.

— Tu as l'air contrariée, ma chérie, risqua-t-elle prudemment. Qu'est-ce qui ne va pas ?

— Maman, il faut qu'on parle.

— Bien sûr, mais je dois d'abord dire quelques mots à Rita... Où est-elle ?

— Sortie déjeuner.

— Elle t'a laissée ici toute seule ?

— Elle se doutait bien que je n'allais pas empocher l'argenterie, dit Kate en haussant les épaules.

Puis elle vit le visage de sa mère, et se hâta de préciser :

— Elle ne voulait pas me laisser, mais j'ai insisté. Je ne pensais pas que tu mettrais si longtemps à rentrer ! J'ai cru que j'allais devoir retourner au travail sans t'avoir vue.

— Alors, j'ai bien fait de rentrer, dit Grace posément. Maintenant que nous sommes là toutes les deux, je vais faire du thé. Nous parlerons, et tu pourras rapporter toute notre conversation à ton frère et à ta sœur.

— Tu peux te moquer ! répliqua Kate d'un air sombre, en la suivant dans la cuisine. Je t'assure que Gabe, Meg et moi sommes très inquiets à ton sujet.

Grace se mit à dresser le plateau. Elle n'avait aucune envie de thé, mais ce rituel lui donnait le temps de rassembler ses pensées et de calmer sa nervosité. Elle sentait que cette conversation allait lui déplaire, même si Kate venait ici avec les meilleures intentions du monde. Elle savait également qu'elle devait l'écouter.

— Je comprends votre inquiétude, dit-elle en remplissant la bouilloire. Mais franchement, cette histoire concerne ton père et moi et il n'y a rien que vous puissiez faire.

La voix de Kate monta d'un cran.

— Mais nous ne comprenons pas pourquoi...

Grace se retourna vers sa fille et lui prit les mains.

— Je ne comprends pas pourquoi non plus, déclarat-elle avec force. Vous allez devoir nous laisser régler ça à notre façon, voilà tout. Cela prendra le temps qu'il faudra.

Le beau visage de Kate se décomposa, et Grace serra les poings. Elle aimait passionnément ses enfants et se sentait fière d'eux. Cela mettait son cœur à vif de voir Meg prendre ses distances. Quant à Gabriel, il l'avait réellement blessée par son mariage secret et son refus de communiquer avec elle... Mais, au fond de son cœur, dans ces recoins secrets auxquels personne n'avait accès, elle nourrissait une affection particulière pour la plus jeune de ses enfants, sa fille aux couleurs d'automne, sa Kate aux yeux verts et aux cheveux auburn. Tendrement, elle passa son bras autour de ses épaules et la fit asseoir près de la table.

— Kate, ma chérie... Je t'en prie, ne pleure pas.

— Je ne pleure pas ! s'exclama Kate, les yeux pleins de larmes. Tu sais bien que je déteste pleurer !

Elle saisit une serviette de papier, et se tamponna les paupières.

— Je n'arrive pas à y croire. Nous pensions que vous resteriez ensemble toute la vie. Votre mariage avait l'air si parfait !

— Il n'y a pas de mariage parfait, tu dois bien le savoir.

— Bien sûr que je le sais... Mais entre vous, ça

semblait vraiment idéal. Qu'est-ce qui s'est passé, maman ?

Grace s'était beaucoup interrogée sur ce qu'elle devrait dire à ses enfants. En fin de compte, il lui semblait qu'elle ne pouvait livrer que sa version de l'histoire. Ce serait à Jeffrey de fournir le reste. Après tout, n'était-ce pas lui qui avait entretenu la liaison qui devait parachever leur séparation ?

De son côté, elle n'était pourtant pas totalement innocente.

— J'ai commis une grosse erreur, ma chérie, murmura-t-elle. J'ai dit à ton père...

Un instant, elle perdit courage. Voulait-elle vraiment reparler de tout cela ? Puis elle vit le regard tragique de Kate et comprit que, si elle ne disait rien, ses enfants ne pourraient jamais la comprendre ou l'absoudre. Cette idée lui sembla absolument insupportable.

— Je n'ai encore parlé de cela à personne, Kate... Je vais faire de mon mieux pour t'expliquer, mais il faut d'abord que tu comprennes que j'ai été élevée d'une certaine façon. La première loi qu'on m'a inculquée était que je devais faire un beau mariage.

— Oh, maman !

— Je sais, ça semble ridicule aujourd'hui. Les choses ont changé, et c'est bien ainsi. Mais à l'époque... Essaie de comprendre le contexte. Une vieille famille de San Francisco, très fière d'appartenir à la haute société, mais sans l'argent nécessaire pour tenir son rang... Nous n'étions pas vraiment pauvres, tu sais, car j'ai tout de même pu partir faire mes études à Londres. La situation restait cependant assez précaire.

— Mais quel rapport avec toi et papa ?

Grace allait répondre quand une image incroyablement vivace du passé se dressa devant elle. La nuit où

126

elle avait vu Jeffrey pour la première fois. C'était au bal annuel de l'Université de Londres : elle avait à peine vingt ans, il en avait cinq de plus. Il était si beau, si sûr de lui — du moins en apparence. Quelle émotion, quand il avait daigné la remarquer !

Elle fit un effort pour revenir au présent. Kate, penchée vers elle, attendait une réponse. Avec un soupir de lassitude, elle avoua :

— Voilà : je n'étais pas sûre d'aimer ton père quand je l'ai épousé. Si je regarde en arrière, je pense que j'aimais surtout ce qu'il représentait. Un jeune homme si beau, si riche...

— Tu l'as épousé pour son argent ! s'exclama Kate, scandalisée.

— Non, non ! Ecoute, essaie d'imaginer une seconde l'effet qu'il m'a fait : j'étais carrément éblouie, écrasée par ce qui m'arrivait. Il n'était pas l'homme de mes rêves, il était cent fois plus. J'ai mis un certain temps à comprendre que je l'aimais réellement, que j'étais passionnément amoureuse de lui.

— Mais si tu l'aimais... Maman, est-ce que tu l'aimes encore ?

— Je l'aimerai toujours. Seulement, les choses se sont beaucoup compliquées entre-temps. Voilà : au nouvel an, j'ai fait une chose stupide. J'ai expliqué à ton père ce que je viens de te dire. Au fond, je m'attendrissais sur les petits jeunes gens si imbus d'eux-mêmes que nous avions été. Il me semblait qu'après toutes ces années, ton père allait en rire. Mais il n'a pas du tout réagi comme je m'y attendais. Il a eu de la peine, puis il s'est mis en colère. Le fait que j'aie très vite compris mes sentiments réels, le fait que chaque année, je l'aie aimé et respecté davantage — rien de tout cela ne semblait compter pour lui. Il se sentait trahi. Il ne pouvait pas me pardonner.

— Mais ce n'est pas juste !

D'un geste las, Grace repoussa une petite mèche de cheveux de sa joue.

— Non, ce n'est pas juste. Mais c'est ainsi...

Kate se tut quelques instants.

— Il y a quelque chose que tu ne m'as pas dit.

Grace s'interdit de lui mentir.

— Oui, répliqua-t-elle, mais si tu veux le reste, il faudra que tu le demandes à ton père.

— Maintenant, c'est toi qui es injuste !

— Je regrette, Katie, mais je ne peux pas parler à sa place, et tu le sais. Je ne l'ai jamais fait et je ne commencerai pas maintenant.

— Quel gâchis !

Grace hocha la tête. C'était un gâchis, effectivement. Un gâchis lamentable.

— Je sais que tu as du chagrin, dit-elle doucement. Nous en avons tous. Il faut laisser les choses se faire, chercher à être le plus juste possible dans ses attitudes...

Kate froissait sa serviette de papier entre ses mains nerveuses.

— Tu veux dire... Tu ne crois pas que vous vous retrouverez jamais, papa et toi ?

— Je ne sais pas, répondit Grace à voix basse. Il est très difficile de savoir ce qui va se passer.

— Eh bien, si c'est comme ça, je ne me marierai jamais !

Grace eut la sagesse de ne pas répondre. Elle cherchait une phrase réconfortante quand Rita frappa légèrement à la porte ouverte.

Très gênée de cette intrusion, celle-ci murmura :

— Je suis désolée de vous interrompre, Grace, mais un certain M. Nick Santos est ici. Je lui ai dit qu'il devrait prendre rendez-vous, mais il insiste pour vous parler. Il affirme que c'est votre mari qui l'envoie.

Grace ne connaissait pas de Nick Santos et, en cet instant, elle ne tenait nullement à le connaître. Pas avant d'avoir réconforté sa fille.

— Dites-lui qu'il va devoir attendre.

— Très bien, répondit Rita.

Avant de s'éclipser, elle jeta un coup d'œil à Kate qui avait détourné la tête et demanda timidement :

— Est-ce que je peux...

— Tout va bien, répondit amicalement Grace. Dites seulement à M. Santos que je le rejoindrai dès que je le pourrai.

Rita sortit et elle se pencha vers sa fille.

— Allez, Katie, ce n'est pas la fin du monde...

— C'est pourtant bien l'effet que ça me fait.

Elle essuya une larme et renifla en marmonnant :

— Je suis ridicule... Bon, vas-y, puisqu'il y a quelqu'un qui veut te voir. Je vais bien.

— Je me moque de ce monsieur, je préfère rester avec toi.

— Non, non, je vais me secouer un peu. Je viens te rejoindre dans une minute.

Grace ne voulait pas la laisser de cette façon.

— Si tu veux parler encore...

— Bien sûr que je veux parler, mais tu m'as bien fait comprendre qu'il faudra d'abord que je voie papa !

— Kate...

— Oh, ce n'est pas un reproche. Tu comprends, j'essaie encore de m'habituer à l'idée...

— Moi aussi.

Grace effleura les cheveux de feu de sa fille, avant de lui embrasser la joue. Kate saisit sa main au vol et la serra un instant.

— Va donc voir ce que veut ce M. Sampros, chuchota-t-elle avec un pâle sourire. Je te rejoins tout de suite.

Ce n'était pas Sampros, mais Santos, pensa machinalement Grace en s'avançant vers son visiteur. Celui-ci se leva courtoisement à son approche, et elle ressentit un léger choc : il mesurait près de deux mètres. Trente et quelques années, les cheveux et les yeux noirs, un complet clair et une cravate bleu et or... Grace préférait les hommes au teint clair, mais ce Santos était réellement séduisant. Avec sa peau mate et ses yeux brûlants, il était difficile de deviner ses origines exactes. Un mélange très réussi d'Espagne et de Portugal, peut-être, avec un rien français pour rendre le mélange encore plus intéressant. Il portait ses cheveux ondulés un peu longs, et elle lui trouva une nette ressemblance avec un acteur de télévision qui faisait battre le cœur de toutes les jeunes filles de la côte Ouest.

— Madame DeWilde ? demanda-t-il avant que Rita ne pût faire les présentations. Je m'appelle Nicholas Santos — Nick, si vous le voulez bien. Votre mari m'a demandé de faire des recherches sur une question assez importante, et j'aimerais vous parler en privé quelques instants, si c'est possible.

Sa voix grave avait une intonation particulière qui n'était pas tout à fait un accent. Assez charmée malgré elle — et malgré le nom de Jeffrey —, Grace répondit :

— Je peux vous accorder quelques minutes, mais pour ce qui est de parler en privé, je crains de ne pas disposer d'une autre pièce. Nous allons devoir discuter ici.

Du coin de l'œil, elle vit Rita battre courtoisement en retraite.

— Je vais aller faire du thé, proposa la jeune femme, et voir si Kate...

A cet instant, Kate elle-même entra dans la pièce en lançant :

— Maman ? Je m'en vais. Je te verrai...

Elle s'arrêta net en regardant Nick Santos. Dans un de ces instants indescriptibles qui ont parfois lieu quand deux personnes se rencontrent pour la première fois, leurs regards se croisèrent, et restèrent rivés l'un à l'autre. A la stupéfaction de Grace, Kate rougit brusquement.

— Je... ne voulais pas interrompre...

Grace vint à son secours.

— Kate, dit-elle tranquillement, voici M. Santos. Le Dr Kate DeWilde, la plus jeune de mes filles.

Les deux jeunes gens se serrèrent la main en murmurant une formule de politesse, et Kate s'assit, ayant apparemment oublié son intention de s'en aller. Sans la quitter des yeux, Nick reprit sa place sur le canapé.

Grace s'installa à son tour, très amusée. Rita ayant disparu dans le fond de l'appartement, il était temps de reprendre la situation en main.

— Monsieur Santos, que puis-je faire pour vous ? demanda-t-elle.

Il fit un effort visible pour revenir à l'objet de sa visite.

— Je ne suis pas sûr que vous puissiez faire quoi que ce soit, dit-il avec un sourire. Avant tout, permettez-moi de présenter mes justificatifs, afin que vous soyez bien sûres de mon identité.

Un peu interloquées, les deux femmes le regardèrent sortir son portefeuille, et en tirer quelques documents : un permis de conduire californien et un autre rectangle plastifié... Grace sursauta et Kate passa immédiatement à l'attaque.

— Vous êtes détective privé! lança-t-elle d'un ton accusateur. Maman, tu étais au courant de cette histoire?

— Non, je...

Nick rangea son portefeuille, et ses yeux sombres s'attardèrent encore un instant sur Kate avant de se tourner vers Grace.

— Je suis désolé d'être aussi abrupt, mais chaque jour compte. Un diadème vient de faire surface chez un antiquaire de New York. Il semblerait appartenir à la collection perdue des DeWilde. Savez-vous quelque chose à ce sujet?

Grace connaissait bien l'histoire de ces joyaux disparus. C'était censé être un grand secret dans la famille, mais Jeffrey lui avait raconté l'histoire bien des années auparavant. D'après les quelques renseignements donnés par Charles, le père de Jeffrey, quelqu'un avait dérobé six des pièces les plus importantes de la collection. Personne ne savait exactement qui était le voleur mais la famille avait toujours soupçonné l'un des leurs : Dirk, l'oncle de Jeffrey, disparu au même moment que les bijoux...

L'histoire s'était produite vers la fin des années quarante, à une époque où les rumeurs étaient encore plus dangereuses que la presse à sensation d'aujourd'hui. Les magasins DeWilde incarnaient la probité, alliée à une certaine idée de l'élégance. Ce scandale pouvait parfaitement détruire leur réputation, et c'était un risque que la famille refusait de courir. L'incident avait donc été étouffé, et on le croyait oublié. Si l'une des pièces de la collection reparaissait maintenant, quelles seraient les conséquences?

Grace soupesa l'information dans un silence pensif.

— C'est difficile à croire, dit-elle enfin. L'histoire

de ces bijoux est devenue une sorte de mythe dans la famille. A vrai dire, je n'y ai jamais cru tout à fait.

Nick eut un bref sourire.

— C'est pourtant authentique. Ces bijoux ont une grande valeur, et ce diadème vient effectivement de refaire surface après cinquante ans ou presque. Votre mari m'a demandé de découvrir pourquoi.

— Je vois.

Grace se leva, fit quelques pas dans la pièce, et contempla un instant le port de plaisance par la grande baie de la terrasse. Elle ne savait réellement pas quoi penser. Elle s'était attendue à beaucoup de choses en recevant un détective privé envoyé par son mari, mais pas à cela !

— Ce que je ne comprends pas très bien, dit-elle, c'est pourquoi vous vous adressez à moi. Je ne serais au courant de rien si vous ne m'en aviez pas parlé.

— Personne n'est au courant — apparemment. Votre mari m'a demandé de faire une enquête discrète. Il est inutile d'ébruiter cette affaire. Quand j'aurai trouvé les réponses...

— Comment ? interrompit brusquement Kate. Si ces bijoux ont disparu depuis un demi-siècle, comment comptez-vous retrouver les autres maintenant ?

— Kate, murmura Grace, si nous laissions M. Santos nous expliquer les choses à sa façon ?

— Je vous remercie, dit gravement le détective.

Un instant encore, ses yeux de braise s'attardèrent sur Kate.

— Pour répondre à votre question, je dispose d'un point de départ avec le diadème. Puisque nous tenons cette pièce, il doit être possible de trouver sa provenance et de remonter, de propriétaire en propriétaire, jusqu'à la source. Quelqu'un sait quelque chose, et

mon travail sera de découvrir qui. Quand je le tien-
drai...

Sa voix se faisait un peu menaçante, et Grace n'eut
aucun doute : il ferait exactement ce qu'il s'était promis. Avant que Kate ne pût intervenir de nouveau, elle
déclara :

— Je suis sûre que vous trouverez le fin mot de
l'affaire. Une fois de plus, qu'attendez-vous de moi ?
Je ne sais rien, je vous l'ai dit.

— Je vous crois, dit-il. Mais je suis venu vous
demander...

Malgré l'intervention de sa mère, Kate s'engouffra
encore une fois dans la brèche.

— J'espère bien, que vous la croyez !

Il se tourna vers elle avec une déférence qui fit apparaître deux taches de couleur sur ses joues. Elle soutint
pourtant son regard — un regard qui se fit bientôt si
intense que, même de l'autre côté de la pièce, Grace
sentit comme une bouffée de chaleur.

— Je crois toujours ce qu'on me dit, murmura-t-il,
tant que je n'ai pas prouvé le contraire. Je n'ai aucune
raison de douter de votre mère.

— Dieu merci ! dit Grace d'un ton léger.

La tension baissa d'un cran, et elle fut heureuse
d'avoir eu le mot juste. Ce qui se passait dans cette
pièce la stupéfiait encore plus que la réapparition du
diadème. Emue et amusée à la fois, elle observait les
échanges entre le grand détective et sa petite Kate.
Jamais elle n'avait vu sa fille se comporter ainsi.

Nick se retourna vers elle.

— J'avais effectivement une autre raison de venir
vous voir, madame. Et vous aussi, docteur, ajouta-t-il
avec un regard vers Kate. Selon les renseignements
que j'ai sur votre famille...

Les yeux verts de Kate lancèrent un éclair.

— De quels renseignements parlez-vous ? Qui vous a autorisé à vous intéresser à notre famille ?

— Votre père, répondit-il sans se démonter. Pour faire mon travail correctement, j'ai besoin de savoir le plus de choses possible. M. DeWilde m'a donné un dossier sur chacun de vous, étant bien entendu que tout restera rigoureusement confidentiel.

— Ça ne me plaît pas beaucoup, dit Kate d'une petite voix butée. Maman, qu'est-ce que tu en penses ?

Cette fois, Grace était vraiment abasourdie. Jeffrey était l'homme le plus secret qu'elle eût jamais connu, et il protégeait sa vie privée d'une façon quasi obsessionnelle. Le fait qu'il eût donné des détails sur les membres de la famille semblait impliquer qu'un profond bouleversement s'opérait en lui.

Sans doute avait-il de bonnes raisons de s'émouvoir. La famille ayant dissimulé le vol de la collection pendant tant d'années, comment allait-on l'expliquer maintenant ? Elle imaginait sans peine la réaction, au siège du groupe, quand on avait appris le retour du diadème.

Un instant, elle se retrouva dans l'ambiance du siège, et crut entendre les pas pressés, les discussions fiévreuses. Puis l'illusion s'effaça. Rien de tout cela ne la concernait plus. Il restait une foule de détails à régler — mais elle n'avait plus sa place dans le groupe. Pour la première fois, elle en prenait réellement conscience. Un pincement de tristesse, une bouffée de colère... Mais elle décida soudain qu'elle se moquait de savoir si Jeffrey et les autres se brûleraient les doigts dans cette histoire. Si la famille ne s'était pas montrée aussi fanatique dans la protection de l'un des siens, rien de tout cela ne serait arrivé.

— Monsieur Santos, vous disiez que vous aviez une autre raison de venir me voir?

Elle lut dans son regard subitement attentif qu'il avait senti son changement d'attitude.

— Effectivement, dit-il. Jeffrey DeWilde souhaite demander à tous les membres de la famille de coopérer avec moi. Si vous entendez quoi que ce soit de nouveau, s'il vous vient une idée, je vous demande de me contacter immédiatement. Je me déplacerai probablement beaucoup, mais on peut toujours me joindre à ce numéro.

Il sortit une carte et la posa sur la table basse. Voyant que Grace ne bougeait pas, Kate se pencha en avant et la saisit.

— Cela ne vous dérange pas, si j'appelle mon père pour me faire confirmer tout ceci?

Un nouveau sourire étira les coins de sa bouche sensuelle.

— Je vous en prie, murmura-t-il. Madame DeWilde, avez-vous d'autres questions?

Grace avait une foule de questions, mais elle ne comptait pas les poser à Nick Santos. Elle secoua la tête.

— Pas pour l'instant, non.

Il se leva alors, et Kate l'imita. Elle était assez grande, et le fait de devoir lever la tête pour le regarder sembla l'irriter encore plus.

— Quand vous trouverez les responsables — si vous les trouvez — que deviendront-ils? lança-t-elle.

Le visage de Nick se pencha vers le sien, son grand corps se porta imperceptiblement en avant. Fascinée, Grace retint son souffle. Que se passait-il? Un instant, elle avait cru qu'il allait prendre Kate dans ses bras. C'était absurde, impossible... Elle avait des visions.

Cette visite devait la bouleverser plus qu'elle ne le prétendait.

Elle vit Kate reculer abruptement et comprit qu'elle aussi ressentait quelque chose. Cet homme affectait sa fille à un niveau profond. Jamais elle n'avait vu cette expression sur son visage. Elle en ressentit à la fois une réelle inquiétude et une sorte d'exultation.

Puis Rita rompit le charme en revenant dans la pièce. L'atmosphère redevint normale : le détective fit ses adieux et, tandis que la jeune assistante l'accompagnait vers la porte, Grace se retourna vers sa fille. Kate suivait Nick du regard. Ses yeux glissaient sur toute la longueur de son grand corps. Un pli apparut entre ses sourcils soyeux quand elle nota qu'il boitait légèrement.

— Eh bien ! dit Grace. Voilà qui était intéressant.

— Intéressant ?

Le visage expressif de Kate était rose. Quant à ses yeux, ils brillaient comme deux morceaux de jade, et ses cheveux semblaient crépiter d'électricité.

— Le diadème, tu veux dire ? demanda-t-elle d'une voix précipitée. Oui, bien sûr... Je n'ai pas le temps aujourd'hui mais, un jour, il faudra que tu me racontes ce terrible secret de famille.

Elle eut un petit reniflement dédaigneux.

— En tout cas, ce détective ne doit pas valoir grand-chose. Il est trop sûr de lui. Qu'est-ce que vous pensez de lui ? lança-t-elle à Rita qui venait de les rejoindre.

La jeune femme jeta un coup d'œil de la mère à la fille. Visiblement, elle aurait préféré rester en dehors de la discussion.

— Il doit savoir ce qu'il fait, puisque votre père l'a embauché.

Kate eut une petite exclamation de dérision.

— Mon père ne connaît rien aux détectives privés !

Rita eut un large sourire.

— En tout cas, il était assez spectaculaire !

— Ah ? Je n'ai pas vraiment remarqué..., soupira Kate d'un air désabusé. Ce n'est pas mon genre.

Grace serra les lèvres pour ne pas se mettre à rire. Quelques minutes plus tard, Kate s'en alla. En embrassant sa fille à la porte, elle se demanda fugitivement si les recherches de Nick Santos le ramèneraient à San Francisco. L'idée la fit sourire. Il serait intéressant d'observer les réactions de Kate au cas où celui-ci se présenterait de nouveau.

9

Rita laissa tomber une boucle d'oreille pour la troisième fois et lâcha un juron étouffé.

— Attends, je l'ai ! lui dit Betsy.

Dans un bruissement de tissu neuf, elle s'accroupit
et ramassa le bijou sous le tabouret de la coiffeuse. En
le tendant à sa tante, elle demanda d'un ton un peu
plaintif :

— Pourquoi tu es si énervée, tatie ? Je croyais que
tu aimais bien M. Mulholland.

Rita prit fermement sa boucle d'oreille, déterminée à
ne pas la laisser échapper une fois de plus.

— Merci, dit-elle. Oui, j'aime bien M. Mulholland.
Et non, je ne suis pas énervée, mais seulement très
maladroite, ce soir.

La boucle enfin fixée à son oreille, elle se retourna
vers sa nièce.

— Tu es très bien, dis donc. Une jolie jeune fille.

Le garçon manqué fit une pirouette devant le miroir
et pencha la tête sur le côté pour mieux s'examiner.
Toutes deux étaient allées faire les boutiques au cours
de l'après-midi et, en plus de la robe, Betsy portait des
socquettes avec une collerette de dentelle et de petits
souliers noirs. L'ensemble avait coûté bien trop cher

pour une enfant, et Marie allait probablement être furieuse, mais Rita n'avait pu résister. Et puis, Betsy était si heureuse que sa mère pardonnerait probablement cette folie.

La petite portait sa chevelure rousse tressée en couronne autour de sa tête et, au dernier moment, elle avait même réussi à obtenir un petit soupçon de brillant à lèvres. Rita savait parfaitement ce que sa sœur penserait de cette dernière innovation mais, après tout, l'occasion était unique, et les règles méritaient bien quelque assouplissement. Ce n'est pas tous les jours qu'on pouvait disposer d'une loge au théâtre !

Betsy tourna sur elle-même pour faire gonfler ses jupes.

— Tu es jolie aussi, tatie. Je suis contente que tu aies décidé de mettre la robe rouge, et pas la noire.

— Moi aussi, dit Rita en étudiant son reflet dans la glace.

La robe n'était pas franchement rouge, mais plutôt couleur lie-de-vin.

— En tout cas, tu m'as bien aidée à choisir.

La petite leva les yeux au ciel.

— Il fallait bien, sinon tu en serais encore à essayer toute ta penderie !

Cette enfant avait un sens de la repartie trop développé pour son âge, pensa Rita, un peu vexée. Abandonnant là les quatre robes encore jetées en travers de son lit, elle entraîna Betsy au rez-de-chaussée. La sonnette de la porte d'entrée retentit à ce moment.

— J'y vais ! cria Betsy en se précipitant.

Rita ne bougea pas. Betsy avait raison, elle pouvait bien se l'avouer maintenant : elle avait un trac monstre. Ce qui était parfaitement ridicule : avec une nièce de dix ans à la traîne, on pouvait difficilement prendre cette soirée pour un rendez-vous galant. Cela ressemblait plutôt à une sortie éducative ! Malheureusement, ce raisonnement ne faisait rien pour la détendre. Elle se mit à fourrager dans son sac pour se donner une contenance, et Betsy revint, traînant Erik par la main.

— M. Mulholland dit que je peux l'appeler « tonton Erik » ! clama-t-elle. C'est O.K., tatie ?

Rita leva les yeux. Erik souriait, et elle ressentit une espèce de désespoir. Il était absolument irrésistible ! Tristement, elle se dit qu'elle n'était pas très douée pour résister à qui que ce soit : Betsy, par exemple, obtenait d'elle tout ce qu'elle voulait. Bien que Marie n'appréciât guère de voir les jeunes enfants s'adresser aux adultes d'une façon trop familière, elle répondit :

— S'il est d'accord, pourquoi pas ? Va chercher ton gilet, maintenant, c'est l'heure.

La petite repartit au galop et Erik se tourna vers elle.

— J'ai déjà dit à Betsy qu'elle était ravissante. Tu es très bien aussi.

Déterminée à avoir l'air à l'aise, elle hocha la tête.

— Merci. Avant que Betsy ne revienne, je veux te remercier de l'avoir invitée. Elle est enchantée d'avoir une vraie sortie, comme les grands.

— Ça me fait plaisir, tu le sais bien.

Leurs regards se croisèrent, et Erik allait ajouter quelque chose quand Betsy fit irruption dans la pièce comme un boulet de canon.

— Je suis prête, annonça-t-elle. On peut y aller ?

Au grand soulagement de Rita, l'enfant se lança tout de suite dans un monologue qui dura jusqu'au moment où ils se garèrent près du théâtre. Sa tante essaya à plusieurs reprises de modérer son débit, mais Erik semblait plus amusé qu'agacé par ses commentaires incessants. Tandis qu'ils bavardaient tous les deux, Rita eut le temps de se calmer, et également de s'émerveiller de la patience de son compagnon.

Une fois de plus, elle découvrait une facette inconnue de sa personnalité. Ces surprises devenaient lassantes, pensa-t-elle avec un certain ressentiment : il avait bien trop de qualités cachées ! Chaque fois qu'elle croyait le cerner, il faisait ou disait quelque chose pour lui montrer qu'elle ne le connaissait pas du tout. Pire encore, elle s'apercevait qu'elle avait très envie de rassembler toutes les pièces du puzzle !

« Tu es ridicule, se sermonna-t-elle. Nous avons trouvé un équilibre, nous sommes amis, et cela suffit largement. Pourquoi cherches-tu toujours à te compliquer l'existence ? »

Agenouillée sur son siège à l'avant de la loge, Betsy suivait le dernier acte de la pièce avec une totale concentration. Rita, elle aussi, était si absorbée par l'histoire qui se déroulait sur scène qu'elle ne s'aperçut pas tout de suite qu'Erik la contemplait. Quand, enfin, elle sentit son regard sur elle, elle tourna la tête... et en perdit littéralement le souffle. Cette émotion qu'elle lisait dans ses yeux... Son cœur s'emballa, ses mains se mirent à trembler, et brusquement elle décida que, cette fois, elle ne reculerait pas. Elle saurait si elle était victime de son imagination ou s'il se passait réellement quelque chose entre eux. Résolument, elle se pencha vers lui.

— Qu'est-ce qu'il y a ? chuchota-t-elle.

Sur scène, le Fantôme chantait son amour déchirant pour Christine. Le regard rivé sur elle, Erik allait dire quelque chose, une parole qui changerait la face du monde... puis il secoua la tête.

142

— Rien..., murmura-t-il.

Elle essaya de se détourner, mais son regard la retint. Il tendit la main vers la sienne. La musique bouleversante se brisait sur eux comme une vague, et le moment était réellement magique. Presque malgré elle, elle se pencha vers lui. Il leva lentement la main, la posa sur sa joue et se pencha à son tour. Les yeux fermés, torturée par cette attente exquise, elle sentit enfin ses lèvres se poser sur les siennes.

Ce fut à peine un effleurement, mais Rita le sentit résonner dans tout son corps. Une flamme de désir se leva en elle. Elle fondit contre lui, voulut oublier qu'elle se trouvait dans un lieu public, juste derrière une nièce de dix ans qui pouvait se retourner à n'importe quel moment...

Ce fut cette idée, comme une douche froide, qui la renvoya dans le monde réel. Tremblante, elle s'écarta de lui. Son cœur battait trop fort, et elle respirait à grand-peine. Elle entendait aussi la respiration hachée d'Erik. Quand elle eut le courage de lever les yeux vers lui, elle comprit qu'il avait été aussi bouleversé qu'elle par ce qui venait de se passer. L'air à demi étourdi, il lui serra la main et murmura d'une voix tremblante :

— C'est sûrement la musique.

Comme une marionnette, elle hocha la tête et répondit :

— Sûrement...

Du même mouvement, ils se retournèrent vers la scène. Ce n'était pas la musique, et Erik le savait aussi bien qu'elle. Ils pouvaient le nier tous deux, mais quelque chose entre eux avait repris vie, dès le premier instant où ils s'étaient retrouvés face à face dans son bureau.

Et maintenant? se demanda-t-elle. Malgré ses efforts pour se convaincre du contraire, elle comprenait qu'elle éprouvait toujours les mêmes sentiments à son égard. Elle qui avait été sûre d'avoir banni cette attirance passionnée de sa vie — ou du moins de la contrôler parfaitement —, voilà qu'elle sentait le volcan se réveiller. Oh, il était facile de dire qu'elle ne ressentait plus rien, tant qu'il n'était pas là pour la mettre à l'épreuve! Un contact de sa main, un baiser léger, et elle oubliait toutes ses résolutions.

Elle ne voulait pas renouer avec Erik... Mais tout semblait se liguer contre sa volonté, et elle n'y pouvait rien!

Elle se sentit si découragée qu'elle en envia presque le pauvre Fantôme, qui pouvait tout simplement disparaître à la fin de l'histoire. Le rideau tomba pour la dernière fois, les lumières de la salle s'allumèrent, et elle essaya de se composer un visage. Heureusement, l'enthousiasme de Betsy lui fournissait une diversion, et elle réussit à bavarder gaiement avec l'enfant tandis qu'ils se dirigeaient vers la dernière gâterie de la soirée : une glace dans un salon de thé tout proche du théâtre.

Les yeux ronds, essayant de cacher son émerveillement sous un air calme et blasé, Betsy commanda immédiatement une coupe qui contenait plusieurs strates de chocolat, et elle s'y attaqua aussitôt avec entrain. En face d'elle, Rita et Erik, assis côte à côte, prenaient garde à ne pas se toucher. L'heure tardive, ajoutée à un trop-plein d'excitation, eurent enfin raison de la petite fille, et elle commença à dodeliner de la tête au-dessus de sa coupe à demi pleine. Quand ils quittèrent le joli salon pour reprendre la voiture, Betsy grimpa à l'arrière et s'endormit instantanément.

Les deux adultes n'échangèrent que quelques phrases pendant le trajet du retour. Rita essayait de se convaincre que c'était pour ne pas réveiller Betsy. Elle sentait très clairement que ce bref baiser avait totalement changé la dynamique de leurs rapports. Ils ne pourraient plus faire semblant... Ils allaient devoir regarder les choses en face.

Quand la voiture s'immobilisa devant son domicile, elle lui proposa d'entrer prendre un café et, cette fois, il accepta.

— Va donc mettre Betsy au lit, proposa-t-il. Je vais faire le café.

Malgré la gravité de ses pensées, Rita ne put s'empêcher de le taquiner :

— Depuis quand est-ce que tu mets les pieds dans une cuisine ?

Il lui sourit :

— Je suis un vieux célibataire, ne l'oublie pas ! Je sais faire quelques petites choses, à la maison.

Elle se souvenait parfaitement de certaines « petites choses » qu'il savait faire ! Retenant le commentaire qui lui montait aux lèvres, elle emmena sa nièce à l'étage.

— Je veux boire du café, moi aussi, marmotta Betsy aux trois quarts endormie, tandis que Rita l'aidait à retirer sa robe neuve et à enfiler son pyjama.

Sa tante eut un petit rire.

— Une autre fois, ma grande, dit-elle en la bordant dans son lit. Je dirai bonne nuit à Erik de ta part.

Elle était déjà à la porte quand Betsy la rappela :

— Tatie ?

— Oui, chérie ?

— Je suis contente que tu aies embrassé tonton Erik au théâtre.

Elle les avait donc vus ! Très fermement, Rita répéta :

— Bonne nuit, Betsy. A demain.

Qu'est-ce que sa nièce aux yeux trop perçants avait donc pu remarquer d'autre ?

Quand elle redescendit, le café était prêt. Erik avait même trouvé deux tasses et le sucre, et il achevait de tout disposer sur le plan de travail.

— Allons le prendre dehors, sur la terrasse, proposa-t-elle. La vue du pont, la nuit, est magnifique.

Il n'y avait pas de brouillard par cette nuit d'été, et les lumières de la ville clignotaient tout autour de la baie. Quelques points éincelants signalaient des bateaux disséminés sur le velours sombre de l'eau. Un panorama aussi splendide que paisible, teinté d'un indéniable romantisme... Maintenant que le moment de la grande discussion était arrivé, Rita se sentait tendue à craquer. Qu'allait-elle pouvoir lui dire ? Qu'il l'attirait terriblement ? Qu'elle voulait reprendre leur liaison torride ? Qu'il lui avait affreusement manqué et qu'elle ne voulait plus vivre sans lui ? Elle en savait plus du tout ce qu'elle souhaitait !

En fin de compte, elle ne dit rien. Sa tasse serrée entre ses mains, un chaos d'idées contradictoires dans la tête, elle contempla la baie avec une concentration morbide, totalement paralysée par l'idée que cette conversation pouvait changer le cours entier de leur existence. Elle commençait à regretter de lui avoir proposé d'entrer, quand il posa sa tasse et dit :

— Il se passe quelque chose. Tu le sens aussi, Rita ?

Elle sauta sur ses pieds, alla se planter devant la balustrade de la terrasse et répondit, le dos tourné :

— Oui, je le sens. Mais je ne sais pas du tout comment réagir.

Elle l'entendit soupirer. Un soupir de soulagement ou d'irritation ? Elle n'eut pas le temps de décider que, déjà, il s'approchait. Elle prit son courage à deux mains et se retourna.

Un peu penché vers elle, il la sondait d'un regard très aigu.

— Je n'en peux plus, dit-il. Au début, je pensais que c'était notre vieille histoire qui faisait des siennes.

Il hésita un instant, puis précisa :

— A un moment, c'était très physique, entre nous.

Elle eut un soupir involontaire, puis releva le menton.

— C'est vrai, mais ça ne me suffit pas. Si je m'investis avec quelqu'un, il me faut autre chose qu'une simple attirance physique.

Il la prit par les épaules et elle vit les lumières lointaines se refléter dans son regard.

— Tu as raison, tu mérites plus que ça, Rita. C'est seulement...

Elle crut savoir, avec une précision intolérable, ce qu'il allait dire maintenant. Un froid subit envahit la nuit tiède, et elle s'écarta de lui.

— Je vois, dit-elle. Tu te sens attiré par moi, tu aimerais reprendre les choses à l'endroit où on les a laissées, mais tu ne te sens pas prêt à t'engager, et tu ne te reconnais pas le droit de m'imposer une situation pareille. C'est bien cela ? J'ai déjà entendu ça quelque part. C'est ce que tu m'avais dit...

Il secoua lentement la tête.

— J'étais un imbécile, dit-il, le regard plongé dans le sien. Un fieffé imbécile. Jamais je n'aurais dû te laisser partir.

Avait-elle vraiment eu froid, un instant plus tôt? Elle ne sentait plus, à présent, que la chaleur de ce grand corps qui s'approchait du sien. Sans volonté, elle se laissa saisir, attirer contre lui. Il allait l'embrasser et, cette fois, ce ne serait pas un baiser léger comme la fois précédente. Elle ne voulait plus résister à l'inévitable. Nouant ses bras autour du cou d'Erik, elle attira sa tête vers la sienne. Leurs bouches et leurs corps se soudèrent et, pendant un instant de folie, elle crut que la terrasse basculait sous ses pieds, et dut s'accrocher à lui de toutes ses forces pour ne pas tomber.

— Oh, Rita..., chuchota-t-il.

Elle sentait le cœur d'Erik tambouriner contre sa propre poitrine, ses grandes mains pétrir son dos, là où sa robe coupée très bas laissait sa peau nue. Ses genoux fléchirent. *Cela faisait si longtemps... Si longtemps!*

Il releva la tête, et murmura d'une voix enrouée :

— Viens à l'intérieur...

Plus que tout au monde, elle voulait lui faire l'amour. Elle voulait le chevaucher et voir l'expression de son visage, retrouver l'émerveillement qu'elle avait ressenti tant de fois, du fait qu'ils s'accordaient si parfaitement l'un à l'autre.

Brusquement, elle recula.

— On ne peut pas. Betsy...

— Betsy dort, chuchota-t-il.

Il l'embrassa encore, si passionnément qu'elle eut envie de se laisser prendre ici même, sur la terrasse. Le souffle court, elle réussit à s'écarter encore une fois.

— Je ne peux pas, dit-elle d'une petite voix pitoyable. Ce ne serait pas bien, pas avec ma nièce à la maison.

Pendant plusieurs secondes interminables, il ne réagit pas. Certaine d'avoir tout gâché, elle attendit qu'il lui tourne le dos, qu'il parte sans un mot. Mais il ne bougea pas, et, enfin, elle osa lever les yeux vers lui. Elle s'attendait à lire sur son visage de la colère, du mépris peut-être... A son infini soulagement, elle vit qu'il avait l'air aussi malheureux qu'elle. Elle lui toucha alors timidement le bras.

— Je regrette, Erik...

— Moi aussi, dit-il avec un gros soupir. De toute façon, ce n'était probablement pas une bonne idée.

— Comment ça?

Il hésita un instant.

— Il y a quelque chose que je ne t'ai pas dit.

— Oh? fit-elle en se raidissant un peu.

La suite n'allait pas lui plaire, elle le sentait très bien! Il eut une petite grimace en voyant sa réaction.

— Je vais te dire quelque chose, et je te demande de ne pas te mettre en colère...

Rita avait horreur de ce genre de précaution oratoire. Sans se douter le moins du monde de ce qu'il allait dire, elle sentait déjà la fureur monter en elle.

— Pourquoi est-ce que je me mettrais en colère? articula-t-elle.

— Voilà, je voyais quelqu'un d'autre...

Il « voyait » quelqu'un? Qu'est-ce que cela voulait dire exactement?

Son ressentiment retomba d'un seul coup. Bien sûr qu'il voyait quelqu'un, comment aurait-il pu en être autrement? Elle ne s'attendait tout de même pas à ce qu'il vive comme un moine, depuis un an? Le connaissant comme elle le connaissait, il avait même dû voir un certain nombre de « quelqu'un », pensa-t-elle en fronçant les sourcils.

— Je vois, dit-elle.

— Je sais ce que tu penses, commença-t-il en prenant à son tour un air assez contrarié.

— C'est intéressant, coupa-t-elle. Parce qu'en ce moment, je ne sais pas du tout ce que je pense. Mais ne t'occupe pas de ça... Dis-moi plutôt quelque chose.

— Tout ce que tu veux.

— Cette relation dont tu parles... C'était sérieux ?

Elle eut sa réponse quand il détourna les yeux. Une colère immense flamba alors en elle. Comment avait-elle pu se laisser prendre au piège une seconde fois ? L'expérience ne lui avait donc rien appris ? En se souvenant de la façon dont elle avait montré son désir quelques instants plus tôt, elle brûlait de honte. Encore un peu, et elle aurait entraîné Erik dans sa chambre pour lui faire passionnément l'amour. Il ne s'était pas contenté de « voir » quelqu'un d'autre, il entretenait de toute évidence une relation sérieuse. Et elle s'était jetée dans ses bras sans aucune dignité...

En tout cas, c'était fini. Puisqu'elle ne pouvait pas faire autrement, elle travaillerait avec lui. Si c'était nécessaire, elle le verrait tous les jours jusqu'à l'ouverture du magasin. Mais rien de plus. Elle ne s'attacherait pas à un homme capable de l'embrasser comme il venait de le faire, alors qu'il s'était engagé envers quelqu'un d'autre.

— Je crois que tu ferais mieux de partir, dit-elle d'une voix froide. Je vois que c'était une erreur, comme la première fois.

— Rita, attends ! Tu ne comprends pas...

— Je comprends très bien. Je comprends que tu essaies de tout avoir, une fois de plus.

— Pas du tout ! Ecoute-moi, je t'en prie.

Il fit un pas vers elle, mais le regard qu'elle lui jeta arrêta net son mouvement, et il laissa retomber ses bras.

150

— Je ne m'attendais pas à ressentir... cela pour toi, essaya-t-il pourtant de dire. C'est la dernière chose que j'aurais voulu, crois-moi !

— Merci beaucoup !

— Ne fais pas semblant de mal me comprendre. Je suis prêt à parier que tu ne voulais rien ressentir pour moi non plus.

— Ce n'est pas tout à fait vrai. J'étais parfaitement satisfaite de te détester pendant tous ces mois.

Il fit une grimace mais poursuivit néanmoins :

— Nous savons tous les deux que les choses ont changé entre nous.

— Ça, c'est le moins qu'on puisse dire !

— Je voulais dire... avant cette discussion.

Serrant les lèvres, Rita réussit à déclarer :

— Je t'écoute.

— J'essaie de t'expliquer : je ne m'attendais pas à ce qui est arrivé. Maintenant, je compte bien régler les choses en conséquence.

— Il n'y a rien à régler. Tu as quelqu'un, tu viens de me le dire. Fin de l'histoire, c'est terminé.

— Non, ce n'est pas terminé ! En tout cas, je voudrais que ça ne le soit pas.

— Alors, tu veux continuer à nous voir toutes les deux, c'est ça ?

— Non ! Même avant de te retrouver, je commençais à avoir des doutes à propos de Caroline et moi.

L'inconnue avait un nom, maintenant. *Caroline*. Rita était prête à parier qu'il l'appelait ainsi, et pas par un petit nom comme Caro ou Carrie. C'était un prénom qui lui avait toujours plu, mais qui soudain lui faisait horreur.

— Et quand est-ce que tu as commencé à avoir des doutes ? Avant de décider que tu avais envie de coucher avec moi, ou après ?

— Tu n'es pas juste, répliqua-t-il sans élever la voix. J'ai toujours eu l'intention de te parler d'elle.

— Quand?

Il eut une nouvelle grimace, mais elle ne se laissa pas attendrir. Quand lui aurait-il parlé de cette femme, si les choses ne s'étaient pas précipitées entre eux?

— Tu permets que je t'explique? demanda-t-il.

— Tu peux essayer, lâcha-t-elle en croisant les bras.

— Je l'ai rencontrée il y a quelques mois à un gala de bienfaisance. J'ai cru...

Il s'interrompit pour marmonner :

— C'est assez humiliant, tu sais...

— Je trouve aussi, mais c'est ton histoire, pas la mienne.

— C'est ce que j'essaie de te dire : cette histoire est terminée.

— Ah, je vois! Maintenant, c'est elle que tu vas jeter comme une vieille paire de chaussures!

— Je te dis que je commençais à avoir des regrets, avant même de te revoir. Je t'avoue qu'à un moment donné, j'ai cru que j'avais envie de l'épouser...

— L'épouser!

— Je ne lui en ai jamais parlé, se hâta-t-il de préciser. Rudy ne cessait pas de me répéter que ce n'était pas une femme pour moi, et il avait raison.

— Et maintenant?

— Maintenant, je vais lui dire que c'est terminé entre nous.

— Et que va-t-elle te répondre, à ton avis?

— Je ne sais pas. Ça ne va sûrement pas lui plaire. Mais ce ne serait pas juste de continuer, alors que tu es la seule femme que j'ai envie de voir.

Rita ne trouva rien à répondre. Elle ne savait pas réellement ce qu'elle ressentait. Erik allait renoncer à une autre femme et, quoi qu'il pût en dire, il le faisait surtout pour elle. Cela lui créait une sorte d'obligation. Que voulait-elle, vraiment ? Une partie d'elle-même avait soif du contact de ses mains, soif d'être près de lui, de l'écouter parler et rire ; une autre partie freinait de toutes ses forces le mouvement qui l'entraînait. Si elle acceptait de tenter encore une fois sa chance avec lui, et que les choses tournaient mal, elle ne le supporterait pas. Elle avait mis des mois à s'en remettre la première fois, et elle refusait de traverser de nouveau cet enfer.

— Rita ?

Elle ne voulut pas le regarder.

— Je ne sais pas, Erik...

Au moment où il posa les mains sur ses épaules, elle se crispa mais découvrit qu'elle était incapable de le repousser. Encouragé, il resserra un peu son étreinte. Elle sentit son corps solide juste derrière elle. La tentation était forte de se laisser aller un peu en arrière, de s'appuyer contre lui en s'obligeant à croire que tout se passerait bien.

— Quoi que tu décides, dit-il doucement, je vais dire à Caroline que c'est fini entre nous.

Elle ferma les yeux.

— Quand est-ce que tu vas le lui dire ?

— Demain.

— Tu ne dis pas ça juste...

Il la retourna vers lui.

— Je dis ce que je pense. Je veux qu'on continue à se voir, tous les deux, mais il faut d'abord que je rompe avec elle. Et je le ferai.

Rita avait tellement envie de le croire ! Mais elle ne pouvait s'empêcher de se souvenir qu'une fois déjà, il avait trahi sa confiance. A présent, elle ne savait plus quelle était l'attitude juste.

« Tout était beaucoup plus facile quand je le détestais », pensa-t-elle confusément. Mais comment détester un homme qui venait d'offrir une soirée aussi merveilleuse à sa petite nièce ? Elle le revoyait sortir Betsy de la voiture, quelques instants plus tôt. Il avait été si patient que l'ombrageuse fillette s'était laissé charmer. Non, décidément, la gentillesse d'Erik n'était pas feinte. Les enfants repèrent ce genre de choses immédiatement, et il était clair que Betsy l'adorait.

Cet homme n'était plus celui qu'elle avait connu l'année précédente. Ne prétendait-il pas lui-même qu'il avait changé ? Si c'était le cas... ne devait-elle pas lui donner une chance de le lui prouver ?

— Très bien, Erik, dit-elle. Quand tu lui auras dit, nous... nous verrons.

Visiblement, il avait espéré plus. Pourtant, il ne discuta pas et partit très vite.

Malgré son épuisement, Rita mit très longtemps à s'endormir. Avait-elle fait le bon choix ? Elle ne parvenait pas à en être sûre. En tout cas, il était trop tard maintenant pour revenir en arrière. La seule chose à faire était d'attendre : elle saurait, très bientôt, si elle avait été aussi stupide et inconsciente que la première fois.

10.

— Pour l'amour du ciel, Jeffrey ! s'écria Grace.

C'était la première fois qu'elle avait son mari au téléphone depuis le passage de Nick Santos, et elle faisait de gros efforts pour contrôler sa colère.

— Tu aurais pu m'avertir, tout de même... Il n'est pas très agréable de voir un détective privé s'inviter chez soi !

— Je t'ai envoyé une note de service, Grace, répondit Jeffrey du petit ton sec qui la hérissait toujours.

— J'ai horreur des notes de service et tu le sais très bien, répliqua-t-elle. Même si les choses sont assez... tendues entre nous en ce moment, je trouve que tu aurais pu avoir la courtoisie de me téléphoner.

D'un ton tout aussi raide, il renvoya :

— Je ne savais pas à quel moment M. Santos arriverait.

— Et moi, je ne savais pas qu'il existait !

Brusquement, elle mesura l'inutilité totale de cette joute verbale. Frottant ses tempes, elle soupira :

— De toute façon, c'est chose faite... Inutile d'en discuter plus longtemps. J'ai eu une mauvaise surprise, voilà tout.

— Nous avons tous été surpris. Quand ce diadème a

155

refait surface à New York, tu imagines un peu ce que ça signifiait pour nous !

Grace l'imaginait très bien, effectivement. Le vol de six pièces de la célèbre collection des DeWilde était un secret extrêmement bien gardé. Avec le retour de l'un des bijoux, c'était l'ensemble de l'édifice qui s'effondrait. Tout allait jaillir au grand jour, et il fallait se préparer à répondre à beaucoup de questions. Grace comprenait parfaitement que Jeffrey eût fait appel à un détective privé, mais elle n'admettait pas qu'il ne l'eût pas prévenue de sa visite.

— Je continue à penser que tu aurais dû m'avertir, répéta-t-elle sévèrement, oubliant qu'elle venait elle-même de clore le sujet. Cet homme est venu chez moi, et il s'est mis à me poser des questions...

— Il avait certainement des preuves de son identité, et une lettre signée par moi-même.

— Si tu penses que j'étais rassurée simplement parce qu'il s'agissait d'un authentique détective privé !

Elle entendit Jeffrey soupirer.

— Bon..., dit-il au bout de quelques instants. Ce n'est pas vraiment ça qui te tourmente, n'est-ce pas ?

— Mais si, bien...

Grace se tut. Il la connaissait trop bien, et il n'était pas utile de chercher à le tromper.

— Non, tu as raison. Ce n'est pas ça.

— Quoi, alors ?

Il y avait tant de choses... Elle choisit la plus présente à son esprit.

— Cette réception que nous sommes censés donner pour Gabe et Lianne... Je n'en peux plus de devoir me battre au sujet du moindre détail.

— Ce n'est tout de même pas ma faute si tu es de l'autre côté du globe, et tellement occupée avec...

156

— Ne dis pas un mot de plus ! lança-t-elle. Tu m'as déjà indiqué très clairement tes sentiments au sujet de mon magasin.

— Ah, nous voilà vraiment au cœur du problème, cette fois.

— Tu crois ? Tu n'as aucun droit de m'en empêcher, tu sais. Je ne te fais concurrence en aucune façon.

— Le conseil d'administration voit les choses autrement.

— Et toi, comment est-ce que tu vois les choses ?

Jeffrey évita le coup.

— Nous nous éloignons du sujet. Je croyais que nous étions en train de parler de l'enquête de M. Santos. J'aimerais savoir si nous pouvons compter sur ta coopération.

Il s'était refermé une fois de plus. Depuis cette nuit terrible où tout avait déraillé, elle se retrouvait face à un mur. Furieuse, elle lança :

— Non, tu ne peux compter sur rien du tout ! J'ai dit à M. Santos que je ne sais rien de ces bijoux, et j'ajoute que je m'en fiche totalement ! J'ai mes propres préoccupations, en ce moment.

— Ça, tu nous l'as clairement fait sentir. Mais je te préviens, tu ferais bien de te souvenir d'une chose...

— Et c'est... ?

— Le groupe est prêt à faire tout ce qu'il faudra pour protéger ses intérêts.

— Parfait, Jeffrey ! Au moins nous nous comprenons sur ce point-là. Parce que je peux te garantir que, de mon côté, je ferai également le nécessaire pour garantir mes intérêts.

Elle raccrocha presque brutalement, et alla se préparer une tasse de thé qui ne fit rien pour lui rendre son calme. Quand Rita arriva, une heure plus tard, sa colère n'était pas retombée. En bonne professionnelle, elle n'imposait jamais ses humeurs à ses collègues, et dut prétexter une forte migraine pour couper court aux échanges détendus qui faisaient l'ordinaire de leurs relations. Elles se mirent donc au travail en n'échangeant que les propos nécessaires.

— Pour l'électricité, c'est réglé. L'artisan a téléphoné pour dire que... Grace, vous avez l'air tellement préoccupée ! Quelque chose ne va pas ?

Grace eut un sursaut coupable. La matinée était presque terminée, mais elle ne parvenait toujours pas à se concentrer. Voyant l'expression inquiète de Rita, elle avoua :

— Oui, je suis un peu perturbée.

— Vous avez toujours mal à la tête ? Je vais descendre chercher quelque chose à la pharmacie.

— Vous êtes un ange, mais ça ne sera pas nécessaire. En fait, j'ai téléphoné à Jeffrey, ce matin... J'avais l'intention de parler de la réception en l'honneur de Gabriel et Lianne, mais les choses se sont envenimées et nous n'avons toujours rien réglé.

— Je suis désolée...

— Et moi donc ! soupira Grace. J'avais cru que nous pourrions au moins fêter le mariage après coup. Seulement voilà, nous n'arrivons pas à nous mettre d'accord sur quoi que ce soit et, maintenant, il y a un détective qui fouine dans nos vies privées !

— Ça doit être une sensation très désagréable.

— Oui, c'est tellement... vulgaire.

Grace revit le beau visage de Nick Santos et se sentit obligée d'ajouter :

— Enfin, si ça doit être fait, M. Santos a l'air assez compétent.

Rita se mit à sourire.

— Je ne crois pas qu'il ait beaucoup plu à Kate.

En se souvenant de la rencontre entre le détective et la plus difficile de ses enfants, Grace sourit à son tour sans répondre.

Il fallait tout de même faire quelque chose au sujet du problème posé par ces bijoux. Rita devait savoir ce qui se passait, décida-t-elle. Jeffrey avait beau insister pour que tout reste strictement dans la famille, la presse allait s'intéresser à l'affaire. Si un journaliste téléphonait, son assistante serait prête à répondre.

— Justement, je voulais parler de cette histoire avec vous, dit-elle lentement. Je sais que vous serez discrète mais, au cas où quelqu'un téléphonerait pour demander des détails, il faut que nous décidions de ce que nous allons dire.

Elle se tut un instant, rassemblant ses idées, puis reprit :

— La famille de mon mari possédait une collection fabuleuse dont certaines pièces ont été volées. L'une de celles-ci a réapparu et Jeffrey a décidé de rouvrir l'enquête. La seule description des bijoux suffit à faire rêver. L'un d'eux s'appelle le « collier des eaux-dansantes » : il est constitué de saphirs et de diamants blancs. Il y a aussi une broche représentant deux roses en rubis, diamants et émeraudes sur une monture d'onyx noir. Et puis, bien sûr, les boucles d'oreilles en diamants et rubis de Birmanie.

— C'est absolument fabuleux !

— Fabuleux, oui. Mais n'oubliez pas que plusieurs DeWilde ont été joailliers. Le premier, Maximilien DeWilde, avait été l'apprenti d'un diamantaire d'Amsterdam ; il a ensuite épousé la fille de l'un de ses collaborateurs. Leur fils Max a d'abord été horloger, puis il a ouvert une bijouterie très chic appelée DeWilde. Vous voyez, c'est une histoire qui remonte assez loin.

Rita s'accouda à son bureau, fascinée.

— Racontez-moi...

— Marie, la sœur de Max, créait elle aussi des modèles. Pas seulement des bijoux, mais aussi des ceintures, des accessoires. Elle était très douée. Avec son frère, ils ont agrandi la bijouterie pour en faire un magasin d'objets de luxe. C'est l'ancêtre des magasins DeWilde, avec des rayons bien distincts pour l'argenterie, le cristal, les horloges et les bijoux...

— C'est passionnant. Toutes ces générations... Il y aurait matière à écrire un véritable roman.

— Je doute qu'il se trouve quelqu'un pour s'y intéresser suffisamment ! répondit Grace en riant.

Elle se sentait revigorée, prête à secouer ses soucis et à se remettre au travail. Pourtant, son humeur s'assombrit l'espace d'un instant, et elle finit par murmurer d'un ton pensif :

— Maintenant que le diadème est revenu sur le marché, je me demande comment les choses vont tourner...

Elles travaillèrent d'arrache-pied pendant tout le reste de la journée, plongées dans la foule de détails à régler avant que le magasin ne prenne sa forme définitive. Rita perdit toute notion du temps et, quand l'horloge sonna six coups, elle leva la tête, stupéfaite. Grace se leva.

— Je ne sais pas comment vous vous sentez, dit-elle, mais pour ma part, je n'en peux plus. Restons-en là ce soir, nous y verrons plus clair demain.

Rita se sentait fatiguée, elle aussi. Elle rassemblait une liasse de devis pour les fourrer dans sa mallette quand Grace lui demanda ce qu'elle faisait.

— Je m'étais dit que j'étudierais ça ce soir, répondit-elle en rougissant un peu. J'ai tellement à apprendre.

160

— Mais vous travaillez tout le temps ! Ça ne vous arrive jamais, de prendre une soirée pour vous ? Il faut vous amuser un peu !

— Mais je m'amuse, protesta Rita. Je suis allée voir *Le Fantôme de l'Opéra* samedi dernier.

— Oui, vous m'en aviez parlé. Erik et vous avez emmené votre nièce, c'est bien ça ?

— Oui, et elle était folle de joie. Nous avions une loge rien que pour nous, et elle a passé une soirée fabuleuse.

— Erik m'a dit la même chose.

— Ah ? Quand cela ?

— Il en a parlé rapidement l'autre jour, quand il a téléphoné. Il avait l'air ravi d'avoir accompagné... je cite, « deux jolies dames au théâtre ». Allez, bonne nuit, et soyez prudente sur la route.

Rita n'avait aucune nouvelle d'Erik depuis le samedi soir. Lorsqu'il lui avait dit qu'il parlerait à Caroline, elle l'avait cru sur parole. Trois jours plus tard, elle commençait à se dire qu'il avait dû changer d'avis.

Et cela valait sans doute mieux ainsi ! songeait-elle amèrement en rentrant chez elle. Si Erik n'avait pas l'intention de rompre avec « l'autre femme », elle préférait le rayer tout de suite de son existence.

N'empêche que cela faisait très mal. Les chances étaient contre elle, mais elle n'avait pu s'empêcher d'espérer... Quelle idiote elle avait été ! Quand accepterait-elle de comprendre qu'il ne pouvait rien se passer de sérieux entre Erik et elle ?

La première chose qu'elle fit, en arrivant, fut d'aller jeter un coup d'œil à son répondeur. Elle faisait de même tous les soirs depuis quelques jours : c'était plus fort qu'elle. Cette fois encore, le voyant des messages

161

restait éteint, et elle tourna le dos à l'appareil, furieuse contre elle-même. Si elle était convaincue que leur aventure n'avait aucun avenir, pourquoi continuait-elle à attendre un appel ?

— Je n'espère rien du tout, dit-elle tout haut.

Elle referma la porte d'entrée d'un coup de talon.

Erik, de son côté, attendait toujours d'avoir mis les choses au clair avec Caroline. Il avait trop de cœur pour rompre froidement par téléphone, mais chaque fois qu'il essayait de la voir, un empêchement se présentait d'un côté ou de l'autre.

Enfin, conscient des jours qui s'écoulaient sans qu'il ait pu faire un signe à Rita, il insista, au téléphone, pour voir Caroline immédiatement.

— Eh bien d'accord, mon chéri, répondit cette voix un peu pointue qu'il ne supportait plus. Je ne savais pas que c'était si important...

Elle baissa le ton et ronronna presque :

— Est-ce que je dois en conclure...

Non, surtout, il ne fallait pas qu'elle tire la moindre conclusion ! Bien sûr, elle risquait de s'imaginer qu'il acceptait le poste de vice-président chez Morton, Madison & Shade. Ou pire encore, qu'il allait enfin lui demander sa main. Très vite, il coupa :

— Je préfère te voir pour en parler.

— Alors, ce soir, si tu veux bien ?

Ils se mirent d'accord pour sortir dîner. Erik avait tellement hâte d'appeler Rita qu'il se mit à composer son numéro une fois la communication coupée... Puis il se ravisa. Il avait promis de ne pas la contacter tant que le lien avec Caroline ne serait pas totalement rompu. Maintenant que la vie leur réservait peut-être une seconde chance, il voulait commencer sur un bon pied. Cette fois, aucun malentendu, aucun faux-fuyant ne devait entamer la confiance entre eux. Il attendrait d'avoir tout dit à Caroline et, alors seulement, il appellerait Rita.

Dès que Caroline lui ouvrit la porte, ce soir-là, Erik sut que les choses allaient mal se passer. Pourquoi était-elle venue elle-même lui ouvrir, au lieu de laisser faire l'un des domestiques ? Et sa tenue... Elle n'allait certainement pas sortir dans cette tunique diaphane fendue très haut et ce gilet émaillé de brillants. Inquiet, il comprit qu'elle avait changé le programme de leur soirée sans le consulter.

— Chéri ! s'exclama-t-elle en se jetant dans ses bras. Oh, j'ai une surprise pour toi !

Cette première surprise lui suffisait largement ! Se dégageant délicatement de son étreinte, il l'écarta un peu.

— Tu es... si différente, ce soir. Je ne crois pas t'avoir jamais vue... euh... dans un ensemble pareil.

Enchantée, elle virevolta sur elle-même et les pans presque transparents de sa tunique s'écartèrent, lui offrant, dans un éclair, la vision d'une jambe extrêmement bien tournée.

— Je te plais ? demanda-t-elle en s'arrêtant devant lui.

Du coup, il se sentait assez gêné d'être venu sans se changer, dans la chemise un peu fripée qu'il avait portée au bureau toute la journée. Il faillit s'en excuser, avant de se souvenir abruptement de la raison de cette entrevue.

Elle posa ses paumes sur sa poitrine, les fit glisser

dans l'ouverture de son veston. Ce geste était si incongru chez elle, si provocant qu'il se hâta de lui saisir les mains. Il fallait absolument reprendre le contrôle de la situation.

— Tu es belle, dit-il sans enthousiasme. Caroline, écoute-moi.

— Je suis si heureuse, chuchota-t-elle, parce que je l'ai acheté rien que pour toi.

Elle baissa encore la voix.

— Rien que pour ce soir...

— Caroline, il faut que nous parlions.

— Oui, dit-elle. Il est temps...

Elle lui saisit les mains et se mit à l'entraîner vers la bibliothèque.

— Papa et maman sont sortis, et j'ai dit aux domestiques de nous dresser une petite table pour deux, à côté. Nous serons seuls, nous pourrons tout nous dire.

Erik n'avait aucune envie de la blesser, mais il savait qu'il ne pourrait pas continuer sur ce registre pendant tout un repas. La situation était réellement affreuse : Caroline croyait que tous ses espoirs allaient se réaliser, elle s'était donné tout ce mal pour lui plaire... Non, il fallait absolument la détromper tout de suite.

— Allons dans le salon une seconde, dit-il.

Elle se retourna vers lui, ses sourcils parfaits légèrement froncés.

— Le salon ? Mais pourquoi ?

— Nous pourrons mieux... parler, dans le salon.

— Mais...

Elle regarda attentivement son visage, et son expression changea.

— Qu'est-ce qui se passe exactement, Erik ?

Il ne voulait pas rompre de cette façon, debout en

face d'elle dans le grand hall d'entrée. L'arche qui menait dans le salon était toute proche, et il l'y entraîna.

— Je ne voulais pas te dire ça si brutalement, Caroline, mais... nous ne pouvons plus nous voir.

Pendant un temps interminable, elle le fixa d'un air totalement vide. Puis elle articula :

— Excuse-moi ?

Il commençait à regretter de n'avoir pas téléphoné, ou mieux encore, envoyé un mot. Il la guida vers l'un des canapés, la fit asseoir avec douceur, s'installa près d'elle et lui prit la main.

— Je sais que c'est difficile à comprendre, tu ne t'y attendais pas. Mais en fait...

Il prit une grande inspiration et lâcha sa bombe :

— J'ai rencontré quelqu'un.

Encore une fois, elle fixa sur lui ce regard opaque qui le décontenançait totalement. Avait-elle pu ne pas le comprendre ? Devait-il s'expliquer plus clairement, ou laisser les choses suivre leur cours ?

— Quelqu'un, répéta-t-elle enfin. Qui est-ce, Erik ?

Il haussa les épaules.

— Qu'est-ce que ça change ? La question, c'est que nous...

Sous ses yeux, le visage exquis de Caroline se métamorphosa. Son regard inexpressif se chargea d'une telle fureur qu'il en resta médusé. Jamais il ne l'avait vue ainsi. Avant qu'il ne pût trouver quelque chose à dire, elle bondit sur ses pieds. Machinalement, il se leva aussi.

— Comment oses-tu me dire que ça n'a pas d'importance ! cria-t-elle d'une voix tremblante. Bien sûr que c'est important ! Qui est-ce, Erik ? Je dois le savoir !

Il ne comprenait pas cette fixation sur l'identité de Rita, mais il souhaitait en finir le plus vite possible. Les domestiques avaient probablement déjà entendu les cris...

— Elle s'appelle Rita Shannon, mais...

— Quand est-ce que tu l'as rencontrée ? Comment, où ?

— Je la connaissais déjà... depuis un petit moment.

— Tu la connaissais ! Depuis un moment ! Comme c'est commode !

— Caroline, tu veux bien te calmer un peu ?

— Je suis calme ! hurla-t-elle.

Elle se cabra, le regarda fixement :

— Tu voulais l'épouser, c'est ça ?

— Je ne sais pas. On n'en avait jamais parlé, à l'époque.

— Et vous en avez parlé, maintenant ?

— Non ! Nous n'avons jamais abordé ce sujet. Mais ce n'est pas ça, l'important, Caroline. La question, c'est...

— Je sais ce qui est important ! Quelle qu'elle soit, cette femme croit peut-être qu'elle a gagné !

Il commit l'erreur de dire :

— Je sais ce que tu dois ressentir et je suis désolé, mais...

Les yeux bleus de Caroline lancèrent un éclair féroce.

— Ah, tu es désolé ? Tu vas savoir ce que c'est, d'être désolé !

Etait-ce une menace ? Sans doute que non, car la colère lui faisait dire n'importe quoi. Comment lui en vouloir, d'ailleurs ? Lui aussi aurait vu rouge, à sa place. Il s'en voulut d'avoir si mal présenté les choses, puis se dit qu'il n'y avait probablement aucun moyen idéal d'assener une nouvelle pareille. De toute façon, il ne lui avait jamais fait de promesses...

Dire qu'il avait failli la demander en mariage !

— Je ferais mieux de partir, dit-il.

— Pas question ! Pas avant d'avoir mis les choses au clair.

— Les choses sont claires. Je regrette beaucoup, mais tu vas devoir comprendre que...

— Oh, je comprends ! Maintenant, tu vas me faire des excuses et me dire que ce n'était qu'une plaisanterie de très mauvais goût !

Il crut avoir mal entendu.

— Quoi ?

— Il faut que je répète ? Très bien, je répète : je veux que tu me dises que c'est une erreur. Que tu n'as rien à voir avec cette... cette femme, et que c'est moi que tu aimes. Ensuite, nous pourrons aller dîner et profiter de la soirée que j'ai préparée.

Il se contenta de la dévisager, incrédule. Avait-elle perdu l'esprit ?

— Ce n'est pas possible, répondit-il enfin. Je suis venu ici ce soir pour te dire que c'était fini entre nous.

— Non, je ne crois pas. Parce que je ne te laisserai pas prendre la fuite aussi facilement. Je sais me battre.

— *Te battre* ? Mais de quoi est-ce que tu parles ?

Il ne restait plus trace de ce regard tendre et lumineux auquel elle l'avait habitué. A la place de cette femme radieuse et sereine, il découvrait une créature capricieuse et arrogante, certaine d'obtenir tout ce qu'elle voulait, en toute circonstance. Parfois, au détour d'une discussion, il avait entrevu cette face cachée de sa personnalité. Mais jusqu'à ce soir, Caroline avait pris soin de ne pas l'exhiber au grand jour. A présent, Erik la découvrait tout entière, et ne ressentait plus rien qu'une immense répulsion.

167

— Tu m'as fait comprendre que tu avais l'intention de m'épouser, Erik, reprit-elle d'une voix dure. Tu m'as fait croire que nous allions nous marier...

Il se raidit.

— Je n'ai jamais dit...

— Oh, mais si ! Tu m'as demandée en mariage, et tu vas devoir tenir ta promesse.

Tout au long de cet échange invraisemblable, il avait réussi à ne pas se mettre en colère. Maintenant, il commençait à en avoir plus qu'assez. Les dents serrées, il déclara :

— Tu ne peux pas m'obliger à tenir une promesse inexistante, Caroline. Je ne t'ai jamais demandée en mariage, et tu le sais aussi bien que moi.

— Tu crois ? répéta-t-elle. Une petite question, Erik : si nous en arrivons à cette extrémité, lequel de nous deux croira-t-on, à ton avis ?

— Tu ne parles pas sérieusement ! s'exclama-t-il, stupéfait.

— Je parle tout à fait sérieusement. Aussi sérieusement que toi quand tu m'as demandé d'être ta femme.

— Je n'arrive pas à croire que tu...

— Eh bien mieux vaut le croire, coupa-t-elle brutalement. Parce que, d'une façon ou d'une autre, nous allons nous marier !

Erik ne souhaitait plus qu'une chose : sortir de cette maison, ne plus jamais la revoir !

— Je suis désolé pour toi, Caroline. Mais cette fois, quoi que tu fasses, tu n'auras pas ce que tu veux.

Elle l'accompagna jusqu'à la porte, et le suivit d'un regard dur tandis qu'il s'éloignait. Quand elle disparut de son rétroviseur, à l'angle de la rue, il en éprouva un réel soulagement. C'était presque physique : à présent, il respirait plus librement. Il voulut ouvrir sa vitre, et dut faire un effort pour détacher sa main du volant. Son corps entier était crispé à l'extrême : il avait un peu l'impression d'avoir rêvé cette entrevue de cauchemar.

Bien sûr, elle n'avait pas réellement l'intention de tenter quoi que ce fût, se répétait-il. D'ailleurs, que pouvait-elle faire ?

De retour chez lui, il se dirigea droit vers le bar et se versa un solide remontant. Impossible d'appeler Rita tout de suite comme il se l'était promis : il fallait d'abord réussir à retrouver un semblant de calme. Incapable de tenir en place, il se mit à marcher de long en large dans son salon. Les pensées se heurtaient dans son esprit, incohérentes et décousues. Il but la moitié de son verre avant de s'apercevoir qu'il avait oublié de prendre des glaçons. Il alla en chercher deux, les fit tinter machinalement, et réussit enfin à s'asseoir. A présent, il s'agissait de se convaincre que les propos furieux de Caroline n'avaient été que des paroles en l'air. Blessée, humiliée, la jeune femme cherchait simplement à conserver sa dignité en attaquant. Dès le lendemain, ou du moins dans quelques jours, elle comprendrait que ses menaces n'avaient aucun sens, et elle renoncerait.

Erik, cependant, n'en était pas aussi persuadé qu'il voulait le croire, car il ne téléphona pas à Rita ce soir-là.

11.

Le mercredi matin, Rita était au travail quand Erik téléphona enfin. Depuis leur dernière rencontre, elle passait ses nuits à ressasser la situation, et à se demander comment elle réagirait la prochaine fois qu'elle entendrait sa voix. Elle le découvrit tout de suite : au premier mot qu'il prononça, elle se mit en colère. Sous le coup de la rage, elle faillit raccrocher... mais décida qu'il serait beaucoup plus satisfaisant de lui dire tout ce qu'elle avait sur le cœur.

— Tiens, tiens... C'est gentil à toi de me faire signe.

— Rita, dit-il prudemment, je sais que tu n'es pas contente...

— Pas contente ? Que vas-tu chercher là ? Oh, bien sûr, tu avais promis d'appeler il y a plusieurs jours et tu ne t'es pas donné la peine de le faire, mais ça ne veut pas dire que je ne suis pas contente ! J'aurais dû savoir que tu aurais des choses plus importantes à faire.

— Laisse-moi t'expliquer.

— Non, pas cette fois. Tu viens de me prouver que tu étais bien celui que je croyais. Mais tu sais quoi ? Je me sens soulagée ! Moi qui commençais à penser que j'avais été injuste, l'année dernière, en te jugeant si durement...

Malgré elle, sa voix s'enfla.

— Maintenant je comprends que j'ai eu raison depuis le début. Ne m'appelle plus pour des questions personnelles, Erik. Si nous ne travaillions pas tous les deux pour Grace, je refuserais de te revoir ou de t'adresser la parole. J'espère que je me fais bien comprendre?

— Très bien! répondit-il. Mais si tu...

Elle raccrocha.

Une heure plus tard, le premier bouquet de roses arriva. Elle déchira la carte sans la lire, et faillit également jeter les fleurs. Mais il aurait fallu expliquer à Grace leur présence dans sa poubelle. Le visage crispé, elle entra dans la cuisine, trouva un vase et, par pure perversité, décida de ne pas y mettre d'eau. En reprenant le bouquet, sa rage se réveilla et elle écrasa furieusement les tiges dans le vase, en se piquant à une épine.

— Flûte! s'exclama-t-elle en voyant une goutte de sang perler à son pouce.

Elle fut tentée de fracasser le vase sur le carrelage mais, encore une fois, elle pensa à Grace et se contenta de flanquer le bouquet sur le plan de travail, et de retourner à grands pas vers son bureau.

Si Erik pensait vraiment qu'il suffirait de quelques roses pour rattraper son effroyable manque de tact, il allait être déçu! Au point où elle en était, elle se moquait même de savoir s'il avait effectivement dit à la fameuse Caroline qu'ils ne sortiraient plus ensemble.

— Des fleurs! s'écria Grace en rentrant.

Puis elle vit les tiges brisées et les pétales meurtris.

— Qu'est-ce qui leur est arrivé ?

Rita avait préparé son explication.

— Je les ai prises à un vendeur dans la rue, mentit-elle. Il est venu m'ennuyer à un feu rouge, il n'a pas voulu partir tant que je n'aurais rien acheté.

— Je vois.

Grace alla se pencher sur le vase et demanda :

— Vous ne pensez pas qu'il leur faudrait un peu d'eau ?

Rita allait répondre quand on sonna à la porte. Elle alla ouvrir et se trouva nez à nez avec un autre bouquet, deux fois plus gros que le précédent et encore plus difficile à cacher. Froidement, elle dit à la livreuse :

— Je regrette, mais vous vous trompez d'adresse.

— Je ne crois pas, dit la jeune fille avec assurance. Vous voyez ? L'adresse est ici.

Rita la remercia brièvement, prit les fleurs et referma la porte. Elle croisa le regard curieux de Grace et soupira :

— Très bien, j'ai menti.

Elle jeta un coup d'œil à la carte glissée entre les tiges. La vue de la signature flamboyante d'Erik raviva son irritation et elle articula, les dents serrées :

— Ces fleurs viennent d'Erik. Les autres aussi. Si elles vous font plaisir, je vous les offre.

Elle tendit l'énorme bouquet à Grace qui le prit machinalement, stupéfaite.

— Eh bien ! Vous n'allez même pas lire la carte ?

— Non. Je ne veux pas savoir ce qu'il dit.

Elle déchira cette carte aussi, la lança dans la corbeille, s'épousseta les mains et retourna à son bureau.

— Maintenant, je peux me remettre au travail.

Une heure plus tard, la sonnette de l'entrée retentit encore une fois.

— J'y vais ! se hâta de lancer Grace.

Elle revint avec un troisième bouquet, composé cette fois de trois bonnes douzaines de roses. Hésitante, elle s'arrêta devant Rita qui tambourinait furieusement sur son bureau.

— Si je comprends bien, vous ne voulez pas celles-ci non plus.

Rita n'eut pas un regard pour les corolles parfaites entourées de verdure.

— Non. Je ne veux rien qui vienne de lui !

— Rita, ma chère, je sais bien que cela ne me regarde pas, mais il y a visiblement eu un... problème entre vous deux. Il me semble qu'il fait un effort pour arranger les choses. Vous ne voulez pas au moins entendre ce qu'il a à dire ?

— Non, répliqua Rita, butée. Ça ne m'intéresse plus.

Grace ne discuta pas. Avec un soupir, elle disparut en direction de la cuisine pour chercher encore un vase, et Rita se remit au travail, les lèvres serrées.

Il ne s'était écoulé que trois quarts d'heure quand la sonnette retentit de nouveau.

— Pour l'amour du ciel ! s'exclama Rita. Il ne renonce donc jamais ?

— J'y vais, dit Grace, résignée.

Cette fois, Rita l'arrêta :

— Non, laissez-moi faire. Je vais dire à la fleuriste que je n'accepterai plus rien, point à la ligne ! Ils n'ont qu'à livrer ça à un hôpital ou une maison de retraite. Cette comédie a assez duré !

Elle ouvrit la porte à la volée en lançant :

— Bon, écoutez...

Au lieu de la petite jeune fille en uniforme, Erik lui-même se tenait là, presque caché derrière quatre douzaines de roses.

— Qu'est-ce que tu fais là ? protesta-t-elle.

Il haussa le cou derrière son énorme bouquet.

— Vu qu'il n'y a eu aucune réaction à mes premiers envois, je me suis dit qu'à la prochaine tentative, tu allais probablement occire le messager. Plutôt que de faire courir un risque à la livreuse, j'ai décidé de venir en personne.

— Très drôle, dit-elle en tenant fermement la porte pour l'empêcher de se glisser à l'intérieur. Qu'est-ce que tu veux ?

— Euh... Tu crois que je pourrais entrer ?

— Non. Si tu as quelque chose à dire, dis-le ici. Mais dépêche-toi, nous sommes sur mon lieu de travail et j'ai énormément de choses à faire.

— Tu as un cœur de pierre, soupira-t-il.

Elle ne daigna pas répondre, et attendit la suite.

— Ce n'était pas ma faute, Rita.

— Ah non ? Qu'est-ce qui s'est passé ? Tu t'es cassé le bras ? Tu ne pouvais plus atteindre le téléphone ?

— Je t'ai dit que je voulais parler à Caroline avant de te rappeler. Je voulais faire ça loyalement, face à face.

— Et vous avez tous les deux une vie sociale si ébouriffante que vous n'avez pas trouvé un moment pour vous voir ? Je comprends, Erik. Maintenant, va-t'en.

— J'ai fini par lui parler.

— Bravo.

Elle voulut refermer la porte, mais il coinça son bouquet dans l'ouverture et elle n'eut pas le cœur de l'écraser.

— Attends, Rita, je t'en prie...

— Non. Nous n'avons plus rien à nous dire. Si le

fait de parler à Caroline avait été réellement important pour toi, tu aurais réussi à le faire bien plus rapidement.

— Tu as raison, dit-il. Je t'ai fait attendre sans donner de nouvelles, ce qui était impardonnable. Je comprends fort bien que tu m'en veuilles. Ecoute, n'en restons pas là, je t'en prie. Je ne peux pas supporter l'idée que nous ayons pu passer si près du bonheur, et tout perdre à cause d'une erreur stupide de ma part.

Jamais elle ne l'avait entendu tenir un discours pareil. Elle réfléchit, indécise. Elle avait envie de croire qu'il regrettait sincèrement mais... s'il s'agissait simplement d'une nouvelle excuse ? Elle le regarda d'un air soupçonneux.

— Qu'est-ce que tu lui as dit ? demanda-t-elle.

— Que nous ne nous verrions plus.

— Et... ?

— C'est effectivement ce qui va se passer.

Rita se tut. C'était bien ce qu'elle lui avait demandé. Qu'attendait-elle donc de plus ? Prudemment, elle laissa le battant s'ouvrir de quelques centimètres supplémentaires.

— Comme ça, tout simplement ?

Il eut l'air un peu mal à l'aise.

— Ce n'était pas tout à fait aussi simple, non. Caroline était assez... contrariée.

— Et toi, qu'est-ce que tu as fait ?

— Je lui ai dit que je regrettais, mais que je n'y pouvais rien.

— Et elle a dit... ?

— Ecoute, quelle importance ? Le principal, c'est que je ne la voie plus. Je t'en prie, Rita, je sais que j'aurais dû te téléphoner plus tôt, mais je voulais mettre les choses au clair d'abord. Je suis absolument désolé d'avoir été si long à le faire. Est-ce qu'on peut reprendre à partir de là ?

176

Il disait exactement ce qu'il fallait... D'où venait alors cette impression qu'il y avait autre chose qu'il ne lui disait pas ? Elle était sans doute trop méfiante, pensa-t-elle en relâchant encore un peu la porte. En un sens, toute cette histoire lui avait fourni un prétexte, car elle mourait de peur à l'idée de se retrouver dans ses bras. Elle s'y sentait tellement vulnérable !

— Je ne sais pas très bien, dit-elle. Nous avons déjà eu beaucoup d'erreurs de parcours...

— Tu crois vraiment ça ?

— Je ne sais pas ce que je crois.

Vite, il profita de cet infime avantage.

— On devrait dîner ensemble, ce soir, pour en parler tranquillement.

— Tu crois que c'est une bonne idée ?

— Oui, et tu le crois aussi. J'ai réellement envie de passer du temps avec toi, Rita. Je t'en prie, dis oui.

Vu leurs antécédents, elle savait que la chose la plus intelligente à faire serait sans doute de lui claquer la porte au nez. Elle pouvait parfaitement profiter de ce dernier incident pour prétendre qu'elle ne lui faisait plus confiance. Au lieu de quoi, elle s'entendit répondre :

— Bon... Je suppose qu'un dîner ne fera de mal à personne.

Sa réaction peu enthousiaste le fit sourire plutôt douloureusement, mais il n'allait pas faire le difficile !

— Très bien ! Tu n'as qu'à venir chez moi.

— Tu vas faire la cuisine ?

Il se sentit assez d'assurance pour la taquiner un peu.

— Bien sûr ! Je ne suis pas comme toi.

— En effet, répliqua-t-elle, tu as fait le café, l'autre soir.

177

— Je ferai encore bien plus, tu verras. Alors, c'est dit ?

— C'est dit, répondit-elle à contrecœur.

Il eut un sourire radieux.

— Fantastique !

Elle voulut se concentrer sur les détails, ne pas trop réfléchir à ce qu'elle venait de faire.

— A quelle heure et qu'est-ce que j'apporte ? demanda-t-elle.

— Si on disait 8 heures ? N'apporte rien, juste toi.

Ce sourire... Essayant de contrôler sa propre bouche qui, inexplicablement, cherchait aussi à sourire, elle proposa :

— Même pas un petit plat à emporter... au cas où ?

— Non, vivons dangereusement !

Plus sûr de lui maintenant, il poussa doucement la porte, lui mit les fleurs dans les mains, déposa un baiser rapide sur ses lèvres et partit.

Au moment où Rita refermait la porte, Grace émergea de la cuisine, portant le plus grand de ses vases.

— J'espère que ce sera le dernier, dit-elle avec un petit geste du menton en direction des roses. Je n'ai plus rien pour les mettre.

En se rendant chez Erik, ce soir-là, Rita se souvint de sa boutade. *Vivons dangereusement !* Sur le moment, elle avait souri. Mais en fait, elle prenait un risque réel en allant chez lui. Elle ne se souvenait pas avoir eu aussi... faim de lui, l'année précédente. Jamais elle n'avait ressenti une attirance pareille. Il semblait réellement avoir changé, mais savait-elle vraiment où elle allait ?

Non, elle ne le savait pas. Elle avait toujours suivi

son cœur avant d'écouter sa tête. Grave faiblesse, sans doute, mais elle ne parvenait tout simplement pas à la corriger. Ce serait différent cette fois, se dit-elle résolument. Erik et elle avaient évolué tous deux, et ils ne répéteraient pas leurs erreurs passées. Et puis cette fois, Erik jouait franc jeu. Il lui avait avoué qu'il avait quelqu'un d'autre. Il lui avait promis de rompre et il l'avait fait. Un peu tard, certes, mais il l'avait fait tout de même. Elle ne pouvait rien demander de plus.

Alors pourquoi ce malaise ? Elle n'était pas d'un naturel soupçonneux et détestait qu'on attribue des motifs douteux aux actions des autres. Si elle ne voulait pas lui accorder sa confiance, elle ferait mieux de faire d'emblée demi-tour. C'était tout ou rien, maintenant : soit elle lui pardonnait, soit elle renonçait tout de suite, avant que les choses ne deviennent plus compliquées. Quel choix allait-elle faire ?

Elle hésitait encore en se garant devant l'immeuble d'Erik. Mais dans l'ascenseur, elle décida qu'elle accordait probablement trop d'importance à ce moment. Elle ne prenait pas un engagement irrévocable en passant sa porte : ils se contenteraient seulement de dîner ensemble.

Erik lui ouvrit avant la fin de son coup de sonnette. Par-dessus son pantalon de toile et sa chemise de sport, il portait un tablier très coquet.

— Voilà qui fait plaisir à voir ! s'écria-t-elle en éclatant de rire. Un homme qui connaît sa place !

D'un geste plein de panache, il prit le chardonnay qu'elle lui tendait et l'attira dans ses bras. Au lieu de l'étreinte passionnée qu'elle désirait malgré elle, il la surprit en se contentant d'un baiser rapide posé sur le bout de son nez.

— Il faut que je retourne à mes fourneaux. Tu veux boire quelque chose ?

— Non, j'attendrai le repas.

Elle était pourtant assez tentée d'accepter : ce passage trop rapide dans ses bras l'avait déconcertée. Comment allait-elle tenir toute la soirée, si un geste aussi simple lui faisait tant d'effet ?

— Comme tu voudras. Viens, j'ai un plateau de hors-d'œuvre, on peut commencer à grignoter.

Il la précéda vers la cuisine. Tout était si différent ! pensa-t-elle en regardant autour d'elle. Elle devait avouer que l'effet lui plaisait beaucoup. Une moquette beige doré couvrait le sol du living jusqu'aux confins du coin repas, où luisait un plancher verni tout neuf. Aux murs, une tapisserie abricot et de grandes toiles modernes ; des canapés et des fauteuils dans des tons verts et or... Ces couleurs à la fois masculines et reposantes convenaient exactement à leur propriétaire.

La cuisine aussi avait été refaite, nota-t-elle. Disparue, l'ambiance froide de laboratoire : une peinture jaune soleil égayait les cloisons, contraste charmant avec le carrelage ébène des plans de travail. Les appareils ménagers étaient également noirs, et il y avait des ustensiles de cuivre accrochés aux murs.

Erik leva les yeux de la salade qu'il assaisonnait et étudia son expression :

— Tu aimes ?

— C'est fantastique, dit-elle franchement. Qui as-tu pris comme décorateur ?

Comme d'habitude, elle avait parlé trop vite, sans réfléchir. Un peu tard, elle pensa que la fameuse Caroline s'était probablement chargée de cette métamorphose. Elle serrait déjà les dents quand il la surprit en répondant :

— Je n'ai pas pris de décorateur. J'ai fait ça moi-même.

— Alors, tu devrais changer de métier. Je te ferai des lettres de recommandation auprès de toute ma famille, et tu auras du travail pour trois ans au moins.

— Merci bien, protesta-t-il en souriant. Je l'ai fait une fois, et ça me suffit. Va jeter un coup d'œil dehors. J'ai fini par faire installer le bain à remous.

L'immeuble d'Erik se dressait tout en haut d'une des innombrables collines de San Francisco, et la terrasse de l'appartement dominait tout le quartier. L'année précédente, il en avait déjà fait un charmant coin de jardin. Le bain à remous ? Ils avaient parlé très souvent de ce projet. Faire l'amour dans un bain à remous était censé être incroyablement érotique, mais ils n'avaient jamais pu essayer — l'épisode Maxwell & Company étant venu tout gâcher.

Elle n'allait tout de même pas se mettre à penser au rachat de Glencannon's ce soir ! se dit-elle en poussant la porte coulissante qui donnait sur le patio. La terrasse semblait voguer en plein ciel, au-dessus de la mer de lumière de la ville étendue en contrebas. Dans un angle, sous une tonnelle de plantes grimpantes, la cuve du Jacuzzi irradiait une lumière bleue — à l'endroit précis où ils avaient autrefois décidé de l'installer. Le couvercle était retiré, et l'eau chaude bouillonnait doucement en lançant des tourbillons de vapeur dans l'air de la nuit.

— Magnifique, dit-elle.

Erik passa la tête par la porte coulissante.

— On pourra peut-être l'essayer tout à l'heure, proposa-t-il. Non, ne fais pas cette tête ! J'ai toute une collection de maillots de bain pour les invités. Nous ne nous baignerons pas tout nus... à moins que ce ne soit toi qui le proposes.

— Si on l'essaye, ce sera en maillot de bain, répondit-elle très fermement. Maintenant, est-ce que je peux faire quelque chose pour t'aider?

— Non, tout est fait. Le four sonnera quand ce sera prêt. On prend un verre sur la terrasse?

Incapable de résister, elle demanda en souriant:

— On a le temps?

— Tout le temps possible et imaginable.

Ils sortirent ensemble, un verre à la main, et se dirigèrent vers la table au plateau de verre installée près du bain à remous. Erik lui tira courtoisement une chaise puis s'écarta de quelques pas, plongé dans la contemplation des remous de l'eau bleue.

Comment était-ce arrivé? se demanda-t-elle subitement. Après tout ce temps, comment se retrouvaient-ils ensemble pour une soirée en tête à tête? Si on lui avait prédit cela quelques semaines plus tôt, elle aurait refusé de le croire — et d'ailleurs, elle ne le croyait pas encore tout à fait. Ceci dit, il fallait avancer pas à pas, prudemment. Pas question de retomber dans les anciennes ornières, alors que tout s'annonçait si bien!

Erik, qui revenait vers elle, dut lire son incertitude sur son visage, car il passa tendrement le bras autour de ses épaules.

— Je sais ce que tu penses, mais je ne te ferai pas souffrir une deuxième fois. Je te le promets.

Elle leva la tête vers lui.

— J'ai très envie de te croire, mais on ne s'y est pas très bien pris la première fois...

— Je sais, c'était ma faute. Je parle sérieusement. Je voudrais que tu me fasses confiance. Ce n'est pas souvent qu'on a une deuxième chance, et je n'ai aucune envie de tout gâcher.

— Moi non plus, mais je trouve que tout va un peu vite. Je ne suis pas encore bien sûre que ce soit une bonne idée.

— Alors, il va falloir que j'arrive à te convaincre.

Comment douter de lui quand il la regardait de cette façon ? Comment résister quand elle sentait ses bras se refermer sur elle ? Emportée par une vague subite de tendresse, elle s'appuya contre lui et il la serra fortement, le nez enfoui dans ses cheveux. Ils restèrent debout l'un contre l'autre sans rien dire, et bientôt elle sentit qu'ils commençaient à vibrer tous deux de la même passion. Elle leva le visage vers le sien et vit que ses yeux brûlaient dans la pénombre.

— Dis-moi tout de suite..., supplia-t-il d'une voix rauque. Si je t'embrasse maintenant, je ne pourrai plus m'arrêter.

Elle avait eu beau s'affirmer le contraire, elle attendait ce moment depuis l'instant où elle l'avait revu, le jour du rendez-vous avec Grace. Elle le désirait : il était stupide de chercher à le nier. Il habitait ses pensées, envahissait ses rêves... Malgré leur séparation, sa présence ne s'était jamais effacée de sa vie.

Maintenant, le moment était venu, et elle n'arrivait même plus à se souvenir des raisons de son hésitation. Leurs querelles étaient oubliées, plus rien n'avait d'importance que ce moment.

Il resserra ses bras autour d'elle.

— Viens..., chuchota-t-il.

— Attends...

Il eut l'air étonné, mais ne dit rien et attendit la suite. Elle secoua la tête. Comment expliquer qu'elle avait envie de rester ici, sur le toit du monde, dans cette ombre si intime et si évocatrice ? Elle cherchait encore ses mots quand le bain à remous se remit automatiquement en route. Des nuages de vapeur s'élevèrent de la surface, la cuve devint comme une énorme coupe de champagne. Quand elle vit cela, elle sut exactement ce qu'elle voulait.

— Tu as déjà fait l'amour dans l'eau? demanda-t-elle.

Puis, tout de suite, elle posa un doigt sur ses lèvres.

— Non, ne réponds pas, et je ne dirai rien non plus. Disons que c'est la première fois pour tous les deux...

Elle n'eut pas à le demander deux fois! Erik ôta ses vêtements en quelques secondes, et se tourna vers elle pour l'aider à se défaire de sa robe de soie. Voyant qu'elle frissonnait, il demanda avec inquiétude :

— Tu as froid?

C'était la vue de son corps nu qui la faisait frémir. Dans ses rêves comme dans ses fantasmes, elle avait oublié à quel point il était beau.

Il dut lire dans son regard quelque chose de ce qu'elle ressentait, car il la contempla un instant en silence, puis l'enleva brusquement dans ses bras et entra avec elle dans le bain.

L'eau était brûlante, et ses tourbillons faisaient une caresse érotique sur la peau. La serrant toujours contre lui, Erik s'assit sur l'un des sièges immergés et ferma les yeux en murmurant :

— Qu'est-ce qu'il y a dans un corps de femme, dans *ton* corps, pour rendre un homme complètement fou?

Elle ne répondit pas : elle se demandait quelle merveilleuse intelligence dans la nature avait pu concevoir ce corps d'homme. Elle sentait les cuisses puissantes d'Erik sous les siennes, sa large poitrine sous ses mains. Ses yeux remontèrent vers son visage, plongèrent dans le regard brûlant sous ses paupières alourdies. Soupirant, il lui caressa le dos, se mit à embrasser son épaule, sa gorge... ses lèvres.

Rita lui rendit baiser pour baiser. La nuit douce, l'eau vivante et les mains d'Erik la faisaient basculer dans une véritable ivresse. Les courants bouillonnants tournoyaient autour d'elle, décuplant ses sensations. Elle resserra son étreinte, se pressa contre lui et il murmura dans un souffle :

— Oh... Si tu savais ce que tu me fais...

Sans la lâcher, il sortit un bras du bain, trouva à tâtons son pantalon et sortit de la poche un petit paquet carré.

Rita sentait la vapeur l'étourdir, les bulles d'eau l'aveuglaient en éclatant sur son visage. L'eau soulevait ses seins et les frottait contre la poitrine d'Erik. Elle haletait, maintenant, emportée par la passion. Quand Erik fut prêt, il la souleva pour pouvoir prendre ses mamelons dans sa bouche. Elle s'accrocha à lui, et ses hanches se mirent à onduler instinctivement. Quand il la pénétra, elle rejeta la tête en arrière sous le coup du plaisir brutal qui l'envahissait.

L'eau bouillonnait autour d'eux, entre eux, sur eux. Rita n'avait jamais rien ressenti de semblable à ce contraste entre l'eau chaude et la fraîcheur de la nuit, tandis qu'Erik la couvrait de caresses. En elle, la sensation se rassembla, monta, monta et elle dut crier son plaisir. Erik poussa un cri sourd, plongea ses doigts dans ses cheveux et attira sa bouche vers la sienne. Son baiser était presque féroce : il enfonçait sa langue dans sa bouche comme il s'enfonçait au plus profond de son corps. Leurs hanches oscillaient ensemble, de plus en plus vite, de plus en plus profondément.

— Je ne vais pas pouvoir...

Il ne put achever sa phrase. Le plaisir les prit ensemble, leurs corps jaillirent de l'eau furieuse. La sensation fut si violente que Rita crut un instant être emportée jusque dans le ciel noir. Très loin, elle entendit la voix d'Erik sans comprendre ce qu'il disait.

Lentement, elle retrouva la conscience de ce qui les entourait. Erik était effondré contre le rebord de la cuve, les yeux fermés, la tête renversée en arrière. Le souffle court, elle s'allongea lentement sur sa poitrine. Le minuteur émit un déclic, l'eau s'apaisa, et la surface devint aussi lisse qu'une feuille de verre.

12.

Erik se sentait encore sous le choc en arrivant au bureau le lendemain matin. Il se laissa tomber sur son siège et prit tout de suite le téléphone pour appeler Rita. Elle était rentrée chez elle, tard dans la soirée. Il aurait tellement aimé passer la nuit avec elle... Après cette séance incroyable, il voulait passer sa vie entière avec elle ! Il l'avait suppliée de rester, sans succès. Elle avait besoin de rentrer, répétait-elle. Besoin de réfléchir.

Pourvu qu'elle ne perde pas trop de temps à réfléchir, et qu'elle accepte de se fier à ses sensations ! Le souvenir de ce corps fin et souple dans ses bras le faisait encore frémir. Il ferma les yeux, revit l'eau dévaler les courbes de ses seins...

— Bonjour ! Bureau de Grace DeWilde, que puis-je faire pour vous ?

C'était tout simplement incroyable, ce bonheur qu'il ressentait rien qu'en entendant sa voix. Il avait envie de rire de joie et il ne se sentait même pas ridicule.

— Bonjour !

— Bonjour toi-même, dit-elle d'une voix très douce. J'espérais que tu appellerais.

— Il fallait absolument que je te dise : je marche sur des nuages.

— Moi aussi...

Ce murmure un peu enroué le troubla au plus profond. Essayant d'ignorer le désir qui s'emparait de lui, il dit :

— Tu n'étais pas obligée de partir, hier soir, tu sais...

— Nous avons déjà parlé de ça. Je te l'ai dit : j'avais besoin de réfléchir.

— Et tu as réfléchi ?

— J'y travaille encore.

— Tu y *travailles* ? Je croyais que tout était réglé.

— Je ne veux pas précipiter les choses. Je croyais qu'on était d'accord pour franchir une étape à la fois.

— Je n'ai rien dit ! On pourrait peut-être se retrouver ce soir pour en parler ?

Elle éclata de rire.

— Le beau prétexte ! Ce n'est pas un peu tôt ?

— Pas pour moi. D'ailleurs, si je n'avais pas des rendez-vous toute la journée, je foncerais là-bas pour t'enlever.

— Tu m'emmènerais où ?

— Je ne sais pas, je trouverais sûrement quelque chose. A défaut de kidnapping, qu'est-ce que tu veux faire, ce soir ?

— Je n'ai pas dit que je pouvais te voir. J'ai peut-être prévu autre chose ?

L'idée ne lui était même pas venue.

— Tu as prévu autre chose ?

Elle eut pitié de lui et se remit à rire en murmurant :

— Non, rien du tout.

— Alors, qu'est-ce que tu en dis ?

Elle réfléchit un instant.

— Si tu venais dîner chez moi ?

Ce fut à son tour de rire.

— Je ferais bien d'apporter ce qu'on n'a pas eu le temps de manger hier soir.

— Tu ne me crois pas capable de préparer un repas ?

— Ce n'est pas ça, protesta-t-il. Je ne veux pas que tu te donnes du mal...

— Je me donnerai juste le mal de commander une pizza. Ils en font de fabuleuses, juste au coin de la rue. Si tu préfères, on peut commander un plat chinois.

— Adjugé ! Si tu veux, je me charge de prendre ça au passage.

— Pourvu que tu viennes, je me moque du reste.

Il n'allait pas pouvoir attendre jusqu'au soir, si elle lui parlait de cette façon !

— Quelle heure ? demanda-t-il d'un ton plaintif. 7 h 30, ça t'irait ?

— Ce sera parfait.

D'un ton délibérément provocant, elle ajouta :

— Viens comme tu es, ne t'habille pas. Je n'ai pas l'impression que ce sera une soirée très habillée...

Elle raccrocha avec un petit rire qui lui donna le vertige. A l'idée de la tenir entre ses bras dans quelques heures, il ressentait une véritable fièvre. Il se sentait heureux comme un enfant qui va recevoir le cadeau qu'il attend depuis longtemps. Tiens, à propos, est-ce qu'il serait possible de faire livrer à Rita une grappe de ballons multicolores ? Il fallait demander à Eleanor, qui savait toujours tout. Il tendait la main vers le téléphone quand celui-ci sonna.

— Vous avez un appel sur la ligne trois, dit la voix de la secrétaire. M. Niles Madison.

Erik fronça les sourcils. Le père de Caroline ? Pourquoi l'appelait-il aujourd'hui ? Il enfonça le bouton et dit cordialement :

— Niles, c'est Erik. Comment allez-vous ?

Son interlocuteur ne perdit aucun temps en préliminaires.

— Franchement, je suis un peu troublé. Je voudrais discuter du problème entre vous et Caroline, dès que vous aurez un moment. J'aimerais tirer ça au clair, entre hommes.

« Entre hommes » ? L'expression agaça Erik. Sans un regard sur son agenda, il répondit :

— Mon emploi du temps est très chargé en ce moment, Niles. Nous ne pouvons pas parler de ça au téléphone ?

— Non, répondit Madison. Vous me devez bien ça, tout de même. Ma fille et vous en étiez aux projets de mariage.

Erik se raidit.

— Qui vous l'a dit ?

— Caroline, bien sûr. Qui d'autre ?

— Nous n'avons jamais parlé mariage, répondit Erik, assez sèchement. Et même si nous avions envisagé de nous marier, ce serait entre Caroline et moi. Je ne vois pas très bien de quoi nous pouvons discuter tous les deux.

— Allons, allons, ce n'est pas la peine d'enfiler les gants avant de monter sur le ring. Je suis son père et je m'inquiète pour elle, vous pouvez sûrement comprendre ça. Vous savez que je ferais n'importe quoi pour Caroline. Vous avez eu une dispute, elle est très malheureuse, et elle m'a demandé de parler avec vous. Vous pouvez certainement prendre quelques minutes, aujourd'hui par exemple, pour me retrouver quelque part.

Erik allait répondre qu'il n'avait rien à expliquer, quand un réflexe de prudence l'arrêta. Le père de Caroline avait des amis puissants, et il serait stupide de s'en faire un adversaire, à moins d'y être absolument contraint. Il avait pensé annuler une réunion à midi pour emmener Rita déjeuner, mais il valait mieux en finir tout de suite avec cette histoire.

— Très bien, lança-t-il sans se donner la peine de cacher son irritation. Je vous retrouve pour déjeuner.

— Je savais que vous comprendriez mon point de vue, dit Niles d'un ton qui l'irrita encore plus. Si on allait à mon club ? Vers 12 h 30 ?

— D'accord.

Erik raccrocha, toute sa bonne humeur envolée.

Pendant un siècle, le Club Spencer de la rue O'Farrell avait été exclusivement réservé aux hommes. Les nouvelles lois étaient venues changer ce règlement mais, en passant la lourde porte sculptée, Erik nota qu'il n'y avait pas une seule femme à l'horizon. On savait encore écarter les indésirables de ce bastion du machisme. D'ailleurs, se dit-il en traversant de grandes salles aux boiseries sombres et aux fenêtres tendues de déprimants rideaux de velours, quelle femme saine d'esprit pourrait souhaiter venir ici ?

Il pensa à Rita et faillit se mettre à rire. Si jamais elle mettait les pieds dans un tel endroit, la première chose qu'elle ferait serait d'écarter ces draperies funèbres et d'ouvrir toutes grandes les fenêtres pour laisser entrer un peu d'air. Lui-même ne refusait pas un bon cigare de temps en temps, mais cette odeur de vieille fumée lui faisait froncer les narines.

Niles l'attendait dans la salle à manger, sous un

tableau représentant un chien de chasse qui tenait un oiseau mort dans sa gueule. Erik s'était toujours demandé pourquoi les décorateurs tenaient tant à placer des tableaux de ce genre devant des gens qui s'apprêtaient à manger. La pièce en était pleine ! Il préféra se concentrer sur son interlocuteur et chercha à cerner son état d'esprit.

Niles Madison avait au moins soixante-dix ans, mais il en faisait aisément dix de moins grâce à son épaisse chevelure argentée et à son énergie légendaire. Il fréquentait régulièrement le gymnase du club mais gardait tout de même une silhouette assez lourde, avec un visage rond et rose barré de lunettes cerclées d'or. Il vit arriver Erik et lui adressa un large sourire. Celui-ci se mit instantanément sur ses gardes.

— Bonjour, Niles, dit-il prudemment.

— Bonjour, Erik ! Merci d'être venu. Je sais à quel point vous êtes occupé.

— Aucune importance, dit poliment Erik. Maintenant, de quoi s'agit-il au juste ?

Niles se renversa contre le dossier de son siège et leva la main. Tout de suite, un serveur s'avança, portant un plateau avec deux verres.

— Je me suis permis de commander, dit Niles. Des Manhattan, ça vous va ?

Erik détestait les Manhattan, mais il hocha la tête et alla même jusqu'à avaler une gorgée quand Niles leva son verre à sa santé. Dès que le serveur se fut éclipsé, il fit une nouvelle tentative.

— Je n'ai vraiment pas beaucoup de temps...

— Je comprends. J'en viens donc droit au fait. Je vous ai dit que Caroline était très perturbée par ce malentendu entre vous, et j'aimerais faire tout mon possible pour arranger les choses.

Erik avait déjà décidé que la seule attitude tenable pour lui était la franchise.

— Je regrette, répondit-il, mais personne n'y peut rien. Il n'y a pas eu de malentendu. J'ai dit à Caroline que je voulais mettre fin à notre relation.

Les yeux pâles de l'homme assis en face de lui brillèrent derrière ses lunettes.

— Ce n'est pas tout à fait aussi simple, Erik. Vous comprenez, ma fille tient vraiment à vous épouser, c'est son bonheur qui est en jeu.

La mâchoire d'Erik se crispa. Ce que Caroline voulait, elle devait donc automatiquement l'obtenir ?

— Je suis vraiment désolé que Caroline...

Niles se pencha vers lui, affectant délibérément de mal le comprendre.

— Je sais bien que vous êtes désolé, fit-il. C'est pour cela que j'ai tenu à m'entretenir avec vous. Je suis sûr que nous pouvons trouver un moyen d'arranger les choses.

— Il n'y a rien à arranger, Niles. D'ailleurs...

— Je vois que vous ne comprenez pas, coupa brusquement son interlocuteur.

Son regard fixe pesa sur le visage d'Erik, et il articula :

— Je tiens vraiment à trouver une solution.

Cet homme essayait de contrôler une situation qui ne le concernait pas ! Déterminé à ne pas perdre son calme, Erik se pencha à son tour.

— J'apprécie votre inquiétude, dit-il en choisissant ses mots avec soin, mais il n'y a vraiment rien à faire. La réalité — et c'est ce que j'ai dit à Caroline — c'est que notre relation n'a pas fonctionné.

— Est-ce que vous lui avez vraiment donné sa chance ?

Erik allait répondre vertement, quand il se souvint que Caroline était la fille unique de parents entièrement dévoués à son bonheur. Dans cette situation comme dans toutes les autres, ils cherchaient à lui éviter toute souffrance. D'ailleurs, lui non plus n'avait pas désiré la faire souffrir ! Il respectait les sentiments de tous ces gens, mais pas au point de changer les siens.

— Vous connaissez la vie, Niles. Vous savez que ces choses-là peuvent parfois tourner court. J'ai cru que j'aimais Caroline, je voulais vraiment que les choses marchent entre nous. Quand j'ai compris que ce n'était pas possible, j'ai fait la seule chose correcte en le lui disant.

— Mais Caroline n'était pas la seule à penser que vous formiez un couple parfait ! s'écria Niles, comme si cela arrangeait tout. Pamela et moi étions également d'accord. Nous étions impatients de vous accueillir dans notre famille, et nous nous faisions une joie de vous offrir un grand mariage.

— C'était très généreux de votre part, mais...

— Notre cadeau allait être la lune de miel, la destination de votre choix. Et puis, nous pensions vous accueillir sous notre toit.

Malgré toutes ses bonnes résolutions, Erik vit rouge.

— Vous aviez vraiment tout planifié..., réussit-il à articuler.

Il se tut avant de dire quelque chose qu'il regretterait. Voyant Niles se carrer dans son fauteuil, il pensa : Nous y voilà ! C'est le moment du discours d'homme à homme.

— Je suis sincèrement navré de décevoir Pamela, poursuivit-il. Et de vous décevoir aussi. Je ne peux pas épouser votre fille, Niles.

Ce dernier se tut pendant un long moment puis, d'une voix pleine de sous-entendus, il reprit :

— Je suis sûr que nous pouvons trouver un moyen de changer votre position.

Abruptement, Erik décida que cette discussion stérile et humiliante avait assez duré.

— Et moi, je suis sûr du contraire, coupa-t-il. Maintenant, si ça ne vous ennuie pas...

Il fit un mouvement pour se lever, mais Niles lui saisit le bras avec une force surprenante. Interloqué, Erik regarda la main épaisse qui froissait sa manche, puis le visage de son interlocuteur.

— Asseyez-vous, Erik, dit calmement Niles. Je me doutais que vous me répondriez cela et j'ai préparé ma réplique. J'ai une proposition à vous faire.

Erik ne voulait pas entendre ce que Niles allait lui dire maintenant mais, à moins de se dégager violemment, il n'avait pas le choix. Les dents serrées, il se rassit.

— Merci, dit Niles. Il me semble qu'une partie du problème, Erik, c'est que vous travaillez trop, ces derniers temps.

Erik en resta bouche bée. Qu'est-ce que cette considération venait faire ici ? Niles n'allait tout de même pas disséquer ses horaires ! Pas cet homme qui, durant toute sa vie professionnelle, avait passé chaque minute de ses journées à son bureau !

— J'aime travailler dur.

— Je peux comprendre ça, je fonctionne de la même façon. Ce n'est plus la même chose maintenant que j'ai pris ma retraite mais, quand j'étais plus jeune, la pression pour décrocher les meilleurs clients était énorme. Eh bien, j'adorais ça. C'était mon bonheur. Il y a eu des périodes où j'aurais pu travailler vingt-six heures par jour, et ça ne m'aurait pas suffi.

Erik connaissait bien cette sensation, mais il se contenta de dire :

— Où voulez-vous en venir ?

— Au fait qu'il m'a fallu prendre ma retraite pour m'apercevoir d'une chose : lorsqu'on est emporté dans un rythme pareil, il y a des choses qui nous échappent... Peut-être les choses les plus importantes. Une fois dans l'engrenage, nous n'avons tout simplement pas le temps de nous en préoccuper. Pas le temps de changer nos vies.

— Je n'ai pas envie de changer ma vie. Elle me plaît comme elle est.

— C'est ce que vous pensez maintenant. Ce que j'essaie de vous dire... C'est qu'on ne se rend pas toujours compte de ce qu'une telle façon de travailler coûte à nos familles. Pour ma part, il est trop tard pour revenir en arrière, mais je cherche à vous éviter la même dérive.

— C'est aimable à vous, mais je n'ai pas de famille et j'aime mon travail.

— Moi aussi, je l'aimais. Je pourrais vous offrir un travail encore plus gratifiant, Erik. Ça fait un certain temps que nous n'avons plus parlé de ce poste de vice-président. Nous pourrions peut-être en parler maintenant.

Il cherchait donc à le soudoyer ! Il l'insultait ouvertement, par cette tentative à peine déguisée !

— Non, je ne crois pas, répondit froidement Erik. Je suis parfaitement satisfait dans ma propre société.

— Il ne serait pas impossible de gérer les deux.

— Je pense que si.

— Je ne répondrais pas trop vite si j'étais vous.

— Je ne réponds pas trop vite. Nous avons déjà discuté...

— Nous n'avons pas discuté de l'aspect Sutcliff.

Erik sentit ses muscles se crisper. Maintenant, ils

touchaient au but réel de cette rencontre. La chaîne hôtelière de Sutcliff, le grand projet que briguait Phil Soames, le contrat en or massif. Un projet qu'Erik avait écarté d'emblée...

— Quel aspect Sutcliff? demanda-t-il.

Satisfait d'avoir réussi à capter son attention, Niles se rejeta en arrière en tripotant son verre.

— Un projet assez intéressant. On pourrait même dire : un sacré morceau pour celui qui réussira à l'obtenir! Vous ne trouvez pas?

Erik haussa les épaules.

— Si, bien sûr. Une affaire à inscrire à son tableau de chasse...

Niles lui adressa un sourire froid et sagace.

— Ça vous plairait de monter à bord?

— Je n'ai pas le temps.

Niles le regarda, incrédule.

— Même pour un projet de cette envergure?

— Surtout pour un projet de cette envergure. J'ai déjà trop d'affaires en cours.

— Eh bien, c'est vraiment dommage.

— Pourquoi?

— Parce que je connais très bien Bob Sutcliff. On est de vieux copains, on partageait un logement à l'époque de la fac. Depuis, on a eu plusieurs fois l'occasion de se rendre des services.

— Quel rapport avec moi?

— Si vous faisiez... disons, partie de la famille, je pourrais glisser un mot à Bob à votre sujet. Il tient généralement compte de ce que je lui dis.

Eric n'écoutait plus. Des images incroyablement tentantes tournoyaient dans son esprit. Ce projet mirifique, il n'avait qu'à tendre la main pour le décrocher. Il pouvait se venger de Phil Soames! Brusquement, il

197

sut qu'il était prêt à donner presque n'importe quoi pour arracher le projet Sutcliff à celui qui avait autrefois été son meilleur ami. Depuis l'affaire Glencannon, il mourait d'envie de lui rendre la monnaie de sa pièce. Le fait que Phil eût déjà investi beaucoup d'argent pour décrocher ce contrat rendait l'idée encore plus attractive.

Puis la réalité lui retomba sur les épaules. Il pouvait faire tout cela, oui. Mais à quel prix ?

Niles le surveillait étroitement. Quand leurs regards se croisèrent, ce dernier dit à mi-voix :

— Nous connaissons tous deux la vie, Erik. Je veux que vous sachiez que je ferais n'importe quoi pour mon gendre.

Il se tut un instant, puis répéta :

— N'importe quoi.

— Y compris le soudoyer pour qu'il épouse votre fille.

Les yeux derrière les lunettes cerclées d'or se firent très froids.

— Vous devriez élargir votre point de vue, Erik. Surtout quand un refus de votre part pourrait avoir des conséquences aussi... fâcheuses.

— C'est une menace ?

— Inutile de faire du mélodrame. Disons simplement qu'il vaut mieux m'avoir parmi ses amis que parmi ses ennemis.

Erik était si furieux qu'il pouvait à peine parler. Il avait littéralement envie d'étrangler son interlocuteur. Il se força à retrouver son sang-froid.

— Dans ce cas, dit-il, j'éviterai l'un comme l'autre. Pardonnez-moi si je ne reste pas déjeuner.

**

Rita avait envie de chanter. Quelle merveilleuse journée ! Un coup de fil d'Erik ce matin, et ce soir ils allaient dîner ensemble. Ils ne se contenteraient probablement pas de dîner, pensa-t-elle avec un sourire coquin. Elle eut envie d'éclater de rire. Qu'il faisait bon vivre, tout à coup !

Puis, au moment où elle allait rentrer chez elle, Erik rappela.

— Bonjour, dit-il. J'ai une mauvaise nouvelle.

Elle sentit sa bulle de bonheur éclater et murmura :

— Tu ne peux pas venir ce soir, c'est ça ?

— C'est ça. Il y a un problème avec un client. J'ai un vol pour Chicago dans une heure environ. Je t'appelle de la voiture, je suis déjà en route pour l'aéroport.

Elle tenta de cacher sa déception.

— Qu'est-ce qui se passe ?

— Des clients qui ont une décision à prendre d'urgence. Ils insistent pour avoir une réunion de tous les intéressés, afin de faire le tour de la question ensemble. Ça ne peut pas se faire par téléphone. Je ferai un aller-retour aussi bref que possible. Je t'en prie, essaie de comprendre.

— Oh, je comprends..., dit-elle.

Et c'était vrai, elle comprenait. Mais cela n'empêchait pas les regrets.

— Quand est-ce que tu penses revenir ?

— Ça ne devrait pas prendre plus de deux jours, au grand maximum. Oh, Rita, j'avais tellement envie de te voir, ce soir !

— Moi aussi.

— On se rattrapera à mon retour.

— Je prends ça comme une promesse, murmura-t-elle en essayant de sourire.

— Au revoir, ma très belle. Prends soin de toi.

— Toi aussi, dit-elle tristement.

Elle raccrocha, et le téléphone se remit presque instantanément à sonner. Espérant que c'était encore Erik, elle arracha l'écouteur.

— J'aimerais parler à Mlle Rita Shannon, je vous prie, dit une voix de femme.

— C'est moi.

— Je m'appelle Pamela Madison. J'aimerais vous parler, si vous le voulez bien. Est-ce qu'il serait possible de se voir ce soir même ?

Rita savait qui était Pamela Madison, comme tout le monde à San Francisco. Son nom se retrouvait presque quotidiennement dans les pages culturelles et sociales. Elle participait à toutes les bonnes œuvres, elle était de tous les galas. Que pouvait-elle bien lui vouloir ?

— Pourriez-vous me dire de quoi il s'agit ? demanda-t-elle.

— Je préférerais vous en parler en personne.

— Vous êtes sûre que c'est bien moi que vous voulez voir ? Si vous souhaitez parler à Mme DeWilde...

— Non, c'est bien vous. Nous pouvons nous retrouver quelque part ?

— Eh bien, j'allais justement partir...

— Parfait. Le bar panoramique de l'hôtel Pan Pacific, ça vous irait ? Ce n'est pas très loin de votre bureau.

Rita fronça les sourcils. Comment Pamela Madison pouvait-elle bien savoir où elle travaillait ? Et d'ailleurs, comment avait-elle obtenu ce numéro ? Elle se demanda si cela pouvait avoir un rapport avec Grace, si la bonne société de la ville souhaitait fêter le retour de sa fille prodigue. Sa curiosité fut aiguisée, et elle répondit :

— Très bien. Je peux y être dans quelques minutes.

— Parfait. Je vous attendrai.

Elle trouva Pamela Madison installée à une petite table près de la paroi vitrée qui dominait la baie. Elle la reconnut immédiatement, sans pouvoir se défendre d'un léger sentiment de malaise. Malgré son tailleur exquis et sa coiffure parfaite, cette femme n'avait pas du tout la classe de Grace. L'élégance naturelle de celle-ci devenait ici un carcan rigide, car Pamela Madison ne dégageait aucune chaleur. Elle regarda Rita s'approcher sans un geste, puis déclara :

— Merci d'être venue, mademoiselle Shannon. Vous prenez quelque chose ?

— Rien, merci, dit Rita en s'asseyant en face d'elle.

A la façon dont cette femme la regardait, elle devinait qu'elle ne resterait pas assez longtemps pour terminer un verre.

— Parfait. J'en viens donc à la question qui nous occupe. Vous fréquentez Erik Mulholland, n'est-ce pas ?

Rita comprit instantanément deux choses : il ne s'agissait pas de Grace, et cette femme avait une fille qui s'appelait Caroline. Froidement, elle répondit :

— Je le vois, oui. C'est de lui qu'il s'agit ?

— Effectivement. Je préférerais que cette conversation ne soit pas trop déplaisante, ni pour vous ni pour moi, mais il faut que vous sachiez que j'aime ma fille. Son père aussi. Ce qui la rend malheureuse nous rend malheureux. Elle est très bouleversée par cette... situation avec Erik.

Rita la toisa avant de répondre :

— De quelle situation voulez-vous parler ?

Pamela joua l'incrédulité bien élevée.

— Vous semblez une fille intelligente. Je n'ai tout de même pas à vous mettre les points sur les i !

Rita serra les dents. Pour qui cette femme se prenait-elle ? Et d'ailleurs, si Caroline tenait tant à Erik, pourquoi ne venait-elle pas le dire en personne ? Pourquoi envoyer sa mère ?

— Je regrette, répondit-elle, mais vous allez être obligée de me dire exactement ce que vous voulez. Parce que, très franchement, je ne comprends pas du tout ce que vous attendez de moi.

Elle eut la satisfaction de voir une rougeur subite monter aux joues lisses de son interlocutrice. Cette femme était peut-être la reine de San Francisco, mais elle saurait bien lui tenir tête.

— Je vois, dit Pamela Madison. Vous ne voulez pas me faciliter les choses.

— Tout dépend de ce que vous trouvez facile, riposta Rita. Si vous voulez savoir si je vais continuer à voir Erik, la réponse est oui. S'il va continuer à me voir ? Oui également. D'ailleurs, cela ne vous concerne absolument pas, et je ne vois pas du tout comment vous pourriez nous en empêcher.

— Je vois que vous ne comprenez pas tout à fait la situation. Mon mari et moi avons énormément d'influence dans cette ville — et même dans l'Etat tout entier. Nous pourrions rendre les choses très déplaisantes pour vous.

Rita la regarda, incrédule.

— Est-ce que vous êtes en train de me menacer ? A quoi Pamela répondit :

— Je ne menace pas. Ce n'est pas nécessaire.

Rita était maintenant dans une rage noire.

— Eh bien, bravo ! lança-t-elle. Allez-y, faites de votre mieux. Vous ne m'intimidez pas du tout. Quant à Erik, je suis sûre que vous ne l'impressionnerez pas davantage. Je regrette beaucoup que Caroline ait de la peine, mais elle va devoir être une grande fille et accepter le fait que leur relation est terminée.

— Vous vous trompez, dit Pamela Madison.

Ses yeux gris clair avaient l'éclat un peu métallique d'une mer nordique. Lentement, elle reprit :

— Mon mari a rencontré Erik aujourd'hui, et il lui a fait une proposition. Une proposition impossible à refuser, et qu'il ne refusera pas.

Rita lutta pour ne pas changer de visage, mais elle avait immédiatement songé au coup de fil d'Erik, quelques instants plus tôt. Ce voyage d'affaires, décidé si subitement... Sur le moment, elle n'y avait pas attaché beaucoup d'importance, mais brusquement elle se demandait pourquoi il avait dû partir si rapidement. Ne pouvait-il pas dire à son client qu'il lui était impossible de se libérer ce soir, et qu'il arriverait tôt le lendemain matin ?

Le regard fermement planté dans celui de l'ennemie assise en face d'elle, elle essaya de déchiffrer son expression. Pamela Madison disait-elle la vérité, ou inventait-elle une histoire pour jeter la discorde entre Erik et elle ? Dans la seconde hypothèse, elle s'y prenait extrêmement bien. Le départ subit d'Erik venait d'apparaître sous un jour des plus douteux.

— Vous avez votre opinion, j'ai la mienne, réussit-elle à dire. En quoi consistait cette proposition ?

— Je ne crois pas utile d'entrer dans les détails. Disons simplement que cela donnera à Erik tout ce qu'il a jamais désiré.

— Et en échange, il doit me laisser tomber et recommencer à voir votre fille ?

Pamela Madison lui jeta un regard de mépris.

— Ma chère, vous n'avez pas encore compris ? Erik ne va pas se contenter de *voir* Caroline. Il va l'épouser !

Le cœur de Rita se mit à battre brutalement.

— Je ne vous crois pas.

— Vous en êtes bien certaine?

— Oui, dit Rita.

Et pourtant, sa certitude s'effritait d'instant en instant. Pourquoi Erik était-il parti si brusquement? Qu'y avait-il à Chicago qui pût exiger sa présence le soir même?

— Dans ce cas, vous feriez peut-être bien de le lui demander. Oh, non, bien sûr, vous ne le pouvez pas. Il vient de partir brusquement à Chicago, n'est-ce pas? Pour affaires...

Comment pouvait-elle savoir cela? Cela semblait presque étayer sa version des choses... Non, elle ne réagirait pas. Pas question de donner cette satisfaction à une femme aussi venimeuse. Puisqu'elle était déjà au courant du voyage d'Erik, il était inutile de la contredire.

— Effectivement, dit-elle d'une voix calme, Erik vient de partir pour ses affaires.

— Et vous savez pourquoi?

— Bien sûr. Un client a eu besoin de lui d'urgence.

— C'est ce qu'il vous a dit?

— C'est ce qui est arrivé, corrigea très sèchement Rita.

Puis, pour faire bonne mesure, elle ajouta:

— Et cela n'avait rien à voir avec votre mari ou votre fille.

Pamela Madison eut un sourire extrêmement déplaisant.

— Vous en êtes si certaine!

— Oui!

Elle avait assez écouté, il était temps de reprendre l'initiative. Furieusement, elle se pencha en avant et lança:

204

— Ecoutez, madame Madison...

— Puisque vous êtes si certaine, vous devriez peut-être contacter un certain Phil Soames, et voir ce qu'il peut vous dire sur la question.

Rita secoua la tête, agacée.

— Je ne connais pas de Phil Soames.

— Erik le connaît, lui. Vraiment, je vous recommande de le contacter. Il pourra vous confirmer une chose : mon mari peut faire beaucoup de choses pour Erik.

D'un air hautain et satisfait, elle ouvrit son sac, en sortit une carte de visite et la plaça sur la table devant Rita.

— J'ai pensé que vous ne me croiriez peut-être pas, et je me suis permis d'obtenir le numéro de M. Soames à Los Angeles.

Rita réussit à ne pas jeter un seul regard vers la carte.

— Et pourquoi est-ce que je devrais appeler M. Soames quand je peux m'adresser tout simplement à Erik ?

Son interlocutrice reprit son air de pitié un peu méprisante.

— Parce qu'Erik ne sera pas joignable pendant quelques jours. Quand il reviendra, l'affaire sera déjà conclue.

— Je ne vous crois pas, répéta Rita.

Malgré elle, sa voix tremblait très légèrement.

— Croyez ce que vous voulez. Je vous aurai prévenue.

— Erik ne se laisserait pas acheter.

— Oh, nous ne l'achetons pas, mademoiselle Shannon. Dans un sens, ce sont les affaires... Cette fois, à un niveau un peu plus personnel. Ma fille aura ce qu'elle désire, et Erik aussi. Et vous ne pourrez rien y faire.

— C'est ce que nous allons voir.

Pamela Madison se leva avec grâce.

— Appelez M. Soames, ma chère. Vous vous éviterez une humiliation.

13.

Il était tard quand Rita rentra chez elle. Bien qu'elle n'eût pas dîné, elle se sentait trop bouleversée pour manger quoi que ce fût. Elle aurait bien bu un verre, mais son estomac était si noué qu'elle préféra se faire une tasse de thé qu'elle emporta sur la terrasse.

Maintenant, il fallait réfléchir sérieusement. Sauf qu'elle ne parvenait pas à réfléchir, et ses émotions prenaient le dessus.

— Ce n'étaient que des mensonges, des mensonges ! dit-elle tout haut.

Sa voix tremblait. Elle aurait voulu pouvoir trancher, décider de croire Erik une fois pour toutes. S'il disait qu'il partait pour une série de réunions avec un client, c'était certainement vrai... Mais Pamela Madison semblait si sûre d'elle ! Et s'il avait réellement forgé ce scénario pour la tromper ? S'il s'était réellement laissé acheter, s'il allait épouser Caroline Madison ?

Elle posa brutalement sa tasse sur la table. Non, elle refusait de penser une chose pareille.

Un instant repoussés, les soupçons revinrent tout de suite à la charge. Etait-il seulement parti à

Chicago? Il pouvait parfaitement être resté en ville
— ou parti avec Caroline à Reno, où l'on pouvait
légalement se marier du jour au lendemain, sans
publier de bans. C'était une manœuvre courante : les
gens faisaient ça tous les jours. Il pouvait se trouver
n'importe où, et elle n'avait aucun moyen de le
savoir.

— Si, tu le sais! s'écria-t-elle. Tu sais bien qu'il
ne ferait pas une chose pareille. Pas après ce qui
s'est passé la dernière fois. C'est impossible!

Il était ridicule de se mettre dans un état pareil
sans la moindre preuve. Qui pouvait-elle croire?
Erik, ou une femme qui avouait elle-même qu'elle
ferait n'importe quoi pour sa fille? Si Pamela Madison souhaitait à toute force que ce mariage ait lieu,
elle était capable de dire n'importe quoi pour jeter le
trouble entre eux!

Tout de même... Cette proposition que son mari
aurait soi-disant faite à Erik... Rita se laissa glisser
au fond de sa chaise longue et chercha à tout
reprendre depuis le commencement. Très bien, se
dit-elle, partons de cette hypothèse. Supposons, juste
un instant, que « Madame Mère » ait dit la vérité.
Quelle proposition mirobolante pouvait-on faire à
Erik pour qu'il renonçât à tout ce qui faisait sa vie?
Cela ne pouvait pas être une simple question
d'argent : Erik était parfaitement capable d'en
gagner tout seul. Quelque chose qu'il n'aurait pu
obtenir tout seul, quelque chose qu'il aurait désiré de
tout son cœur — plus qu'il ne la désirait, elle? Il
avait déjà bien réussi avec Mulholland & Laughton...
Que pouvait-il souhaiter de plus?

Elle savait, mieux que quiconque sans doute, à quel
point il était ambitieux. Au moment du rachat de

Glencannon's, il s'était comporté comme un véritable requin. Elle ne voulait plus penser à cette histoire, mais si les Madison avaient effectivement fait une proposition à Erik, il fallait que ce fût au moins de cette envergure. Elle fronça les sourcils, luttant pour se souvenir de tout ce qu'elle avait lu dans la presse au sujet des Madison. Niles Madison était l'un des fondateurs d'un très grand cabinet d'investissement...

Elle se redressa d'un bond. C'était ça! Il avait dû faire miroiter à Erik un fauteuil d'associé!

Elle s'affaissa de nouveau, découragée. Non, bien sûr, c'était stupide... Pourquoi Erik aurait-il envie de fermer son propre cabinet, où il jouissait d'une totale indépendance, pour entrer dans une équipe où il ne serait jamais que le dernier venu, quel que fût le prestige de son titre? Et que deviendrait Rudy? Non, il fallait une raison supplémentaire.

Elle tournait en rond, et tout devenait de plus en plus confus. Elle n'arrivait plus à réfléchir, ne souhaitant qu'une chose : qu'Erik rentre à San Francisco, afin qu'elle puisse lui demander si Pamela Madison avait dit la vérité.

Elle se frotta les yeux. Si seulement elle lui avait demandé où il descendrait à Chicago! Au lieu de se perdre dans toutes ces hypothèses compliquées, il aurait été si simple de le joindre à son hôtel. Ou même de prendre le prochain avion et de le retrouver là-bas! Elle n'en pouvait plus, il lui fallait absolument savoir la vérité.

Dans ses oreilles, la voix pincée de Pamela Madison répétait son petit discours : « Erik ne sera pas joignable pendant quelques jours. Quand il reviendra, l'affaire sera conclue... » Et pourquoi Erik ne serait-il pas joignable ? Cette histoire ne tenait pas debout !

Le thé qu'elle avait bu devait être trop fort, car il lui retournait l'estomac. Elle devait absolument se calmer, sans quoi elle craquerait avant le retour d'Erik. *Si jamais il revenait.*

— Bien sûr qu'il va revenir, marmonna-t-elle. C'est parfaitement ridicule...

Pour commencer, elle allait cesser de se torturer, boire un bol de lait chaud et se coucher. Lentement, elle se remit sur pied et se dirigea vers la maison. Le lendemain matin, à la première heure, elle contacterait Rudy Laughton pour lui demander où elle pourrait joindre Erik. Si quelqu'un savait où le trouver, c'était bien son associé. Dès qu'elle aurait cette information, elle pourrait téléphoner à l'hôtel et dire à Erik...

Lui dire quoi ?

La vérité, décida-t-elle. Elle lui dirait la vérité. Elle lui raconterait la scène avec Pamela Madison, puis elle lui demanderait ce qu'il en pensait. Une chose était sûre : cette fois, elle ne jugerait pas Erik avant d'avoir entendu sa version des faits. Ils ne pourraient jamais développer une relation durable si elle se mettait à douter de lui à chaque difficulté.

Sa décision prise, elle se sentit beaucoup mieux. D'un pas plus léger, elle alla rincer sa tasse dans l'évier, ramassa son sac à main et sa mallette abandonnés dans un coin du salon. Au moment de les ranger, elle se souvint de la carte donnée par Pamela Madison.

Lentement, elle défit la fermeture Eclair de son sac, et en sortit le petit rectangle de carton. Ce Phil Soames était-il une fausse piste ? La mère de Caroline tablait-elle sur le fait qu'elle n'oserait pas lui téléphoner? Ou bien cet homme savait-il vraiment quelque chose?

Elle jeta un coup d'œil à l'horloge. Il était à peine plus de 9 heures : elle pouvait encore appeler ce M. Soames et...

Vite, elle fourra la carte dans son sac. Non, elle n'appellerait personne, pas ce soir en tout cas. Pas avant d'avoir parlé à Erik. Résolument, elle éteignit la lumière. Elle se couchait rarement avant minuit mais, pour ce soir, elle ferait une exception. Elle se glisserait dans son lit, tirerait la couette sur sa tête et laisserait ses problèmes de côté jusqu'au lendemain.

Bien qu'elle se fût couchée tôt, elle arriva en retard chez Grace le lendemain matin. Elle venait de passer une nuit épouvantable, son cerveau marchait au ralenti, et elle en voulait au monde entier... Mais elle découvrit très vite que ses ennuis ne faisaient que commencer. Dès qu'elle vit le visage de Grace, elle comprit qu'il se passait quelque chose de grave.

— Je viens de recevoir un coup de fil incompréhensible, dit celle-ci. C'était Ben, notre maître d'œuvre.

En la voyant si choquée, Rita avait supposé qu'il était arrivé quelque chose à un membre de sa famille. Sur le moment, elle se sentit soulagée : s'il s'agissait du magasin, elles régleraient vite le problème.

— Qu'est-ce qu'il voulait? demanda-t-elle.

— Il dit que la banque lui a refusé l'accès au compte.

Rita, qui se dirigeait vers son bureau, s'arrêta net, stupéfaite.

— Comment ? Mais pourquoi ?

— Ils disent qu'il n'y a plus de fonds.

— Mais c'est impossible ! J'ai fait les comptes l'autre jour, justement parce que Ben m'avait dit qu'il voulait passer une grosse commande. Il y avait largement assez d'argent. C'est obligatoirement une erreur.

— C'est ce que j'ai pensé aussi. J'ai donc téléphoné à la banque.

— Et ?

— Ils disent que le transfert automatique de fonds sur le compte ne s'est pas fait.

Cette fois, Rita ressentit un pincement d'inquiétude. La veille au soir, Pamela Madison avait affirmé être en mesure de lui rendre la vie impossible si elle refusait de céder la place à sa chère Caroline. Etait-ce déjà un échantillon de son pouvoir de nuisance ?

Non, bien sûr que non ! se dit-elle aussitôt. Quelle idée absurde ! C'était une coïncidence, rien de plus... Elle ferait bien de brider son imagination et de se concentrer sur le problème à régler. Si seulement son esprit voulait bien émerger des brumes et se mettre à fonctionner !

— Je ne comprends pas, il n'y a jamais eu aucune difficulté...

— C'est la raison pour laquelle c'est si étrange, répondit Grace. J'ai demandé à la banque de vérifier tout l'historique de nos transactions, et ils m'ont promis de le faire dès que possible.

— Aujourd'hui même, j'espère ?

— Dès ce matin. Ils vont nous rappeler. J'ai essayé de joindre Erik, mais Eleanor dit qu'il a dû partir brusquement pour Chicago. Vous étiez au courant ?

212

— Oui, il m'a appelée de sa voiture, alors qu'il était en route pour l'aéroport. C'était juste après votre départ d'ici, hier soir.

— Alors, nous ne pourrons rien faire de plus, dit Grace en frappant son bureau du plat de la main. Il faut attendre.

Trop anxieuse pour s'asseoir, Rita allait et venait machinalement dans la pièce.

— Je savais que nous n'aurions pas dû accepter de recevoir l'argent en quatre versements, maugréa-t-elle.

— Cela représentait une réelle économie, protesta Grace. Erik a négocié cette formule pour que nous ayons moins d'intérêts à verser au commencement. Nous savons que les investisseurs ne sont pas faciles à trouver pour ce genre de projet, en ce moment, et rien ne nous laissait penser que l'argent ne serait pas là au moment où nous en aurions besoin.

— Bien sûr, je ne vous fais aucun reproche ! Vous avez conclu un accord tout à fait avantageux pour nous... Oh !

Elle contemplait le vide, les yeux ronds, et Grace attendit la suite avec inquiétude.

— Quoi donc ?

Le visage fermé, Rita se dirigea à grands pas vers son bureau et prit un dossier. A l'intérieur se trouvait une longue, très longue liste de fournitures pour le magasin. Elle la brandit devant Grace en murmurant, atterrée :

— Hier soir, avant de partir, j'ai passé la commande.

Grace reconnut instantanément la liste. Cela faisait des semaines qu'elles y travaillaient. Son visage se décomposa, et elle s'assit un peu abruptement.

— En voilà une situation ! Si la banque refuse de verser des fonds au maître d'œuvre, elle ne va certainement pas honorer une commande pareille.

— Je peux rappeler les entreprises pour annuler, proposa Rita. Ou simplement leur demander de mettre la commande en attente.

— Sous quel prétexte ? demanda Grace. Nous ne pouvons tout de même pas dire qu'il y a eu un petit malentendu au niveau de notre financement ! On nous prendrait pour des amateurs.

— Je file à la banque, dit Rita. Si je suis sur place, le problème se réglera peut-être plus rapidement.

— Bonne idée. Je vais passer quelques coups de fil de mon côté. Ce problème a peut-être son origine... ailleurs.

Rita s'arrêta au moment d'ouvrir la porte.

— Ailleurs ? Que voulez-vous dire ?

— Tout d'abord, j'ai pensé à Jeffrey, avoua Grace à contrecœur. Mon projet le contrarie beaucoup, mais je ne pense tout de même pas qu'il irait jusque-là. Il peut, en revanche, y avoir d'autres personnes qui auraient intérêt à nous mettre des bâtons dans les roues.

— J'espère que ce n'est pas le cas !

— Moi aussi, dit Grace d'une voix un peu altérée. Mais je vais tout de même chercher à le savoir.

Rita ne cessait de penser aux paroles de Grace. Sa visite à la banque n'avait abouti à rien. Avec la jeune femme chargée du problème, elle avait parcouru des kilomètres de paperasses et vérifié tous les chiffres sans trouver la moindre erreur. Les fonds n'avaient pas été virés sur le compte à la date prévue, et personne ne savait pourquoi.

— Mais cet argent doit être là! s'exclama Rita après la quatrième vérification.

— Je suis désolée, mademoiselle Shannon, dit la jeune banquière, tout aussi frustrée. C'est incompréhensible.

— L'argent ne disparaît pas comme ça! Il faut bien qu'il soit quelque part.

— Les virements se font automatiquement, vous le savez. Il faudrait que quelqu'un ait trouvé un moyen d'accès au compte, ce qui est impensable.

Rita se retourna vers elle, muette de saisissement.

— C'est peut-être impensable, dit-elle enfin, mais j'aimerais que vous cherchiez tout de même qui aurait pu avoir accès au compte.

Très gênée, son interlocutrice hocha la tête.

— Nous y travaillons. Nous sommes tout aussi anxieux que vous, et désireux de tirer cette affaire au clair le plus rapidement possible.

Rita en doutait, mais elle s'abstint de le dire et quitta la banque d'une humeur massacrante. Elle allait devoir retourner chez Grace, lui avouer qu'elle n'avait rien pu faire, et qu'il ne leur restait plus qu'à attendre... Pourquoi Erik n'était-il pas là quand elles avaient vraiment besoin de lui? Sans l'avoir décidé consciemment, elle changea d'itinéraire, et se dirigea vers les bureaux de sa société. Puisqu'elles ne pouvaient pas joindre Erik en personne, il était peut-être temps de poser quelques questions à Rudy.

Quand elle émergea de l'ascenseur, Eleanor leva les yeux et lui sourit chaleureusement.

— Je suis désolée, M. Mulholland n'est pas ici.

— Je sais, répondit Rita un peu sèchement. Je ne

suis pas venue pour le voir. Je sais bien que j'aurais dû téléphoner pour demander un rendez-vous mais, si c'est possible, j'aimerais parler quelques instants avec Rudy. Ce ne sera pas long.

— On parle de moi ? demanda le jeune avocat qui arrivait justement derrière elle.

Lui aussi souriait, manifestement heureux de la voir.

— Bonjour, Rudy, dit-elle avec soulagement. Vous pouvez m'accorder quelques minutes ?

— Bien sûr. Venez par ici.

Elle le suivit jusqu'à son bureau au bout du couloir, et accepta le siège qu'il lui proposait.

— Bien ! Que puis-je faire pour vous ? demanda-t-il en s'installant en face d'elle.

Maintenant qu'elle se trouvait en face de lui, elle ne savait plus très bien par où commencer. Erik et Rudy étaient associés : s'il se passait quelque chose, l'un couvrirait certainement l'autre... Honteuse de cette pensée, elle répondit :

— Je suis désolée de vous déranger, mais puisque Erik n'est pas là...

— Il a eu un coup de fil d'un client paniqué, et il a dû foncer à Chicago pour le tirer d'affaire. Il n'est censé s'absenter que pendant un jour ou deux... Mais avec Gelberg Industries, on ne sait jamais !

Rita n'avait jamais entendu parler de Gelberg Industries et, pendant une fraction de seconde, elle se demanda... Oh, et puis quelle importance ! Il fallait absolument réussir à contrôler ces soupçons maladifs. Ce n'était pas parce qu'elle ignorait le nom d'une entreprise que celle-ci n'existait pas.

— Quelque chose ne va pas ? demanda Rudy.

— C'est difficile à dire...

Elle cherchait à gagner du temps, à décider ce qu'elle allait lui révéler. Elle ne lisait sur son visage que de la gentillesse et de la franchise. Il allait bien falloir faire confiance à quelqu'un, et elle pouvait aussi bien commencer par lui. Prenant une grande respiration, elle se lança :

— J'ai besoin de contacter Erik. A quel hôtel est-ce que je peux le joindre ?

Rudy fit une petite grimace.

— Je suis désolé, il n'est pas descendu dans un hôtel. D'ailleurs, c'est uniquement pour ça qu'il est parti, et pas moi. Je suis allergique à la nature, alors qu'Erik arrive à supporter « M. La-Vie-Au-Grand-Air », comme nous appelons ce client. Chaque fois que nous devons organiser une réunion, il tient absolument à ce que ça se passe dans sa réserve de chasse, à des kilomètres de toute civilisation.

— Mais il y a bien le téléphone !

Il secoua la tête.

— Pas de téléphone, pas de télévision, seulement un groupe électrogène. Il est vraiment spécial : il n'autorise même pas les portables. Il paraît que le moindre appareil d'électro-ménager dégage des ondes nocives. A mon avis, il est fou à lier.

Rita le regardait, atterrée. Elle n'avait vraiment pas prévu ça !

— Ainsi, il n'y a aucun moyen de le joindre ?

— Si c'était une véritable urgence, on pourrait sûrement contacter le shérif local ou la police de l'Etat. Ils ont sûrement des hélicoptères.

Il la regarda plus attentivement et demanda :

— C'est ce genre d'urgence ?

— Pas exactement, mais... Voilà, nous avons un problème avec la banque. Ils prétendent qu'il n'y a pas de fonds dans le compte du magasin.

— C'est impossible. Je sais qu'Erik a autorisé un nouveau virement avant de partir.

Rita se sentit paniquer et fit un violent effort de volonté pour se contrôler. Qu'allait-elle chercher ? Dans le cas improbable où Erik se mettrait à détourner des fonds, il ne se contenterait certainement pas de leur financement, somme toute assez modeste. Il brassait des sommes bien plus considérables ! En revanche, il était très bien placé pour bloquer un transfert électronique, s'il cherchait par exemple à donner un gage de loyauté à ses nouveaux associés...

Il fallait cesser ce genre de raisonnement tout de suite.

— Il y a donc eu un problème à un autre niveau, dit-elle. Parce que l'argent n'est pas là.

Immédiatement, Rudy tendit la main vers le téléphone.

— Je contacte la banque tout de suite. Ne vous inquiétez pas, on va régler ça.

— Attendez...

Il se retourna vers elle, le combiné à la main.

— Il y a autre chose ?

Elle n'avait pas eu l'intention de poser la question, mais les mots semblèrent jaillir d'eux-mêmes.

— Rudy, vous avez déjà entendu parler d'un certain Phil Soames ?

Lentement, il raccrocha.

— Où avez-vous entendu ce nom ? demanda-t-il.

Cela, elle ne pouvait vraiment pas le lui dire !

— Oh, fit-elle vaguement, on m'a parlé de lui... Vous le connaissez ?

Il semblait peser sa réponse avec soin.

— Oui, dit-il enfin. Je le connais.

Elle se pencha en avant. Tant pis pour Rudy, qui

n'avait visiblement pas envie de parler. Elle tenait peut-être une piste.

— Vous pouvez me parler un peu de lui?

Encore une fois, il sembla peser longuement sa réponse.

— Eh bien, il est à la tête d'un cabinet semblable à celui-ci, basé à Los Angeles...

— Oui?

Rudy se leva et fit quelques pas dans la pièce. Il sembla à Rita qu'il cherchait à éviter son regard.

— Il n'y a vraiment rien de plus à dire. C'est simplement... un homme d'affaires.

Elle le regarda intensément, comme si elle pouvait l'obliger à parler par la seule force de sa volonté.

— Vous ne me dites pas la vérité. Pourquoi? demanda-t-elle à mi-voix.

— Pas du tout! Je...

Il croisa son regard et renonça à poursuivre. Avec un soupir, il se laissa retomber sur son siège.

— Ecoutez, je crois qu'il vaudrait vraiment mieux voir ça avec Erik.

— J'aimerais beaucoup voir ça avec Erik, mais il n'est pas joignable. C'est pourquoi je m'adresse à vous. Y a-t-il quelque chose que je devrais savoir au sujet de ce Phil Soames?

— Je ne peux vraiment pas vous en parler, Rita. Je vous l'ai dit: c'est Erik qui a eu un problème avec Soames.

— Quel genre de problème?

Il soupira encore.

— C'est à lui de vous le dire... S'il accepte d'en parler.

Rita commençait à éprouver une bouffée de colère.

— Et s'il n'accepte pas ?

Rudy la regarda sans répondre.

— Je vois, dit-elle.

Elle se leva et lança amèrement :

— Merci, Rudy. Vous m'avez été très utile.

Il se leva à son tour, l'air malheureux.

— Je regrette, Rita, mais c'est réellement Erik que cela concerne. Vous comprendrez quand vous lui parlerez.

— C'est cela ! Et entre-temps, nous restons tous là à attendre que le grand homme se manifeste.

Il fit la grimace.

— Je lui dis de vous appeler dès qu'il remet les pieds ici.

Elle faillit lui dire de ne pas se donner cette peine, et se mordit la lèvre à temps. Il serait stupide de laisser sa colère prendre le dessus. D'ici deux jours au plus, elle parlerait à Erik et tout serait tiré au clair. En attendant, un coup de fil à Los Angeles ferait peut-être avancer les choses.

Quand elle revint, Grace se morfondait sur le canapé du living. En voyant Rita, elle se redressa, pleine d'espoir.

— Des nouvelles ?

— Non, absolument rien, répondit Rita en déposant ses affaires sur son bureau. La banque travaille toujours sur le problème.

Grace soupira.

— Je n'ai pas eu plus de chance que vous, dit-elle. J'ai téléphoné au quartier général de DeWilde, mais personne ne sait rien. Bien entendu, ils étaient tous absolument stupéfaits que j'aie le culot de les accuser. Je crois qu'ils n'ont rien à voir dans cette histoire.

— Je suis passée voir Rudy, qui a promis de faire pression sur la banque. Entre-temps, si j'appelais les investisseurs ? Quelqu'un doit bien être au courant...

— Mais... Vous pensez que cette histoire n'est pas une erreur, alors ?

Oh, si, c'était une erreur ! pensa Rita. Restait à découvrir exactement *quel* genre d'erreur. Cela faisait malgré tout beaucoup en même temps : les fonds volatilisés, le voyage subit d'Erik, le fait qu'il soit absolument injoignable, Rudy qui cachait visiblement quelque chose... Quelqu'un était en train de faire des siennes, et quand elle se souvenait des circonstances du rachat de Glencannon's l'année précédente, elle avait une idée assez précise de son identité.

Elle décrocha le téléphone.

— C'est ce qu'on va essayer de savoir.

Elle ne tarda pas à savoir, effectivement. Erik s'était montré très discret au sujet de l'identité de ses investisseurs, disant qu'il fallait protéger les intérêts de tous les intervenants, mais il en aurait fallu plus pour arrêter Rita. A la banque, le matin, elle avait réussi à entrevoir des documents très intéressants. Bien entendu, elle n'était pas allée jusqu'à recopier des numéros de téléphone. Par chance, elle avait une bonne mémoire et se souvenait de toute la liste.

Elle les appela tous, les uns après les autres. Elle expliqua ce qui s'était passé et demanda s'ils avaient changé d'avis au sujet des fonds promis à Grace. Chacun formula sa réponse différemment, mais le contenu était le même : personne ne pouvait la renseigner, et il fallait qu'elle interroge Erik.

Quand elle raccrocha pour la dernière fois, elle était si bouleversée qu'elle n'en trouvait plus ses mots. Elle avait une envie furieuse d'embaucher un guide pour se lancer à la recherche du repaire du fameux Gelberg. Oh, pouvoir enfin exiger des réponses d'Erik ! Au lieu de quoi, elle passa un dernier coup de fil, à Rudy cette fois. Sans préambule, elle lui demanda s'il avait du nouveau au sujet du compte de Grace.

— Rien, dit-il d'une voix bizarre. J'y travaille encore.

C'était à peu près ce qu'elle attendait : Rudy faisait partie du complot, ou bien il couvrait Erik, comme l'aurait fait n'importe quel associé digne de ce nom.

— Merci, dit-elle d'une voix glaciale. Vous nous appellerez dès que vous saurez quelque chose ?

Il promit de le faire, mais elle ne croyait plus en lui. Elle raccrocha, vit qu'il était presque 6 heures, et se mit à rassembler ses affaires.

— Vous êtes sûre que ça ira, Grace ?

— Ça ira, répondit Grace d'une voix lasse. Comme disait toujours ma grand-mère : tout ira mieux demain matin.

Rita ne put s'empêcher de penser qu'elle s'était répété la même chose la veille au soir... Elle n'en dit rien, bien sûr. Elle tenait tout de même à quitter Grace sur une note un peu optimiste.

— Lundi au plus tard, nous viendrons à bout de ce sac de nœuds.

— Bien sûr...

Pendant tout le trajet du retour, Rita ne cessa de retourner la situation dans son esprit. Jamais elle n'avait vécu une journée aussi épouvantable, une telle avalanche de problèmes, et en même temps une telle impossibilité de prendre le taureau par les cornes. Tout au long de la journée, ses interlocuteurs lui avaient répété la même chose. *Demandez à Erik. Il faudra vous adresser à Erik. Erik pourra vous dire s'il y a un problème quelque part.*

Le visage fermé, elle gara la voiture devant son domicile.

« Demandez à Erik », pensa-t-elle avec mépris. Elle le ferait, bien sûr, mais pour l'instant elle allait s'adresser ailleurs. Il était temps de parler à Phil Soames.

14.

Rita se dirigeait vers le téléphone quand il se mit à sonner. Elle sursauta violemment et contempla l'instrument quelques instants sans comprendre. Il sonna encore et elle tendit la main, s'emparant du combiné comme si c'était un serpent capable de la mordre. Erik... ? Brusquement, elle ne savait plus ce qu'elle voulait lui dire. Se maudissant de ne pas avoir laissé le répondeur filtrer l'appel, elle lança un « allô » prudent.

— Rita ! s'écria la voix joyeuse de Marie. Je suis tellement contente de te trouver. J'aimerais que toi et Erik, vous veniez dîner à la maison, le week-end prochain. Vendredi ou samedi, ce qui vous arrange... Vous avez une soirée libre ?

Le cœur emballé de Rita retrouva un rythme plus normal. En revanche, elle ne savait pas du tout quoi répondre ! Si elle refusait l'invitation tout net, Marie voudrait connaître la raison. Elle ne pouvait tout de même pas lui dire qu'elle ignorait si Erik et elle s'adresseraient encore la parole le week-end suivant !

— Ecoute, c'est difficile, ce week-end-là. On pourrait reporter ?

Jamais elle n'avait pu cacher quoi que ce soit à Marie.

— Qu'est-ce qui ne va pas? demanda celle-ci instantanément.

— Tout va bien, prétendit-elle. Je suis fatiguée, tu sais. La journée a été longue...

— Tu ne veux pas en parler?

— Il n'y a rien à dire. Je...

— Oh, Rita, soupira sa petite sœur. Tu ne l'as pas fait fuir, dis?

— Je ne l'ai pas fait fuir, non!

Maintenant qu'elle y pensait, c'est exactement ce qu'elle aurait dû faire!

— Ecoute, se hâta-t-elle d'ajouter, Erik a dû partir brusquement pour ses affaires, et je ne sais pas encore quel jour il reviendra.

— Tu es sûre que c'est tout?

— Certaine.

— Ah, bon! fit Marie, soulagée. Eh bien, tu n'as pas à me donner un jour tout de suite. Tu sais que c'est à la bonne franquette, chez nous. Donne-moi la réponse vendredi au plus tard.

— Parfait, je t'appelle dès que j'en saurai plus.

Rita faisait de gros efforts pour cacher son impatience. Si Marie ne raccrochait pas bientôt, elle n'aurait plus le courage d'appeler Soames. Encore une fois, le radar infaillible de sa sœur capta son état d'esprit.

— Tu as l'air drôlement pressée! Tu n'as pas le temps de parler un peu?

— Il faut encore que je passe quelques coups de fil, répondit mécaniquement Rita, qui contemplait la carte de Soames.

Ce petit rectangle de carton glacé l'hypnotisait. Elle l'avait tellement manipulé qu'il était tout terni.

226

— Je te rappelle demain.

— Bon, très bien. Tu es sûre que tout va bien ?

Ça pouvait difficilement être pire, pensa Rita en débitant quelques généralités rassurantes.

— Oui, ça va. J'ai eu des contrariétés au travail, et il n'a pas été possible de tout régler aujourd'hui. Maintenant, il va falloir attendre lundi.

— Oui, je comprends que tu sois souvent sous pression. Mais tu as l'air bizarre, tu sais...

— Je suis simplement fatiguée, je t'assure. Quand j'aurai donné tous mes coups de fil, je vais m'effondrer dans mon lit et dormir jusqu'à midi.

— Tu en as de la chance ! Tu verras, quand tu auras des gamins... Bon, d'accord, je te souhaite une bonne nuit. Essaie tout de même de venir le week-end prochain. Je n'étais pas censée te le dire, mais Betsy a préparé une surprise pour Erik. Elle y travaille depuis que vous l'avez emmenée au théâtre.

— Une surprise... ?

— Oui ! Tu sais à quel point elle a adoré la pièce. Eh bien, figure-toi qu'elle s'est bricolé une petite scène et qu'elle a monté un spectacle — écrit par elle ! — pour expliquer où le Fantôme s'en va afin de soigner son cœur brisé. C'est vraiment très bien, et je suis fière d'elle. Elle sera déçue si vous ne pouvez pas venir.

— Nous ferons de notre mieux, dit Rita, résignée.

Puis, tout de suite, elle ajouta :

— Ne lui promets rien, d'accord ? J'ignore vraiment où en seront les choses, le week-end prochain.

Elle raccrocha avant que Marie ne pût lui demander ce qu'elle voulait dire par là. Puis, tout en se mordant la lèvre, elle lissa soigneusement la carte portant le numéro de Soames. Un regard à l'horloge — il était presque 8 heures... Serait-il encore à son bureau ? C'était maintenant ou jamais, pensa-t-elle.

Le téléphone sonna trois fois. Elle commençait à se dire qu'il n'y avait personne, quand on décrocha.

— Soames, dit une voix d'homme.

Maintenant qu'elle l'avait au bout du fil, elle ne pouvait plus reculer.

— Monsieur Soames, ici Rita Shannon. Je vous appelle...

— Rita Shannon, répéta-t-il. Je connais ce nom. Attendez un instant... Oui, bien sûr ! Vous sortiez avec Erik Mulholland pendant l'affaire Glencannon-Maxwell, l'an dernier.

Rita resta muette un instant. Comment pouvait-il savoir cela ? Elle était parfaitement sûre de n'avoir jamais rencontré cet homme !

— C'est exact, oui...

— C'est ce que je pensais ! Je n'oublie jamais un nom.

— Voilà un don commode. Ecoutez, voilà ce qui m'amène...

— Allez-y.

— C'est un peu gênant, en fait. Pamela Madison m'a donné votre nom. Elle m'a dit...

Le ton de son interlocuteur changea du tout au tout. Abandonnant sa politesse vaguement cavalière, il lança :

— J'imagine très bien ce qu'elle a dû vous dire. Alors ? Vous appelez pour me faire vos condoléances ou pour jubiler ?

Un frisson courut dans le dos de Rita. Cette question ne présageait rien de bon. Prudemment, elle hasarda :

— Je ne sais pas très bien ce que vous voulez dire...

— Vous voulez un dessin ? Très bien. Erik nous a tous les deux... Excusez-moi, j'allais employer un mot très grossier. Mais c'est bien ce qui s'est passé, non ?

— C'est une façon de voir les choses...

— Je ne vois pas comment le dire autrement. Je sais bien qu'Erik attendait l'occasion de se venger du coup que je lui ai fait pour Glencannon's. Quand ce salopard de Niles Madison lui a donné sa chance... Si je n'étais pas si furieux, je pourrais presque admirer la manœuvre. Pour une fois, c'est lui, le grand stratège. En tout cas, c'est ce qu'il pense, parce que je n'ai pas encore dit mon dernier mot.

Rita regrettait d'avoir jamais entendu le nom de Phil Soames. Elle venait de soulever le couvercle d'une marmite infernale, et il était trop tard pour revenir en arrière. Un instant, elle faillit lui dire qu'elle s'était trompée, et raccrocher en toute hâte. Elle se retint. Maintenant qu'elle tenait enfin quelqu'un qui acceptait de parler, il fallait essayer de lui soutirer toute l'histoire.

— Et elle consiste en quoi, sa grande stratégie ?

— Qu'est-ce que vous croyez ? Il est allé à Chicago parler aux gens de Sutcliff, non ?

Rita se raidit. C'était donc ça ? Mais Rudy lui avait dit que le client s'appelait... Elle fronça les sourcils en essayant fébrilement de retrouver le nom. « M. La-Vie-Au-Grand-Air », M. ... Gelberg ! C'était bien cela : Gelberg.

Soulagée, elle répondit :

— Il est bien allé à Chicago, mais c'était pour voir un homme appelé Herbert Gelberg. C'est...

— Je sais qui c'est, riposta Soames. C'est le meilleur copain de Bob Sutcliff. Et ce sont tous les deux de vieux camarades de fac de Niles Madison. Vous commencez à comprendre, ma grande ?

Rita était trop furieuse pour relever l'expression méprisante.

— Mais ça ne veut pas dire...

— Oh, si ! Ça veut dire qu'ils se sont tous rendus dans cette maudite cabane perdue dans les bois pour un petit brainstorming sur le projet. Je sais comment ça marche. J'ai fait le même coup à Erik, l'an dernier !

Le cœur de Rita se remit à marteler contre ses côtes. Ses lèvres ne répondaient plus, et elle eut du mal à articuler :

— Avec... le rachat de Glencannon's ?

— C'est cela même. Sauf que c'étaient des cacahuètes, à côté de ce projet.

Elle ne pouvait pas laisser passer cela !

— Ce rachat a bouleversé beaucoup d'existences, monsieur Soames. Il n'a apparemment eu aucun impact sur vous, mais je peux vous assurer que d'autres personnes ont souffert.

— Oh, je ne dirais pas ça ! Il y a eu un impact sur moi, un impact très favorable. Je doute qu'Erik vous l'ait dit, mais j'ai gagné pas mal d'argent avec cette affaire... Et lui n'a rien vu venir. Sans me vanter, c'était de la belle ouvrage.

Elle se tendit encore plus.

— Vous êtes en train de me dire qu'Erik n'a pas orchestré ce rachat ?

— Il avait entamé les négociations. En fait, il était debout au milieu de la route et je lui suis passé dessus. Le temps que la fumée se dissipe, je lui avais pris l'affaire des mains pour la retourner au bénéfice de mes clients de chez Maxwell.

Elle ressentit une douleur sourde au creux de la main, s'apercevant qu'elle serrait le combiné de toutes ses forces. Le faisant passer dans l'autre main, elle articula :

— Je ne vous crois pas.

— Dommage, parce que pour une fois, je dis la vérité. J'avoue que ce n'est pas quelque chose que je fais couramment. Mais que voulez-vous, si on est trop transparent, on y laisse sa réputation.

— D'après ce que vous m'avez dit ce soir, je pense que vous n'avez aucun souci à vous faire pour votre réputation.

Il eut un rire mauvais.

— Vous avez probablement raison mais c'est ça, les affaires. Une minute vous vous trouvez au sommet ; la minute suivante, à la poubelle.

Les nerfs de Rita lâchèrent, et elle lança :

— Et vous vous trouvez où, en ce moment ?

— Assez bas. Mais je n'y resterai pas longtemps ! Je ne vais pas laisser passer ça sans réagir, et vous pouvez le dire à Erik de ma part. D'ailleurs, quand vous le verrez, prévenez-le : à partir de maintenant, il va devoir surveiller ses arrières, parce que je vais m'occuper de lui. Un jour ou l'autre, j'aurai ma chance, et il y laissera sa chemise.

— Je ne lui dirai rien de la sorte. D'ailleurs...

— Alors dites-lui autre chose. Il peut essayer de rassembler des investisseurs, il peut tirer des fonds de ses autres clients, il peut partir à Chicago pour essayer de monter un projet derrière mon dos, mais ça ne marchera pas. S'il ne s'écarte pas, il le regrettera. Comme la dernière fois, c'est vu ?

— Je vois, oui. A votre tour d'écouter ce que j'ai à dire.

— J'écoute.

— Si vous avez quelque chose à dire à Erik, dites-le-lui vous-même.

Elle raccrocha avant qu'il ait eu le temps de réagir. Ses mains tremblaient, et elle dut les serrer violemment l'une contre l'autre. Quel homme épouvantable ! Sa voix même lui faisait horreur. En revanche, elle sentait qu'il avait dit la vérité au sujet du rachat de Glencannon's — et aussi pour le projet Sutcliff, même si elle ne savait pas de quoi il s'agissait.

« Il peut essayer de rassembler des investisseurs, il peut tirer des fonds de ses autres clients... ça ne marchera pas. » La phrase de Soames ne cessait de se répercuter dans sa tête. Erik pouvait donc s'approprier les fonds de ses clients ? Avait-il fait cela à Grace ? Non, impossible ! D'ailleurs comment aurait-il pu s'y prendre ? Grace avait signé un contrat, Erik avait conclu un accord avec elle.

Est-ce que cela comptait vraiment ? Elle n'avait jamais oublié le cynisme d'Erik l'année précédente, quand elle lui avait demandé des explications. « Ce sont les affaires, Rita, c'est comme ça qu'on fait les choses. Il y a un gagnant et un perdant, et les sentiments n'ont rien à voir là-dedans. Tu croyais que si ? »

Oui, elle avait cru que les sentiments entraient aussi dans les affaires. Comme il parlait froidement en disant cela ! Et tout de suite après, elle avait compris qu'il comptait continuer à la voir, comme s'il ne venait pas de détruire tout ce qu'elle ressentait pour lui.

Le même scénario allait-il se reproduire ?

La sonnette de l'entrée retentit et elle se retourna d'un bond, le souffle court. Qui cela pouvait-il être ?

Elle n'attendait personne... Et elle ne *voulait* voir personne !

Avant qu'elle ne pût bouger, le bruit se répéta. Confusément, elle avait décidé de ne pas répondre, mais le visiteur insistait, et cette sonnerie la rendait folle. Avant de pouvoir se retenir, elle se précipita vers la porte. Tant pis pour lui, quel qu'il fût ! Elle avait besoin de relâcher toute cette tension, et il allait payer pour les autres. Elle ouvrit la porte à la volée, prête à faire à l'intrus la peur de son existence.

— Bonsoir ! lança Erik, tout heureux. J'ai essayé de t'appeler pendant le trajet de l'aéroport, mais ton téléphone était occupé. Alors je me suis dit que je passerais et...

Il s'arrêta net et demanda d'une voix très différente :

— Qu'est-ce qui se passe ?

— Ce qui se passe ! hurla-t-elle presque. Il se passe que tout est à l'envers ! Qui es-tu allé voir à Chicago ?

Il eut l'air surpris.

— Je ne te l'avais pas dit ? Non, peut-être pas. Je suis allé voir Gelberg, un client.

Malgré tous les efforts qu'elle faisait pour la contrôler, la voix de Rita tremblait quand elle répondit :

— Oui, bien sûr. Et qui d'autre était là ?

Il eut l'air encore plus stupéfait.

— Mais pourquoi est-ce que tu me demandes ça ?

— Parce que je veux le savoir !

Il était encore planté sur le seuil. Comme elle élevait la voix, il jeta un coup d'œil par-dessus son épaule et demanda :

— Je peux entrer ?

Elle fit un gros effort pour se calmer. Ils n'arriveraient à rien si elle continuait à crier ainsi.

— Oui, je crois que ça vaut mieux, articula-t-elle. Nous avons effectivement besoin de discuter de certaines choses.

Aussitôt elle pivota, se dirigea vers le living et attendit, les bras croisés sur la poitrine, qu'il voulût bien fermer la porte et venir la rejoindre.

— Rita, dit-il. Qu'est-ce que c'est que cette histoire ?

— Tu ne le sais pas, vraiment ?

Il eut le toupet d'avoir l'air complètement dépassé par les événements.

— Tout ce que je sais, c'est que, quand je suis parti, tout allait bien. Je reviens et tu es folle de rage. Qu'est-ce qui s'est passé entre-temps ?

— Plusieurs choses. En premier lieu, les fonds destinés au magasin ont disparu.

— Comment ? C'est impossible !

— C'est ce que nous pensions aussi, mais je suis allée à la banque, et ils ont confirmé la chose. Il n'y a rien sur le compte.

— Ils ont dû faire une erreur.

— Nous n'avons pas trouvé l'ombre d'une erreur et, crois-moi, nous avons cherché. Tu veux bien me dire ce qui se passe ? Même Rudy n'a pas l'air de le savoir !

— Je n'en sais rien non plus, mais ne t'inquiète pas. Je suis sûr qu'on va...

— J'aime autant que tu saches une chose : pendant que j'attendais que la banque trouve l'origine du problème, j'ai passé quelques coups de fil.

— Ah ? dit-il perplexe. A qui ?

— Le Père Noël et Lucky Luke, qui d'autre !

234

s'exclama-t-elle, furieuse. J'ai appelé tes investisseurs, bien sûr! Et ne me demande pas comment j'ai eu leurs noms : il m'arrive d'être dégourdie, par moments!

Pour la première fois, il sembla vraiment contrarié.

— Tu aurais dû m'en parler avant. De quoi est-ce que j'ai l'air, maintenant?

— Je l'aurais fait si tu n'avais pas disparu de la face de la terre! Vu la situation, j'étais bien obligée de me débrouiller toute seule.

— Et qu'est-ce que tu leur as demandé?

— Je leur ai demandé où était passé leur maudit argent!

— Tu n'avais aucun...

Il se reprit tout de suite et, cherchant visiblement à se contrôler, demanda :

— Très bien, tu leur as parlé. Et qu'est-ce qu'ils t'ont dit?

— Oh, ils ont été très bien, très loyaux... A moins que vous n'ayez déjà préparé votre histoire ensemble. Tous autant qu'ils sont, ils n'ont voulu dire qu'une chose : demandez à Erik. C'est donc exactement ce que je fais. Où est passé l'argent?

— Je te l'ai dit, répéta Erik avec irritation, je ne sais pas! Visiblement, il y a eu une erreur, mais je ne peux rien faire ce soir. Je parlerai à la banque à la première heure, demain matin. Il y avait autre chose?

Comment osait-il être si sûr de lui?

— Tu ne peux pas parler à la banque demain matin, objecta-t-elle. C'est samedi.

— Ce n'est pas un problème. Il y a des gens que je peux joindre à n'importe quel moment.

— Ah bon? Parce qu'ils espèrent avoir des nouvelles du projet Sutcliff, peut-être?

Il se figea.

— Qu'est-ce que tu sais du projet Sutcliff?

— Pas autant que ce que tu vas m'en dire.

— Il n'y a rien à dire.

Cette fois, elle sentit qu'il mentait, et ce fut comme s'il lui avait décoché une flèche en plein cœur. Tout recommençait comme l'année précédente. Elle sentit le désespoir l'envahir, et tâcha de le repousser furieusement. Plus tard, elle pourrait laisser la place aux émotions... Pour l'instant, il fallait aller jusqu'au bout. Elle ne savait pas encore ce qui se tramait, si Erik l'avait trahie ou non — elle sentait seulement qu'il ne lui disait pas la vérité.

— Vraiment? demanda-t-elle. Dans ce cas, ça ne t'intéressera sans doute pas de savoir que je viens de parler à un certain Phil Soames?

Le visage d'Erik changea brusquement. Si elle n'avait pas été si en colère, l'expression de ses yeux lui aurait fait peur. D'une voix étranglée, il demanda:

— Ah? Et qu'est-ce qu'il avait à dire, lui?

— Beaucoup de choses. La conversation a été intéressante.

— Je veux bien le croire.

D'un geste brusque, il desserra sa cravate.

— Ça t'ennuie si je prends un verre?

— Sers-toi, dit-elle brièvement, déterminée à ne pas se laisser distraire. Tout est dans le placard, là-bas. En même temps, tu voudras peut-être m'expliquer cette sombre histoire.

Il ne répondit pas, passa devant elle pour se diriger vers le petit bar. Les lèvres serrées, elle attendit en silence qu'il trouve la bouteille de bourbon, et qu'il verse deux doigts d'alcool dans un verre.

— Eh bien? demanda-t-elle enfin.

236

Il se retourna vers elle.

— Tu ne peux rien croire de ce que te dit Phil Soames. Il ment et il triche, c'est dans sa nature.

— Curieux. Il dit la même chose de toi.

— Il dirait n'importe quoi de moi s'il pensait que ça pouvait lui rapporter quelque chose.

— Très bien, alors dis-moi la vérité, *toi*. Es-tu allé à Chicago retrouver un client nommé Gelberg, ou pour discuter avec les responsables de cet autre projet ?

Il ne la regarda pas.

— Qu'est-ce que ça change ? Ni l'un ni l'autre n'a quoi que ce soit à voir avec toi.

— C'est là que tu te trompes. Ça a tout à voir avec moi. Parce que, moi aussi, j'ai rencontré quelqu'un hier soir. Elle s'appelle Pamela Madison.

Erik pâlit.

— Pour l'amour du ciel, marmona-t-il. Qu'est-ce qu'elle voulait ?

— Me dire que tu faisais vraiment partie de la famille. Que tu étais allé à Chicago à la demande de Niles Madison pour conclure un accord avec ce Sutcliff. Et aussi pour préciser...

Elle n'eut pas le temps de nommer Caroline. Le visage d'Erik vira au rouge vif et il explosa :

— Elle ment, Rita ! Je ne peux pas croire que tu aies écouté de telles...

— Est-ce que tu vas épouser Caroline Madison ?

— Quoi ? Où est-ce que tu as entendu ça ?

— A ton avis ? C'est vrai, alors ?

— Non, ce n'est pas vrai. Je t'en prie, Rita...

Il posa son verre et fit deux pas vers elle, mais elle leva la main.

— Reste où tu es ! Ne me touche pas.

Il s'arrêta net.

— Enfin, c'est ridicule ! Qu'est-ce que je peux te dire pour...

— Pour commencer, tu peux me dire qui tu as rencontré à Chicago.

— Mais pourquoi est-ce si important ?

— Ça l'est, c'est tout !

— Très bien, puisque tu veux absolument le savoir, j'ai effectivement été présenté à Bob Sutcliff...

Elle prit une immense respiration.

— Alors, Soames disait la vérité.

— Mais non ! Et comment est-ce qu'il l'a su, d'ailleurs ?

— Quelle importance ? Ça n'a rien à voir !

Il la dévisagea un instant puis secoua la tête, exaspéré.

— C'est vrai. Ça n'a rien à voir. Tout ça est entre Phil et moi, de toute façon.

— Je ne comprends plus rien à rien ! Tu parles, mais tu ne m'expliques rien ! Pourquoi est-ce que tu étais dans une cabane au fond des bois, en train de discuter avec ce Bob Sutcliff, au lieu d'être ici à régler le problème de Grace avec la banque ?

— Je ne savais pas qu'elle avait un problème avec la banque, et ce n'est pas moi qui ai organisé la réunion. Herb a invité ce type, je n'étais même pas au courant qu'il serait là.

— Comme c'est commode ! Et vous n'avez parlé que de la pluie et du beau temps, c'est ça ?

— Non, nous avons parlé de son projet de chaîne hôtelière.

— Et alors ?

— Ecoute, je commence à en avoir plus qu'assez de cette inquisition ! Si tu ne crois pas un mot de ce

238

que je dis, je ne vois pas ce que je peux faire pour te convaincre.

— Moi, je vois très bien, lança-t-elle, hors d'elle. Tu peux me dire la vérité !

— Je t'ai dit la vérité. Maintenant, laisse tomber, tu veux ?

Il avait fait la même chose la dernière fois. Au moment où elle avait le plus besoin de parler, et qu'elle le suppliait d'être franc avec elle, il s'était refermé comme un coffre-fort. Mais elle était bien décidée à ce qu'une telle chose ne se reproduise pas !

— Je ne peux pas laisser tomber, dit-elle. J'ai besoin de savoir. Soames a dit...

— Je me fiche de savoir ce que Phil a dit ! cria-t-il. Je te dis que ce type ment comme il respire !

— Et toi aussi ! Phil Soames m'a avoué ce soir que c'était lui, le responsable du rachat de Glencannon's, et pas toi !

Si elle avait jeté une bombe à ses pieds, il n'aurait pas réagi autrement. Après un instant de paralysie horrifiée, il fut littéralement submergé par la rage. Son verre s'abattit si violemment sur le comptoir qu'il explosa, arrosant le sol d'alcool et d'éclats de verre.

— Je t'ai déjà dit, articula-t-il en détachant bien ses mots, que Glencannon's, c'était du passé !

Malgré la violence de son geste, elle lui tint tête.

— Pour toi peut-être, mais pas pour moi.

— Pourquoi est-ce que tu reviens toujours à ça ?

— Parce que j'ai l'impression que cet épisode est en train de se rejouer avec Sutcliff. Tu m'as repoussée une fois, Erik, mais je ne te laisserai pas recommencer. Dis-moi ce qui s'est réellement passé. Je veux savoir tout de suite !

— Et moi, je refuse d'en parler. C'est une vieille

histoire, morte et enterrée. Si tu ne peux pas l'oublier, eh bien...

— C'est tout à fait d'actualité. L'année dernière, quand tu m'as trahie...

Il la toisa, furieux et incrédule.

— Quand je t'ai *quoi*? Je t'en prie, Rita, tu n'es plus une gamine. Je te l'ai dit à l'époque et je te le redis maintenant : ce sont les affaires !

— Les affaires ? Tu t'es servi de moi !

Il eut un rire méprisant.

— Tu regardes trop de films.

Elle essaya de répondre, et s'entendit bégayer des mots sans suite. Au lieu d'exploser et de lancer des accusations incohérentes, elle s'était juré, cette fois, d'écouter ce qu'il avait à dire. Ils parleraient ensemble de ce qui s'était passé, il expliquerait sa version des choses et quand elle l'aurait écouté jusqu'au bout, ils se réconcilieraient et repartiraient de zéro. Quelle incurable optimiste elle faisait !

D'une voix tremblante, elle s'écria :

— Tu ne vas tout de même pas me dire le contraire ! C'étaient peut-être les affaires pour toi, mais pendant que je croyais à notre relation, tu te servais de moi pour obtenir des informations.

— Et quelles informations est-ce que tu aurais pu me donner ? demanda-t-il avec une assurance écrasante.

Il secoua la tête d'un air apitoyé et elle crut exploser de rage.

— Tu as toujours eu une idée assez démesurée de ta propre importance, reprit-il. Des informations ! Je rêve !

Elle aurait aimé le secouer, lui hurler qu'il gâchait tout avec son attitude. Comment osait-il la prendre de haut ?

Elle réussit à parler malgré la boule qui lui serrait la gorge.

— Attends, je voudrais être sûre de comprendre. Ta version, en fait, c'est que tout le monde ment sauf toi. Et dans le même temps, tu veux que je croie que c'était toi, le responsable de ce qui est arrivé à M. Glencannon et à tous ceux qui travaillaient pour lui. C'est bien ça ?

— Exactement, répliqua-t-il. Tu voulais la vérité ? La voilà. Phil n'était pas à la hauteur, mais il n'a pas pu l'admettre à l'époque, et il ne peut pas l'admettre aujourd'hui.

Elle le dévisagea et brusquement sa colère s'évapora, laissant la place à une sorte de résignation désolée. Elle avait voulu un signe ? Eh bien, elle le tenait. Que lui fallait-il de plus ? Cette relation n'était bonne ni pour elle, ni pour lui. Il aurait fallu se fier à son instinct, au moment de leur seconde rencontre... Seulement voilà, il avait fallu qu'elle fasse une nouvelle tentative.

— Je vois, dit-elle d'une voix morne.

— Qu'est-ce que ça veut dire, ça ?

— Ça veut dire que cette discussion me montre très clairement que je ne te connais pas aussi bien que je le croyais. En fait, je crois que je ne te connais pas du tout.

— Ecoute, dit-il. Ça s'est passé comme ça, je ne peux plus rien y changer maintenant. Pourquoi est-ce qu'on ne peut pas enterrer cette histoire une fois pour toutes ?

Pendant plusieurs secondes, elle fut incapable de répondre. Puis elle dit :

— C'est parce que tu peux encore me demander ça que c'est fini entre nous.

— Rita, je t'en prie, écoute.

Elle avait fini d'écouter, fini de supplier. Passant devant lui, elle ouvrit la porte d'entrée.

— Je crois que tu devrais t'en aller, maintenant.

Il ne bougea pas tout de suite. Elle vit un muscle tressauter dans sa joue. Puis il hocha abruptement la tête, pivota sur lui-même et sortit. Elle ne le suivit pas des yeux pendant qu'il s'éloignait le long de l'allée, n'écouta pas le moteur de sa voiture. Elle referma la porte, et laissa retomber ses paupières brûlantes. Pour la deuxième fois, il sortait de sa vie — et cette fois était la bonne.

Elle se sentait si malheureuse qu'elle ne pouvait même pas pleurer.

15.

— Tu as perdu la tête ? s'exclama Rudy, incrédule.

C'était le lundi matin, et Erik venait de le mettre au courant des derniers événements.

— Pourquoi n'as-tu pas dit la vérité à Rita ? Comment est-ce que tu as pu la laisser penser...

— Je ne sais pas, je ne sais pas ! scanda Erik, la tête dans les mains. Je te l'ai dit au moins vingt fois... Lâche-moi un peu, tu veux ? J'ai un mal de tête aussi énorme que Manhattan, et je n'ai pas besoin que tu me fasses la leçon.

— Non, je ne vais pas te lâcher. Pour l'amour du ciel, Erik, réfléchis à ce que tu es en train de faire. Pense un peu à ce que tu es en train de jeter aux orties !

Devant Erik, un comprimé effervescent achevait de se dissoudre dans un verre d'eau. Il l'avala d'un trait et fit la grimace. Les bulles tournoyèrent dans son estomac révolté et il se sentit encore plus mal... si c'était possible.

Il jeta alors un regard noir à son associé.

— Je n'aurais jamais dû te dire qu'on s'était disputés hier soir, dit-il en maugréant. J'aurais dû savoir que tu m'en parlerais toute la journée !

— Et comment, que je vais t'en parler ! Alors que

243

tout pouvait être si simple, il a fallu que tu... Il suffisait de lui dire la vérité au sujet de Glencannon's, pauvre idiot! Tu lui devais bien ça, non?

— Je ne pouvais pas lui dire! Tu t'attendais vraiment à ce que j'explique que j'étais trop stupide pour comprendre ce que mijotait Phil? J'ai ma réputation!

Rudy secoua la tête, incrédule.

— Tu t'inquiètes pour ta réputation, alors que tu es en train de perdre la seule femme que tu aies jamais aimée?

— Tu parles comme dans une série télé.

— Très bien. Alors revenons-en au problème central : ton orgueil démentiel. Ta réputation! Tu crois que ce qui s'est passé entre Phil et toi est votre petit secret à tous les deux? Toute la ville le savait, avant même que l'encre ait séché sur son contrat avec Jason Maxwell.

Cela, Erik n'avait jamais accepté de le regarder en face. Il savait pourtant à quelle vitesse les rumeurs se propageaient dans le milieu des finances. Qu'un petit groupe d'initiés sût qu'il s'était laissé berner, c'était déjà assez pénible. Si le milieu financier au grand complet était au courant... cela devenait carrément insupportable!

Plus insupportable que de perdre Rita parce qu'il ne pouvait pas admettre son erreur?

Brusquement, il fit pivoter son siège vers la fenêtre.

— Je ne veux plus parler de ça, marmonna-t-il. De toute façon, il est trop tard.

— Trop tard pour quoi? J'ai toujours su que tu étais buté, mais, jusqu'à aujourd'hui, je ne t'avais jamais pris pour un imbécile!

Erik se retourna, furieux, et sursauta en le trouvant planté juste derrière lui.

— Assieds-toi ou va-t'en, articula-t-il, étourdi par ce mouvement trop brusque. Tu me donnes le vertige, à rester planté là comme la statue du Commandeur. Et d'ailleurs, qu'est-ce que ça veut dire que tu ne m'avais jamais pris pour un imbécile? Je me suis bien comporté comme un imbécile, l'an dernier!

— N'importe qui aurait pu se faire prendre à ce piège. Phil t'a coupé l'herbe sous le pied, un point c'est tout. Il a joué serré et en plus, il a triché. Tu n'avais aucune chance, puisque tu suivais les règles. D'accord, ta fierté en a pris pour son grade. Et alors?

— J'aurais dû flairer le coup.

— Peut-être, peut-être pas. Ce qui est sûr, c'est que depuis, tu laisses cette affaire te ronger. Et ce qui est bien plus grave : tu te venges sur Rita une deuxième fois.

— Non, le plus important, c'est qu'on m'a donné une chance de piquer une affaire à Phil...

— Parlons-en, justement! interrompit Rudy. Tu ne m'as toujours pas donné les détails de ta petite réunion informelle avec Bob Sutcliff. Je croyais que c'était Herb Gelberg qui voulait te voir d'urgence.

Erik fit la grimace.

— Oui. Il voulait me voir d'urgence parce que Bob Sutcliff était déjà dans l'avion, en route pour le rejoindre, à la demande de... Devine qui? Le grand Niles Madison.

Rudy se laissa tomber sur un siège.

— Je ne savais même pas qu'ils se connaissaient, tous les trois.

— Amusant, non?

— Et Sutcliff a proposé de traiter avec toi plutôt qu'avec Phil, c'est ça?

— C'est ça.

— Et tu as répondu?

— J'ai dit que je réfléchirais.

— Que tu réfléchirais? répéta Rudy.

Il sembla littéralement léviter hors de sa chaise.

— Mais à quoi veux-tu réfléchir? gémit-il. Tu connais les conditions! Si tu signes avec Sutcliff, Caroline signe avec toi. C'est ça que tu veux?

Erik sentait de nouveau la colère le gagner.

— Qu'est-ce que j'étais censé dire, à ton avis? Quand un homme comme Sutcliff te propose une part du gâteau, tu ne peux pas dire : « Non merci, ça ne m'intéresse pas du tout »! Tu imagines un peu les retombées?

— Ne fais pas le malin avec moi, Erik. Ce n'est pas pour ça que tu voulais gagner du temps. Tu es en train d'essayer de trouver un moyen de couler Phil et de sauver ta peau en même temps.

Rudy lui lança un regard dédaigneux, fit quelques pas dans la pièce, et explosa :

— Tu sais quoi? A la façon dont tu te comportes, je me demande même pourquoi tu te poses tant de questions. Vas-y! Descends dans le caniveau avec Phil. C'est ce que tu as envie de faire depuis cette sale histoire de l'année dernière, non? Alors fonce!

— Et pourquoi pas? lança Erik, furieux. J'ai été obligé de réparer de sacrées voies d'eau quand Phil a quasiment démoli mon image sur le marché. J'ai attendu le moment de lui rendre la monnaie de sa pièce...

— Non, coupa Rudy. Tu en as fait une obsession.

Il se jeta dans un siège, excédé, et fixa son associé.

— Tu ne crois pas qu'il serait temps de mettre tout ça au placard? Et que tu pourrais te mettre à grandir un peu?

Erik bondit sur ses pieds, les poings sur son bureau, et foudroya son ami du regard.

— Fais attention à ce que tu dis, gronda-t-il.

— Et toi, fais attention à ce que tu fais ! répliqua Rudy sans se laisser impressionner. Sans quoi, tu vas perdre Rita pour la deuxième fois. Je ne crois pas que tu en aies vraiment envie.

— Tu ne sais pas de quoi j'ai envie.

Découragé, Rudy se remit sur pied.

— Tu as probablement raison. Tu es déterminé à ne rien écouter. Alors, fais ce que tu as à faire, mais laisse-moi en dehors de tout ça. Je ne veux pas tremper dans un contrat pareil. Tu vends ton âme.

Rouge de fureur, Erik beugla :

— Dehors !

Rudy sortit.

Le souffle court, Erik se jeta dans son fauteuil. Il était si furieux qu'il avait envie de balayer tout ce qui se trouvait sur son bureau, et de piétiner les débris. Il serra les poings.

Rudy avait raison, il aurait dû dire la vérité à Rita. Pourquoi ne l'avait-il pas fait ? Parce que le moment venu, il avait été incapable de trouver les mots. Comment lui avouer qu'il s'était laissé mener par le bout du nez pour le rachat de Glencannon's ? Comment admettre que Phil lui avait coupé l'herbe sous le pied, à lui qui, occupé à jouer les géants de la finance, n'avait rien vu venir ?

Il se tassa un peu plus dans son siège. C'était déjà assez grave, mais il y avait pire : une fois la machination dévoilée, il n'avait rien pu faire. Rita lui reprochait le naufrage de Glencannon's, tous ces gens sans emploi du jour au lendemain... Même s'il n'était pas directement responsable, elle avait raison sur le fond.

En réagissant plus tôt, il aurait pu sans doute sauver la situation — ou du moins l'adoucir un peu.

Il se prit la tête à deux mains. Que faire, maintenant ? *Grace !* Sa propre vie ressemblait à un champ de bataille, mais il pouvait au moins régler le problème qui la tourmentait. Il se mit à téléphoner et, en moins d'une heure, réussit à remonter jusqu'à la source du problème pour découvrir — sans surprise — que le blocage venait de Niles Madison. Un dernier coup de fil à la banque renfloua le compte de Grace. Dès qu'il fut certain que tout était rentré dans l'ordre, il se carra dans son fauteuil pour réfléchir quelques instants, et reprit le combiné. Le visage fermé, il composa le numéro de Morton, Madison & Shade.

Une secrétaire à la voix agréable lui répondit, et il demanda à parler à Niles.

— Un instant, je vous prie.

Quelques secondes plus tard, Niles prenait la ligne.

— Erik ! s'écria-t-il. Comment s'est passé votre voyage ?

— Ce fut intéressant.

Niles eut un gros rire.

— Je l'aurais parié ! Ma petite surprise vous a plu ?

— Si vous voulez dire : est-ce que ça m'a plu de rencontrer Bob Sutcliff, la réponse est oui. Si vous voulez dire : est-ce que j'ai accepté sa... *votre* proposition pour le projet hôtelier... c'est un peu plus difficile.

— Je ne vois pas pourquoi, dit Niles. J'ai parlé à Bob ce matin et sa réaction est très favorable. Il aimerait vous avoir à bord.

Il se tut un instant et ajouta :

— Et vous savez que moi aussi.

Erik prit une longue, très longue respiration. « Qu'est-ce que tu es en train de faire ? » s'écriait une petite voix au fond de son esprit. Une autre, très paisible, l'assurait de son approbation. Il savait qu'il faisait le bon choix — et s'en voulait seulement d'avoir mis si longtemps à s'en rendre compte.

— Je vous suis reconnaissant, Niles..., dit-il.

A l'autre bout du fil, il sentit Niles se gonfler d'aise, sûr de l'avoir ferré. Il allait se faire un réel plaisir de le décevoir.

— ... mais je dois refuser, conclut-il.

Il y eut un silence éloquent, puis la voix de Niles reprit :

— Je ne suis pas sûr d'avoir bien entendu.

— Est-ce que je dois répéter ?

— Ce ne sera pas nécessaire. Je vous suggère tout de même de revoir votre décision. Vous prenez un chemin dangereux en vous opposant à moi. Bob et moi, nous vous avons offert une opportunité fantastique. Si vous la déclinez, je doute fort que vous décrochiez beaucoup de contrats conséquents à l'avenir.

— Vous me l'avez déjà fait comprendre. Si c'est ce que vous souhaitez faire, faites-le. En ce qui concerne Caroline...

Délibérément, il se tut quelques instants, puis reprit :

— Je la respecte trop pour me prêter à ce mariage manipulé.

— Espèce de...

Erik ne lui laissa pas le temps d'achever. Calmement, il lança :

— Au revoir, Niles.

— Vous le regretterez !

Erik raccrocha et resta immobile un bon moment, contemplant le vide avec un large sourire. Quel soulagement ! Puis il pensa à Rita, et son sourire vacilla un peu. Maintenant que tout était réglé avec les Madison, comment clarifier les choses avec elle ?

Il réfléchissait encore à la meilleure approche quand Eleanor lui passa un coup de fil.

— M. Sutcliff sur la troisième ligne.

Niles était vraiment rapide... et vraiment en colère ! Il avait dû remuer ciel et terre pour contacter son ancien camarade d'université. Quelles menaces lui réservaient-ils, maintenant ? Il prit un instant pour se concentrer et décrocha le téléphone.

— Bonjour, Bob. Que puis-je faire pour vous ?

A la cabane de Gelbert, Erik avait déjà découvert que Sutcliff ne mâchait pas ses mots. Il entendit sa voix râpeuse lancer :

— Je viens de parler à Niles. Il était fou de rage.

— Je suis désolé, renvoya Erik d'une voix neutre.

— Et moi donc ! Vous savez qu'on se connaît depuis toujours, Niles et moi, mais je dois dire que je n'ai jamais beaucoup apprécié sa manière de faire : la carotte, le bâton... J'ai essayé de lui dire qu'on ne peut pas forcer un garçon à épouser une femme qu'il n'aime pas. Plus de nos jours, en tout cas. Je suis bien placé pour le savoir : j'ai quatre filles ! Aussi, la première raison de mon appel est de vous dire que vous avez pris la bonne décision. Si vous aviez réagi autrement, j'aurais été déçu.

Erik ouvrit des yeux ronds.

— Merci...

Il n'en croyait pas ses oreilles. Son interlocuteur cherchait certainement à le rassurer pour mieux l'enfoncer avec sa prochaine phrase. Dans une seconde, le couperet allait tomber...

— Je voulais aussi vous parler d'autre chose.

« Voilà le gros pépin », pensa Erik.

— Oui ? demanda-t-il courtoisement.

— Je vous ai bien observé, là-bas, chez Herb Gelbert. Vous m'avez plu. En fait, c'est surtout pour vous voir que j'ai accepté de me rendre dans sa maudite cabane. Je sais que Phil Soames tient à travailler sur mon projet, mais je sais aussi qu'il faudrait que je le surveille tout le temps. Il n'a pas de principes. Vous et moi, nous avons eu l'occasion de discuter et de faire un peu connaissance, et j'aimerais travailler avec vous. Je sais juger les caractères, et à voir ce que vous venez de faire, il est évident que vous avez du tempérament. Avec vous, je pourrais m'occuper de mes affaires et vous laisser faire votre travail. Alors, qu'est-ce que vous en dites ? Vous êtes avec moi ? Cette fois, vous n'aurez besoin de passer la bague au doigt de personne.

Erik était si abasourdi qu'il ne savait que répondre.

— C'est une proposition fantastique, Bob, réussit-il à articuler. J'ai... j'ai des engagements à tenir, et je ne peux pas me libérer du jour au lendemain, mais...

— Naturellement. Je n'attendais pas autre chose.

— Et puis il faut que je parle avec mon associé.

Sutcliff éclata de rire.

— Allez-y ! lança-t-il. Je reste en ligne.

Erik se mit à rire aussi. Il avait un peu le vertige.

— Disons que je vous rappelle en fin de journée ? Vers 18 heures ?

— Ça ira. A tout à l'heure.

Erik lui fit des adieux légèrement incohérents et raccrocha. Après un instant d'immobilité totale, il sauta sur ses pieds et galopa littéralement jusqu'au bureau de Rudy à qui il rendit compte à mots pressés du coup de fil de Sutcliff. Il allait repartir au pas de charge quand Rudy l'arrêta.

— Attends ! Il faut qu'on en parle.

— Plus tard !

— Mais..., balbutia Rudy.

Erik souriait de toutes ses dents. Ils allaient signer l'accord le plus somptueux de toute leur carrière ! Rudy le dévisageait toujours, interloqué, mais il n'avait pas le temps de s'expliquer. Il venait de prendre un risque énorme et de réussir un coup invraisemblable, mais, en cet instant, il se moquait totalement du pied de nez qu'il adressait à Niles Madison et à Phil Soames... Il y avait plus important. Il reprit le couloir en sens inverse en lançant par-dessus son épaule :

— Plus tard ! J'ai un coup de fil à donner.

Rita passait encore une journée déplorable. Elle s'était juré de ne pas ennuyer Grace avec ses histoires mais, à peine arrivée au bureau, elle fondit en larmes et lui raconta tout.

— Je ne sais pas quoi faire, gémit-elle en froissant le mouchoir que Grace lui avait donné. Rien ne sera possible avec Erik s'il me cache des choses pareilles. Même quand je lui ai demandé directement s'il était responsable de ce fiasco avec M. Glencannon...

Elle leva les yeux vers Grace, et lut tant d'affection dans son regard que ses larmes se remirent à couler.

— S'il préfère que je le prenne pour un menteur et un filou plutôt que de savoir qu'il a été berné sur une affaire...

Grace n'était pas très satisfaite non plus du comportement d'Erik — mais elle était plus âgée et plus au fait des réactions humaines.

— C'est un homme fier, dit-elle. Vous l'avez pris par surprise l'autre soir. Maintenant qu'il a eu le temps de réfléchir, vous devriez peut-être lui laisser une autre chance.

Rita s'était dit la même chose tout au long de cette nuit blanche et solitaire. Les yeux gonflés, elle avait même regardé le soleil se lever sans trouver le moindre réconfort dans la beauté du spectacle. Elle pensait à tous les jours qui se lèveraient désormais sans Erik.

— Non, dit-elle. Je me suis posé la même question, et c'est non. Il a eu toutes ses chances. Ça ne marchera pas, voilà tout. Je le savais, d'ailleurs. C'était assez clair dès la première fois. J'aurais dû me fier à mon instinct quand nous nous sommes retrouvés sur ce projet.

D'un geste très simple, Grace lui prit la main.

— Vous vous êtes fiée à votre instinct, ma chère. Jusqu'à ces derniers jours, vous étiez tellement heureuse ! Ce serait terrible de renoncer maintenant.

— Je n'ai renoncé à rien. C'est lui qui a renoncé. Tout ce qu'il avait à faire, c'était me dire la vérité.

— La vérité n'est pas toujours une si bonne chose, murmura Grace. Je commence à me rendre compte qu'il y a des moments où on ferait aussi bien de ne pas tout dire.

Rita ne pouvait être d'accord avec elle. Comment deux personnes pouvaient-elles développer la confiance nécessaire pour se soutenir dans les moments difficiles, si elles n'étaient pas parfaitement franches l'une envers l'autre ?

— Je sais que vous dites ça avec les meilleures intentions...

Grace lui serra la main en souriant.

— Je crois que vous avez besoin de souffler un peu et de faire le point. Prenez une semaine. Allez à la plage, lisez, reposez-vous vraiment, pour une fois. Ça vous fera un bien énorme de changer un peu de rythme, vous verrez.

Rita n'en était pas si sûre. Elle ne voulait pas de temps libre, au contraire ! Elle préférait s'abrutir de travail, se remplir l'esprit le plus possible pour ne pas penser à Erik.

— Je ne veux pas vous laisser en ce moment, dit-elle.

— Bien sûr que si ! Je peux parfaitement me débrouiller pendant un petit moment. D'ailleurs, tout est au point mort en attendant que notre financement refasse surface. Maintenant que j'y pense, je ferais bien de prendre quelques jours, moi aussi. Cela fait des semaines que je suis de retour à San Francisco, mais je n'ai pas encore passé de vrais moments tranquilles avec mon frère, comme je me l'étais promis. Ce serait l'occasion. Ensuite, quand Erik aura réglé ces histoires de finances...

— S'il le fait.

— Il le fera, dit Grace avec une assurance tranquille. Entre-temps, nous allons toutes deux prendre de petites vacances. Au retour, je suis sûre que tout semblera beaucoup plus positif !

En tout cas, cela pouvait difficilement être pire ! pensa Rita. Elle secoua encore la tête.

— Je ne sais pas si...

— Moi, je sais, déclara Grace fermement.

Elle se leva, entraînant la jeune femme avec elle.

— Maintenant, rentrez chez vous. Je vous appellerai dans quelques jours pour vous dire où nous en sommes. N'oubliez pas, ajouta-t-elle très sévèrement, faites tout ce que vous voulez, mais ne pensez pas un seul instant au travail ! Tout sera encore là à notre retour.

A cet instant précis, Rita n'était pas certaine de vouloir revenir. Pas si elle devait continuer à travailler avec Erik au quotidien. Après ce qui venait de se passer, elle se sentait incapable de le voir ou de lui parler, même pour traiter de questions parfaitement impersonnelles.

Comme elle n'avait encore pris aucune décision, elle ne dit rien à Grace. Elle était d'ailleurs trop occupée à retenir une nouvelle crise de larmes. Quel gâchis, quel épouvantable gâchis ! Elle remercia cette femme en qui elle découvrait une véritable amie, et roula lentement en direction de sa maison vide.

Restée seule dans cet appartement qui leur tenait toujours lieu de bureau, Grace essayait de décider de ses priorités quand le téléphone sonna. Elle répondit machinalement et reconnut la voix d'Erik.

— Bonjour, Grace. J'appelle pour vous dire que le problème à la banque est réglé. L'argent se trouve sur le compte.

— Je savais que vous nous sortiriez d'affaire ! Vous avez découvert ce qui s'est passé ?

— Une... erreur de code informatique.

Il avait de bons réflexes, mais Grace releva tout de même l'infime hésitation dans sa réponse. Elle décida cependant de ne pas l'interroger plus avant. L'erreur avait probablement été un peu plus difficile à corriger qu'il ne l'avouait, mais il avait fait son travail et elle préférait ne pas en savoir trop.

— Je peux donc rappeler le maître d'œuvre et lui dire de remettre la vapeur ?

— Vous pouvez.

— Vous aviez autre chose à voir avec moi ?

— Je... me demandais si je pourrais parler à Rita.

— Oh... Elle n'est pas ici. Je lui ai dit de prendre un peu de repos.

Il hésita, puis se jeta à l'eau :

— Je suis très ennuyé de vous mêler à cette histoire mais... elle était contrariée ?

Bien qu'elle ne voulût pas trahir la confiance de Rita, Grace se voyait mal affirmer qu'elle n'avait rien remarqué de particulier. Prudemment, elle murmura :

— Eh bien, elle n'était pas tout à fait elle-même...

— C'est ma faute. Je peux me confier à vous, Grace ?

A cette question, elle ressentit un plaisir tout à fait inattendu, et s'aperçut qu'elle avait fini par considérer Erik un peu comme un second fils. Peut-être en partie à cause de la froideur actuelle de Gabriel ? En tout cas, elle éprouvait une affection réelle pour lui, et aussi pour Rita. Jusqu'à ces derniers jours, elle avait suivi avec beaucoup d'intérêt et de satisfaction le rapprochement qui s'opérait entre sa jeune assistante et son homme d'affaires. Quand l'amour s'éveille entre un homme et une femme, le rituel ne change guère, mais le spectacle est toujours aussi émouvant.

Elle ressentait aussi un certain amusement en les regardant, car ils n'avaient visiblement aucune idée de ce qui leur arrivait. Leurs efforts pour ne pas reconnaître leurs propres sentiments avaient quelque chose d'attachant ; ils lui rappelaient les premiers temps de son amour pour Jeffrey.

Repoussant cette pensée trop déprimante, elle murmura :

— C'est au sujet de Rita ?

— Oui, dit-il d'un ton lugubre. Je ne sais pas si elle vous en a parlé, mais nous avons eu une dispute affreuse et tout est ma faute.

— Je comprends.

— Pour commencer, c'était à propos de ce... problème à la banque. Je lui ai dit que je m'en occuperais, mais ça ne lui suffisait pas. Elle avait l'air de penser que j'avais tout manigancé.

— Mais puisque vous dites que c'était une erreur...

— C'était *mon* erreur. Pour résumer en deux mots une histoire assez abracadabrante, je me suis récemment mis à dos un homme très influent, et c'était sa façon de me signifier son mécontentement. Et aussi un échantillon de ce qui m'attendait si je ne me pliais pas à sa volonté.

— Mais... c'est très grave !

— J'ai tout réglé ce matin. Il n'y aura plus de problèmes de ce côté, je vous le garantis. Rita, en revanche... Je ne sais pas très bien ce que je dois faire.

— Je crois que la première chose serait de savoir ce que vous ressentez pour elle.

— C'est tout décidé, je sais exactement ce que je ressens. Je l'aime. Je veux qu'elle soit ma femme.

En entendant ces mots, Grace fut parcourue d'un frémissement. L'amour restait quelque chose de si magique et excitant, même quand les hommes s'obstinaient à compliquer les choses !

— Alors, c'est très simple. Vous n'avez qu'à le lui dire.

— Ça ne suffira pas. Je connais Rita, elle n'acceptera pas de simples excuses.

— Je me demande si vous ne la sous-estimez pas un peu.

— Ce n'était pas une dispute ordinaire, car tout remonte beaucoup plus loin... A l'année dernière, au moment du rachat de Glencannon's.

— Qu'est-ce que vous comptez faire, alors ?

— Il va falloir que je lui raconte toute l'histoire, telle qu'elle s'est vraiment passée.

Il savait ce qu'il avait à faire mais ne savait pas comment franchir le pas ! Sans savoir pourquoi, Grace pensa encore à Jeffrey. Avec un sourire triste, elle murmura :

— Je crois effectivement que ce serait une bonne idée.

— Est-ce que vous m'aiderez ?

— Je ferai tout mon possible.

— Merci, dit-il. Eh bien, voilà ce que je me permets de vous demander...

Elle eut un sourire affectueux. Bien sûr, elle aurait dû se douter qu'Erik avait déjà élaboré un plan !

16.

Rita était chez elle quand Grace téléphona. Depuis le premier jour, elle se terrait dans sa maison, ne sortait plus et filtrait tous les appels. Pas question de parler à qui que ce soit, et surtout pas à Marie ! L'idée de devoir expliquer cette seconde rupture la révulsait. Jamais elle n'avait été aussi malheureuse, même au moment de leur première séparation. Sa vie lui semblait vide de sens, et elle n'imaginait même pas de retourner travailler pour Grace.

Elle savait pourtant qu'elle devrait bientôt réagir. Il fallait se secouer, décider quelque chose... Et pourtant, elle n'y parvenait pas, pas plus qu'il ne lui était possible de réfléchir. Chaque fois qu'elle se souvenait des mots qu'Erik et elle s'étaient lancés à la tête, elle avait envie de pleurer. Elle avait fait tant d'efforts pour qu'il s'ouvre à elle... Bien sûr, elle s'était montrée très maladroite par moments, mais le fond du problème était ailleurs. Il ne voulait pas se confier à elle, et même si elle l'aimait profondément, elle ne se contenterait pas d'une demi-confiance.

La balle était dans son camp à lui, et elle ne pouvait rien faire de plus. Elle qui abordait toujours les problèmes de front se trouvait réduite à attendre. D'ailleurs, il n'y avait rien à attendre : la balle resterait où elle était. Après ce qui s'était passé l'autre soir, elle ne le voyait pas faire un geste vers elle. Trois jours entiers s'étaient écoulés, et le téléphone n'avait pas sonné une seule fois. La tristesse l'étouffait, les journées se traînaient, interminables, et elle se sentait de plus en plus persuadée qu'il ne la contacterait jamais.

Il était parti et il fallait l'accepter, reprendre le fil de sa vie. Elle avait tout de même d'autres centres d'intérêt, une famille fantastique, des amis, un travail passionnant...

Néanmoins, la seule pensée du travail l'épuisait. Bien sûr, c'était absurde. Son travail avec Grace était une chose, ses rapports avec Erik une autre ! Ce n'était pas parce qu'il l'avait déçue qu'elle devait renoncer à une carrière de rêve avec Grace DeWilde, son ancienne idole devenue son amie. Elle travaillait depuis si longtemps, elle n'allait pas tout saborder maintenant, alors qu'elle avait obtenu cette place de rêve et que le magasin commençait enfin à prendre forme ! Une fois qu'il ouvrirait ses portes, elle aurait la possibilité de s'exprimer comme jamais elle n'avait pu le faire. Ce serait une véritable folie de laisser une histoire d'amour ratée lui briser les ailes.

Et pourtant...

Elle avait été si certaine de pouvoir tout concilier, si certaine que tout irait bien tant qu'ils se contenteraient tous deux de faire leur travail. Eh bien, Erik avait fait son travail, mais elle, elle était sortie des rails. C'était à elle de reprendre le droit chemin.

Trop déprimée pour pleurer encore, elle gisait au fond d'une chaise longue, lasse et recroquevillée comme une convalescente, quand le téléphone sonna. Ses nerfs étaient dans un tel état qu'elle faillit lâcher sa

260

tasse de café froid, et resta là à contempler l'appareil, l'esprit parfaitement vide. Fallait-il répondre ? C'était peut-être Erik. Pendant plusieurs jours après leur querelle, elle avait espéré son appel de toutes ses forces. Maintenant, elle se disait à quoi bon ?

Le répondeur allait prendre l'appel, elle entendrait peut-être sa voix.

Si c'était Erik, que fallait-il dire, quelle attitude adopter ? Et pourquoi, tout au long de ces journées passées exclusivement à songer à lui, n'avait-elle pas pensé à la manière dont elle réagirait à son coup de fil ?

Elle décrocha abruptement.

— Allô ?

— Bonjour, dit la voix de Grace. J'espérais que vous seriez chez vous.

— Oh, je suis généralement ici...

Elle ne savait même plus si elle se sentait déçue ou soulagée que ce ne fût pas Erik. Se redressant un peu, elle chercha à adopter un ton moins morne pour dire :

— C'est une surprise de vous entendre. Je croyais que vous alliez passer un peu de temps avec votre frère et votre nièce.

— J'ai repoussé ça de quelques jours, parce que je viens d'avoir une idée merveilleuse.

— Ah ?

Rita se crispa un peu. Rien qu'à entendre la voix de Grace, elle sentait que celle-ci avait décidé de lui remonter le moral. Cela la touchait beaucoup que Grace s'inquiétât pour elle, mais elle n'avait aucune envie d'être forcée à sortir de sa détresse. Comme un chat blessé, elle voulait se terrer au plus profond de son repaire pour lécher ses plaies.

— Oui, reprit gaiement Grace. Il y a une éternité que je ne suis pas allée au lac Tahoe. J'ai décidé de prendre quelques jours et de monter là-haut. Venez avec moi !

Rita n'avait envie d'aller nulle part, même pas en compagnie de Grace.

— C'est tellement gentil à vous ! Mais je ne crois pas...

— Je vous en prie, Rita ! Cela vous ferait du bien, et ça me ferait tellement plaisir ! Juste deux jours : nous pourrions voir un spectacle, aller au casino, manger de la friture du lac et puis rentrer en pleine forme pour aborder la dernière ligne droite. Qu'est-ce que vous en dites ?

Rita ne voyait rien qui lui fasse moins envie — et puis, la gaieté déterminée de Grace commençait à l'inquiéter. Cela ne lui ressemblait pas de se montrer aussi joviale : elle mijotait certainement quelque chose.

— C'est une idée formidable, dit-elle prudemment, mais je ne serais pas une compagnie très agréable en ce moment. Je ne suis vraiment pas au meilleur de ma forme.

— Raison de plus ! insista Grace. Vous devrez bien sortir un jour, et quoi de mieux qu'un petit voyage impromptu ? Ce sera amusant !

Grace, toujours si discrète et raffinée, se montrait décidément d'une insistance suspecte. Rita se méfiait de plus en plus, mais elle ne voyait pas bien comment refuser la proposition. Espérant que son manque d'enthousiasme ne se sentait pas trop, elle se résigna :

— Très bien. Pourquoi pas...

— Voilà une bonne parole ! Ne vous inquiétez de rien, je me charge de tous les détails. Quand pouvez-vous être prête ?

Parce qu'en plus, elle allait devoir faire ses bagages ?

— Oh, je ne sais pas, demain, dans deux jours ?

— Et pourquoi pas aujourd'hui ? Si je vous laisse trop de temps, vous trouverez un prétexte pour changer d'avis. Je passe vous prendre vers midi. Ça ira ?

— Midi ? balbutia Rita en levant les yeux vers l'horloge. Ça ne me laisse que deux heures !

— Je sais, dit Grace avec un petit rire. Mais je connais votre efficacité ! A bientôt.

Il y eut un déclic et Rita n'entendit plus que la tonalité. Elle raccrocha à son tour, et se mit tout de suite à composer le numéro de Grace. C'était absurde, elle ne pouvait pas aller au lac Tahoe alors qu'elle n'avait même pas l'énergie nécessaire pour faire le tour du pâté de maisons ! Puis, au moment d'enfoncer le dernier chiffre, elle se ravisa. Grace avait raison : elle ne pourrait pas rester éternellement ici à végéter. Et puis, il s'agissait tout de même de sa patronne ! Le fait de passer un peu de temps ensemble, loin des contraintes du travail, pouvait s'avérer très positif pour leurs relations futures.

Deux heures, cela suffisait amplement pour jeter quelques vêtements dans une valise, se dit-elle en se traînant dans sa chambre. Pour une fois, elle se moquait bien de son apparence. Elle serait seule avec Grace, et personne n'aurait rien à redire si elle allait se promener dans un vieux jean déchiré au genou. Puis elle se souvint qu'il avait été question d'aller au spectacle ou au casino. En soupirant, elle ajouta deux jolies robes. Elle n'avait aucune envie de faire la fête, mais elle se refusait à sortir dans une tenue négligée.

A 12 heures précises, Grace s'arrêta devant la porte, trônant à l'arrière d'une interminable limousine grise. Un chauffeur en uniforme sauta à terre, prit la valise de Rita et lui ouvrit la portière avec panache. Elle eut à peine le temps de s'enfoncer dans un siège moelleux qu'ils prenaient la route de Sacramento.

La limousine transportait un assortiment très complet de bonnes choses, y compris du champagne sur un lit de glace.

— Je sais qu'il est encore tôt, mais j'ai pensé que nous pourrions arroser ça, lança négligemment Grace en remplissant deux coupes.

Elle en tendit une à Rita, un éclair de défi dans le regard. Rita la prit et demanda :

— Qu'est-ce que nous fêtons ?

— Oh, je ne sais pas ! renvoya Grace gaiement. Disons : le fait que c'est une journée magnifique et que nous allons prendre quelques jours de vacances...

Grace avait l'air si contente d'elle que Rita n'eut pas le cœur de la décevoir. S'obligeant à sourire, elle heurta légèrement sa coupe contre la sienne et but une gorgée. Le champagne était excellent. Elle fronça le nez sous la piqûre délicieuse des bulles et savoura le goût... puis son humeur noire revint à la charge. Elle se souvenait d'une bouteille de champagne achetée quelques jours plus tôt pour Erik, et qu'ils n'ouvriraient jamais.

Le trajet prit presque trois heures, avec un arrêt pour le déjeuner. Enfin, à la sortie d'un virage, elles découvrirent au loin la nappe de saphir du célèbre lac. Le panorama était si splendide et si serein que, presque malgré elle, Rita se sentit apaisée. Elle commençait à se dire que ce voyage n'était peut-être pas une si mauvaise idée, quand Grace mit brusquement la main sur une cassette vidéo.

— Qu'est-ce que c'est ? murmura cette dernière en la retournant entre ses mains. L'étiquette dit : « Regardez-moi »...

— C'est quelqu'un qui a lu *Alice au Pays des merveilles*, fit simplement remarquer Rita.

— Nous devrions peut-être la passer.

— Si vous voulez. Ce sera sans doute un film publicitaire pour la compagnie de location de voitures.

Elle désigna d'un coup de menton le petit écran couleur installé au-dessus du bar.

— Ils tiennent un public captif, c'est normal d'en profiter.

— Nous avons encore un peu de temps avant d'arriver. Je vais jeter un coup d'œil.

Grace sortit la cassette de sa boîte et la glissa dans le magnétoscope intégré. Deux secondes plus tard, un visage familier apparaissait sur l'écran, et Rita comprit qu'il ne s'agissait pas d'une publicité... *Erik ?*

— Mais qu'est-ce que... ! s'exclama-t-elle.

Indignée, elle se retourna vers Grace.

— Vous étiez au courant ?

Paisiblement, Grace hocha la tête.

— Ecoutons déjà ce qu'il a à dire.

Rita eut un nouveau soubresaut.

— Vous avez manigancé ça ensemble !

— Ecoutez, ordonna Grace.

Le menton pointé en avant, Rita se retourna vers l'écran. On l'avait trompée, manipulée ! Elle aurait volontiers éteint l'appareil, mais son bras refusait de faire le geste nécessaire.

— Rita, je sais que tu es furieuse, et tu as de bonnes raisons de l'être, déclarait Erik. C'est pour cette raison que j'ai choisi une telle façon de m'expliquer, plutôt que de te téléphoner ou d'essayer de te voir. Je n'étais pas sûr que tu accepterais de m'écouter...

— Prudent, avec ça, marmonna Rita.

— Chut ! dit Grace.

Le regard planté droit dans l'objectif, Erik reprit :

— Tu voulais savoir ce qui s'était passé pour Glencannon's. Voilà toute l'histoire. C'est effectivement Phil qui a orchestré le rachat et, quand je m'en suis aperçu, il était trop tard. Je négociais avec des repreneurs qui auraient conservé intacte l'ancienne structure de l'entreprise. Il est arrivé comme un requin et il a retourné l'affaire au profit de ses propres clients.

— Alors, Soames disait la vérité ! s'exclama la jeune femme.

Le visage crispé, Erik continuait :

— La vérité toute simple, c'est que Phil a été plus malin que moi. Au moment crucial, il a été plus fin, plus rapide et beaucoup moins sentimental. Quand j'ai compris ce qu'il faisait, j'ai essayé de sauver les meubles, mais il avait déjà convaincu le conseil d'administration de Maxwell & Company qu'il serait plus avantageux d'absorber Glencannon's que de conclure un partenariat. J'ai fait des pieds et des mains, je leur ai donné tous les chiffres, mais Phil les avait déjà persuadés qu'ils n'auraient qu'à se baisser pour ramasser les profits. Il paraît qu'ils s'en mordent les doigts.

Rita se laissa aller contre le dossier de son siège. Maintenant, elle comprenait beaucoup de choses... et en premier lieu la réaction de Hastings à son idée de créer un rayon nuptial. Le magasin perdait de l'argent de tous les côtés : il n'avait tout simplement pas les ressources nécessaires ! L'idée n'était pas mauvaise, mais elle coûtait simplement trop cher.

— Oh, Erik..., murmura-t-elle.

Il n'avait pas encore terminé.

— Je ne pouvais pas te le dire, Rita, pour plusieurs raisons. Rudy pense que j'étais trop fier pour admettre qu'on m'avait berné. C'est vrai, mais ce n'est pas toute la vérité. Même lui, il n'a pas compris la peine que j'ai eue en découvrant que Phil pouvait me faire une chose pareille. Tu comprends, à une époque, c'était mon meilleur ami...

Il se tut un instant, et un pâle sourire vint éclairer son visage régulier.

— Il faut comprendre, Rita. Nous étions plus que des copains, nous faisions tout ensemble. Toutes nos grandes « premières fois », nous les avons partagées. Pour moi qui n'avais pas de frère... A dix ans, nous avons signé un pacte avec notre sang en nous jurant de rester toujours ensemble. Nous devions être associés, tous les deux...

Le sourire s'effaça.

— Ça ne s'est pas passé comme on le pensait. Phil a changé. Le temps de terminer nos études, j'avais un peu l'impression de ne plus le connaître. Mais jamais au grand jamais je n'aurais cru... C'est comme si mon jumeau m'avait poignardé dans le dos.

Il se tut et détourna les yeux, gêné par sa propre émotion. En cet instant, il avait l'air si malheureux et vulnérable que Rita crut que son cœur allait déborder. Rien n'était aussi simple qu'elle l'avait pensé ! Elle se reprochait maintenant de ne pas avoir compris plus tôt, de n'avoir pas deviné un élément caché dans sa réticence à parler de l'affaire Glencannon.

Le regard d'Erik revint vers la caméra.

— Je sais que j'aurais dû te dire tout ça plus tôt. Je regrette. On a parfois du mal à admettre certaines choses. C'est seulement quand j'ai vu que j'allais te perdre une fois de plus que j'ai compris que je devais absolument m'expliquer. Est-ce que tu peux me pardonner ?

— Oui, répondit Rita dans un souffle. Oh, oui...

L'écran vira au noir, la bande était terminée. Un long instant, elle resta immobile, les larmes aux yeux, le cœur empli de joie. Puis elle se tourna vers Grace.

— Il faut que je rentre à San Francisco. Il faut que je voie Erik tout de suite.

— Ma chère, protesta Grace, nous sommes presque arrivées !

— Je ne peux pas rester. Je sais que j'avais promis de passer quelques jours avec vous, mais vous comprenez bien...

Elle se tut. Trop bouleversée par la confession d'Erik, elle n'avait pas encore perçu l'animation du visage de Grace, la lumière dans ses yeux. Cette femme qu'elle avait toujours vue sereine et parfaitement maîtresse d'elle-même riait comme une adolescente ! Décontenancée, Rita crut d'abord qu'elle était heureuse de la victoire du stratagème d'Erik. Puis elle vit que Grace lui montrait quelque chose à l'extérieur de la voiture.

Pendant qu'elles écoutaient la bande d'Erik, la limousine avait suivi la route qui descendait en larges courbes vers le lac. Elle fonçait maintenant vers les grands casinos qui se trouvaient à la limite de l'Etat. De grands placards publicitaires se dressaient de part et d'autre de la route et Grace s'écria, enchantée :

— Regardez !

Rita n'avait aucune envie de regarder une publicité dans un moment pareil ! Il fallait absolument convaincre Grace de rentrer à San Francisco, ou de la déposer à l'aéroport le plus proche...

— Grace...

— Mais regardez !

Elle leva machinalement les yeux vers le panneau et

resta bouche bée. Il s'y trouvait un message, rédigé en grosses lettres noires :

« Il arrive un moment, dans la vie d'un homme, où il comprend qu'il a trop sacrifié à son travail... »

— C'est sans doute une publicité pour un nouveau best-seller, dit-elle avec impatience.

Elle se retourna vers Grace. Si celle-ci refusait de l'écouter, elle prendrait le chauffeur en otage, s'emparerait de la voiture et...

— Je ne crois pas qu'il s'agisse d'une publicité, dit Grace. Du moins, pas du genre que vous pensez. Regardez celui-là !

Elles passèrent devant un autre panneau, qui proclamait :

« Il s'aperçoit alors qu'il est tout seul, et qu'il le restera s'il ne change pas sa façon de vivre... »

— Une campagne électorale, alors, coupa Rita. Une campagne ratée, car on n'en arrive jamais au fait. Grace...

— Je n'en suis pas si sûre. Voilà le suivant !

— Grace, je me moque de ces panneaux ! Ecoutez-moi, je vous en prie !

— Regardez !

Puisque c'était le seul moyen de retenir l'attention de Grace, elle se pencha à contrecœur pour lire le troisième panneau.

« Pourtant, il a rencontré la femme de ses rêves — deux fois.

» La première fois, il l'a laissée s'échapper.

» Mais il faudrait qu'il soit fou pour passer à côté du bonheur une deuxième fois. »

Rita secoua la tête, mal à l'aise.

— Bizarre, c'est comme...

Elle se retourna vers Grace et vit que celle-ci lui souriait.

— Qu'en pensez-vous, ma chère ? Vous vouliez une explication, et aussi des excuses, n'est-ce pas ?

— Oui, mais... pas aussi publiques...

— Non ? Vous auriez peut-être dû le lui dire, avant qu'il ne se donne tout ce mal.

Elles étaient presque arrivées, à présent : les grands casinos se succédaient de part et d'autre de la chaussée, et d'immenses enseignes se dressaient dans le ciel au sommet des immeubles. Grace se mit à rire et en désigna une, mais Rita l'avait déjà aperçue.

« Je te jure que je ne te cacherai plus rien », disaient les lettres noires familières.

Le cœur de Rita battait à se rompre, et une grosse boule lui bloquait la gorge. Jamais elle n'avait aimé Erik comme elle l'aimait en ce moment. Cet homme si secret ne s'était pas contenté de lui ouvrir son âme, il l'avait ouverte au monde entier. C'était une éclatante déclaration d'intention.

Elle devait le voir, elle devait absolument le voir, il *fallait* rentrer au plus vite. Fermement, elle se tourna vers Grace, et la vit faire encore une fois un geste de la main. Un autre panneau, au flanc d'un immeuble, proclamait :

« Rita Shannon, je t'aime. Veux-tu être ma femme ? »

La main de Rita se plaqua sur sa bouche.

— Il veut donc m'épouser...

— Apparemment, oui. En plus, regardez ! Il a pensé à tout, c'est un vrai contrat de mariage.

Sous la demande officielle, un paragraphe s'étalait, en lettres plus petites. Elle réussit à le déchiffrer à travers ses larmes et éclata de rire.

« C'est moi qui ferai la cuisine, déclarait-il. Je ne traînerai pas à l'écart avec les hommes, lors des pique-niques familiaux. »

270

La limousine amorça un virage serré et s'arrêta. Rita, qui s'essuyait les joues, s'écria, épuisée :

— Pas d'autre panneau, je n'en peux plus !

— Non, murmura Grace. Ce ne sera plus nécessaire. Voilà l'auteur.

Rita se retourna d'un bond. Ils s'étaient arrêtés devant une petite chapelle et, à la porte, l'air très inquiet, se tenait l'homme qu'elle aimait. Sans attendre que le chauffeur lui ouvrît la portière, elle sortit de la voiture.

— Erik ! cria-t-elle en courant vers lui. Oh, Erik, qu'est-ce que je peux dire ?

Il la reçut dans ses bras, la serra contre lui, contempla avidement le visage levé vers le sien. Tremblant de tout son corps, il déclara :

— Dis simplement oui. C'est tout ce que je demande.

Et Rita, qui s'était juré de ne jamais se marier, quelles que fussent les circonstances, répondit sans la moindre hésitation :

— Oui. Oh, oui ! Oui, oui, oui !

Leurs bouches se pressèrent l'une contre l'autre. Le baiser s'éternisa, et Rita eut du mal à reprendre son souffle quand il relâcha enfin son étreinte. Se souvenant de la présence de Grace, elle se retourna vers elle pour l'accuser en riant :

— Vous avez tout manigancé avec lui, avouez-le !

Les joues de Grace étaient roses d'excitation.

— J'avoue, s'écria-t-elle en les serrant tous les deux dans ses bras. J'espère que vous ne m'en voulez pas, Rita, parce que je n'ai pas pu résister...

— Je ne vous en veux pas du tout ! Tout est merveilleux. Je vous trouve merveilleux tous les deux !

Elle comprit brusquement qu'ils se tenaient devant

l'une de ces chapelles où l'on marie les gens sur-le-champ. Etourdie de bonheur, elle fut tentée d'y entrer tout de suite... puis elle pensa à sa famille. Ils devaient être là au grand complet pour un événement aussi important que son mariage! Elle pensa également à Grace qui avait tant fait pour elle, et qui avait été si déçue lorsque son fils s'était marié en catimini. Dans sa joie immense, elle voulait que tout le monde fût heureux et, brusquement, elle sut comment faire pour tout concilier.

— Erik, dit-elle, j'aurais bien envie d'entrer tout droit dans cette chapelle, mais il serait tout de même dommage de ne pas faire ça dans les règles de l'art.

Erik eut l'air heureux et en même temps assez impressionné. Il fit mine de lever les yeux au ciel et gémit :

— Ne me dis pas que tu veux un grand mariage...

— Si, confirma-t-elle avec un large sourire. Je veux la robe blanche et les demoiselles d'honneur assorties. Je veux les fleurs, la pièce montée et tout le reste. Grace, si ce n'est pas trop vous demander... vous accepteriez de m'aider à tout organiser?

Grace ne répondit pas tout de suite. D'ailleurs, son expression était suffisamment éloquente. C'était la première fois et probablement la dernière que Rita verrait des larmes dans les yeux de Grace DeWilde.

— Ce sera une grande joie, dit Grace en leur prenant la main à tous deux. Donnez-moi seulement une date.

Rita leva vers Erik des yeux pétillant de malice.

— Puisque les hommes sont si doués pour s'occuper de ces détails, lança-t-elle, je te laisse choisir le jour.

Il l'attira contre lui et pencha la tête vers elle.

Chère lectrice,

Vous nous êtes fidèle depuis longtemps?
Vous venez de faire notre connaissance?

C'est pour votre plaisir que nous avons
imaginé un rendez-vous chaque mois
avec vos auteurs préférés, vos
AUTEURS VEDETTE dans les
collections Azur et Horizon.

Les AUTEURS VEDETTE vous
donneront rendez-vous pour de
nouveaux livres vedette.

Pour les reconnaître, cherchez
l'étoile ... Elle vous guidera!

Éditions Harlequin

HARLEQUIN

LE FORUM DES LECTEURS ET LECTRICES

CHERS(ES) LECTEURS ET LECTRICES,

VOUS NOUS ETES FIDÈLES DEPUIS LONGTEMPS?

VOUS VENEZ DE FAIRE NOTRE CONNAISSANCE?

SI VOUS AVEZ DES COMMENTAIRES, DES CRITIQUES À
FORMULER, DES SUGGESTIONS À OFFRIR, N'HÉSITEZ
PAS… ÉCRIVEZ-NOUS À:

> LES ENTERPRISES HARLEQUIN LTÉE.
> 498 RUE ODILE
> FABREVILLE, LAVAL, QUÉBEC.
> H7R 5X1

C'EST AVEC VOS PRÉCIEUX COMMENTAIRES QUE NOUS
ALLONS POUVOIR MIEUX VOUS SERVIR.

DE PLUS, SI VOUS DÉSIREZ RECEVOIR UNE OU
PLUSIEURS DE VOS SÉRIES HARLEQUIN PRÉFÉRÉE(S)
À VOTRE DOMICILE, NE TARDEZ PAS À CONTACTER LE
SERVICE D'ABONNEMENT; EN APPELANT AU
(514) 875-4444 (RÉGION DE MONTRÉAL) OU 1-800-667-4444
(EXTÉRIEUR DE MONTRÉAL) OU TÉLÉCOPIEUR
(514) 523-4444 OU COURRIER ELECTRONIQUE:
AQCOURRIER@ABONNEMENT.QC.CA OU EN ÉCRIVANT À:

> ABONNEMENT QUÉBEC
> 525 RUE LOUIS-PASTEUR
> BOUCHERVILLE, QUÉBEC
> J4B 8E7

MERCI, À L'AVANCE, DE VOTRE COOPÉRATION.

BONNE LECTURE.

HARLEQUIN.

VOTRE PASSEPORT POUR LE MONDE DE L'AMOUR.

ROUGE PASSION

De fiévreuses histoires d'amour sensuelles!

De provocantes histoires d'amour passionnées et romantiques qu'on lit d'une seule traite. Aventureuses, parfois humoristiques, et sensuelles, elles mettent en vedette des hommes et des femmes d'aujourd'hui.

ROUGE PASSION ... quatre nouveaux titres chaque mois.

COLLECTION
HORIZON

Des histoires d'amour romantiques qui vous mènent au bout du monde!

Découvrez la passion et les vives émotions qu'apportent à la Collection Horizon des auteurs de renommée internationale!

Captivantes, voire irrésistibles, ces histoires d'amour vous iront assurément droit au coeur.

Surveillez nos quatre nouveaux titres chaque mois!

La COLLECTION AZUR

Offre une lecture rapide et

- stimulante
- poignante
- exotique
- contemporaine
- romantique
- passionnée
- sensationnelle!

COLLECTION AZUR ... des histoires
d'amour traditionnelles qui vous
mènent au bout du monde!
Six nouveaux titres chaque mois.

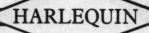

HARLEQUIN

COLLECTION
ROUGE PASSION

- **Des héroïnes émancipées.**
- **Des héros qui savent aimer.**
- **Des situations modernes et réalistes.**
- **Des histoires d'amour sensuelles et provocantes.**

**LAISSEZ-VOUS TENTER
par 4 titres irrésistibles
chaque mois.**

RP-1

Composé sur le serveur d'EURONUMÉRIQUE, À MONTROUGE
PAR LES ÉDITIONS HARLEQUIN
Achevé d'imprimer en avril 2001

BUSSIÈRE

GROUPE CPI

à Saint-Amand-Montrond (Cher)
Dépôt légal : mai 2001
N° d'imprimeur : 11577 — N° d'éditeur : 8790

Imprimé en France